Michaela Lindinger

»Mein Herz ist aus Stein«

Michaela Lindinger

»Mein Herz ist aus Stein«

Die dunkle Seite der Kaiserin Elisabeth

Mit über 100, großteils bislang unveröffentlichten Abbildungen

AMALTHEA

Besuchen Sie uns im Internet unter: www.amalthea.at

© 2013 by Amalthea Signum Verlag, Wien
Alle Rechte vorbehalten
Umschlaggestaltung: Wahrstätter, vielseitig.co.at
Umschlagmotiv: APA-PictureDesk/ÖNB
Satz: VerlagsService Dr. Helmut Neuberger
& Karl Schaumann GmbH, Heimstetten
Gesetzt aus der 11,25/14,35 pt Minion
Printed in the EU
ISBN 978-3-85002-821-9

Gefördert von der Kulturabteilung der Stadt Wien,
Wissenschafts- und Forschungsförderung

Für Susanne

Inhalt

Statt eines Vorworts 9

I Das Tattoo der Feenkönigin *11*
   Who's that girl? *12* · Ein Anker für die Ewigkeit *17*

II »Schutzgott Hermes« *20*
   Highway to Hades *20* · Griechin sucht Griechen *23*

III Die Hausherrin der Hermesvilla *27*
   Eine Frau um die fünfzig im 19. Jahrhundert *30* ·
   »Frau Ritter Blaubart's Cabinet« *38* · Die »seltsame Frau« *40*

IV Refugium im Wienerwald – Die Hermesvilla *43*
   Im »Thier- und Saugarten« *44* · »Oberons« Schloss *46* ·
   »Und jeder Mai hat uns vereint« *49* · »Gut und bequem« –
   Wohnen bei Kaisers *56* · Schauplatz Hermesvilla *58* ·
   Ausflugsziel der Wiener *59*

V »Titania und der junge Mond« *65*
   Zeichen der Göttinnen *65* · Into the Blue *70* ·
   »Und man hört noch heut den Gesang aus alter Zeit« *72* ·
   Einsamkeit, Macht und Freiheit *80*

VI »Bühne frei!« – Ein Tag im Leben der Kaiserin *83*
   Vorbild Sisi? *86* · Stil vs. Mode *92* · Schwarz ist das
   neue Schwarz *97* · Leichenhallen und »Irrenhäuser« *100* ·
   Gegen Antisemitismus, für Weltoffenheit *106* · In der
   eisigen »Matratzengruft« *109*

VII Fasten — Kuren — Wandern: Wege zum Selbst *111*
   Inspirator Nietzsche und die Entdeckung des
   Körpers *112* · »Ästhetik = Diätetik!« *114* · Wasser,
   Licht und Luft *121* · Gehen, laufen, rennen *128* ·
   Bodystyling und Körperkult *137*

VIII Unter Geistern: In Sisis Schlafzimmer *141*
   »Titania« *142* · »Melancolia« *148* · Besuch bei Toten *155*

IX Der Kaiser und Katharina *161*
   Elisabeth auf Brautschau *161* · »Freundin der
   Kaiserin« *165* · »It-Girls« zu Kaisers Zeiten *170* ·
   Schönheitsköniginnen *177*

X »Marmor bin ich«: Trauer, Schwermut und Schönheit *186*
   Belle de Noir *186* · Als die Menschen Trauer trugen *191* ·
   »Leichenflieder« *196*

XI Attentäter Ihrer Majestät *202*
   Treffpunkt: Genf *203* · Flucht in die Schweiz *208* ·
   Der Erlöser *214*

XII Wunsch-Bild: Unvergängliche Schönheit? *227*
   Bilder gegen das Vergessen *228* · »Doriana Gray« *230* ·
   Die Gesichter der Toten *239*

Literatur *244*
Dank *249*
Bildnachweis *249*
Personenregister *250*

Statt eines Vorworts

»Königin Titania!«
Aber sie bewegte leicht den Kopf und stand da, nicht als wäre sie im Ballsaal unter all den Menschen, sondern stünde einsam auf einem Felsen am Meer, so verloren blickte sie ins Weite.
»Nicht Titania, sondern die Möwe, die gefangen ist und im Kastl sitzt!«

Marie Larisch-Wallersee, geb. Mendel (1858–1940), Lieblingsnichte von Kaiserin Elisabeth, »Verfemte nach Mayerling«

Es war, als ob man mit einem Gespenst zusammen fuhr, denn ihr Geist schien in einer anderen Welt zu weilen. Selten sah sie, was um sie herum vorging. Auch bemerkte sie es kaum, wenn sie von denen, die sie erkannten, gegrüßt wurde.

Eugénie de Montijo (1826–1920), Ex-Kaiserin von Frankreich, Witwe Napoleons III.

Romantischen Dichtern vergleichbar bist du, mit allen ihren melancholischen Träumen lauschend dem Sang der Baumeswipfel im Morgenwinde, und den schrillen Schrei des Lebens meidend! (…)
   Genügsamkeit, unromantisches Wort dieser Erde! Elisabeth, was konnte dir genügen?! Bergfrieden und die eigene Einsamkeit!
   Was viele zarte Edle, in sparsamen Augenblicken nur, zu erträumen, zu erleiden wagen, dazu hattest du die Kraft ein Leben lang!

Peter Altenberg (eig. Richard Engländer, 1859–1919), Schriftsteller, Bewunderer von Kaiserin Elisabeth

Elisabeth
   hungerte wie Lady Di,
   ritt und focht wie d'Artagnan,
   turnte wie Jane Fonda,
   wurde ermordet wie J. F. Kennedy,
   und sah aus wie Romy Schneider.

Hans Bankl (1940–2004), Prosektor, Buchautor

I Das Tattoo der Feenkönigin

»Das Peristyl ist der stumme Zeuge der einsamen Spaziergänge der Kaiserin. Hier stört sie niemand, hier wagt sich niemand her, ohne gerufen zu sein«, erinnert sich Irma Sztáray, eine der letzten Reisebegleiterinnen, die Elisabeth in ihrem Tross noch duldete.

Die ungarische Hofdame beschreibt das Peristyl im Achilleion, jenem Refugium auf »Scheria« (altgriechisch: Korfu), das den Traum einer melancholischen Monarchin vom antiken Griechenland zum Leben erwecken sollte.

Mehrmals täglich betrachtete die fast immer schwarz Gekleidete dort, in ihrem privaten Olymp der Feen und Nymphen, eine blendend weiße Marmorfigur. Die Darstellung einer jungen Frau mit langen Locken und Schmetterlingsflügeln – wobei der Schmetterling für die Flüchtigkeit des Lebens und die Vergänglichkeit steht. Die Fee hält ein schlafendes Kind im Arm und gleitet auf einem Schwan über die Fluten des Ozeans. Zu diesem Wesen aus der Anderswelt kam Elisabeth jeden Morgen und jeden Abend. Ihr griechischer Vorleser, der kleine, bucklige – und deswegen für die im Alter abergläubische Kaiserin besonders glückverheißende – Philosophiestudent Konstantin Christomanos durfte sie gelegentlich begleiten: »So oft die Kaiserin

1 Angelos Giallinà: Das Peristyl im Achilleion, 1893. Aus dem persönlichen Korfu-Album Elisabeths

vorübergeht, bleibt sie minutenlang in Anblick der Statue versunken; ja sie hat bestimmte Stunden, an welchen sie die Lichtfee aufsucht.«

Who's that girl?

Die »Lichtfee« trägt den Namen Peri, sie hat einen kurzen Auftritt in John Miltons Versepos »Paradise Lost« aus dem Jahr 1668. Als schöner, anmutiger, übermenschlicher Geist wird sie in der persischen Mythologie beschrieben, doch ist sie von übelwollendem Charakter. Peri kann einen Kometen oder eine Sonnenfinsternis bewirken, Regen verhindern, Missernten und Tod bringen. Diese Ambivalenz ist typisch für John Milton, dessen Werk Elisabeth gekannt und offenbar geschätzt hat.

Der Dichter, bereits völlig erblindet, soll die monumentale Geschichte des Sündenfalls seinen drei Töchtern diktiert haben. Obwohl sich bei »Paradise Lost« vordergründig alles um den Tod dreht, steht im Mittelpunkt Miltons Alter Ego, der Teufel. Ein verführerischer, charmanter, gegen Gott aufbegehrender Satan, der sich einen Streiter der Freiheit nennt: »Lieber in der Hölle herrschen als im Himmel dienen.« Erstmals in der Literaturgeschichte wird Satan beschrieben, wie er den Menschen ihre Potenziale bewusst macht, damit sie selbst zu Wissen und Göttlichkeit gelangen können. Milton hat in diesem größten englischen Epos den Teufel rehabilitiert: Der Verlust des Paradieses ist sein Werk und lässt sich selbst von Gott nicht rückgängig machen. Das Gute hat nicht gesiegt und das Böse sich in der Welt festgesetzt. Milton interpretiert den Teufel als intelligenten, egozentrischen Archetypus: Er ist gewissermaßen der erste »Byronic Hero« der Literatur.

Lord Byron, ein britischer Dichter um 1800, spielte in Kaiserin Elisabeths Welt eine wichtige Rolle, war er doch auch griechischer Freiheitskämpfer. Sie bewunderte ihn und die von ihm erschaffenen Protagonisten, allesamt Außenseiter und Rebellen. Sie kämpfen nicht für das »Allgemeinwohl« oder gesellschaftliche Veränderungen, sondern sind auf sich selbst fixierte Einzelgänger. Zynismus und Arroganz beschreiben ihren Charakter. Regeln, Sitten und soziale Reglements werden von ihnen verachtet, dennoch – oder gerade deswegen – gehören solche Antihelden immer einem höheren Stand an, verfügen über entsprechenden Wohlstand und luxuriösen Lebensstil. Byrons Gestalten bevölkern eine Welt der »Schwarzen Romantik«, es umgibt sie oft ein düsteres Geheimnis. Außerdem müssen sie sich mit einem hohen Maß an Frustration auseinandersetzen und zeigen selbstzerstörerische Tendenzen. Die Figuren sind – wie Miltons Satan – abstoßend und faszinierend zugleich.

Über einen ihrer toten Lieblingshelden, Achilleus, sagte die Kaiserin: »Er war stark und trotzig und hat alle Könige und Traditionen verachtet und die Menschenmassen für nichtig gehalten, gut genug, um wie Halme vom Tode abgemäht zu werden. Er hat nur seinen eigenen Willen heilig gehalten und nur seinen Träumen gelebt, und seine Trauer war ihm wertvoller als das ganze Leben.«

Elisabeths erklärter Lieblingsdichter Heinrich Heine widmete dem philhellenischen Lord Byron ein Gedicht:

Eine starke, schwarze Barke
Segelt trauervoll dahin.
Die vermummten und verstummten
Leichenhüter sitzen drin.

Toter Dichter, stille liegt er,
Mit entblößtem Angesicht;
Seine blauen Augen schauen
Immer noch zum Himmelslicht.

Aus der Tiefe klingt's, als riefe
Eine kranke Nixenbraut,
Und die Wellen, sie zerschellen
An dem Kahn, wie Klagelaut.

Die Zeilen beschreiben die Überführung der einbalsamierten Leiche des klumpfüßigen Dichters, der eine Tochter mit seiner Schwester hatte, auf einem Schiff nach England. Byron war 36-jährig in Griechenland gestorben. Allein vom Inhalt her könnte das Gedicht von der Kaiserin selbst stammen.

Als der französische Maler und Grafiker Gustave Doré, bekannt vor allem für seine bizarren Darstellungen von Fabelwesen, Monstern und Skeletten, Miltons »Paradise Lost« im 19. Jahrhundert dem Zeitgeschmack entsprechend romantisch illustrierte, erlebte das Werk eine Renaissance. Vermutlich hat Kaiserin Elisabeth ebenfalls eine Ausgabe besessen und dürfte darin ihre Weltanschauung bestätigt gesehen haben.

Wie populär Miltons Erzählung gewesen ist, zeigt auch ein Gemälde des ungarischen »Malerfürsten« Mihály Munkácsy. Er hatte im Jahr 1878 das Bild »Milton diktiert seinen Töchtern ›Das verlorene Paradies‹« auf der Pariser Weltausstellung präsentiert

2 Die marmorne »Peri« im Entrée der Hermesvilla

und damit die Goldmedaille gewonnen. Das Thema machte Munkácsy europaweit berühmt.

Elisabeth hat ihre steinerne »Peri« 1890 auf einer Reise durch Italien angekauft. Hergestellt wurde das Stück aus Sterzinger Marmor vom englischen Bildhauer Charles Francis Fuller, dem das »Verlorene Paradies« wohl auch gut bekannt war. Die Kaiserin war dabei, ihren neuen Wohnsitz auf Korfu auszugestalten; die Möbel und Ziergegenstände kaufte sie in erster Linie in Italien ein. So gelangte auch die »Peri« per Schiff auf die griechische Insel. Einige Jahre später, als Sisis Interesse am Achilleion längst abgekühlt war, wurden zahlreiche Ausstattungsstücke in das vom Kaiser geplante Altersretiro, die Hermesvilla im Lainzer Tiergarten, transferiert. Darunter befand sich auch die »Peri«, welche heute die Besucher im Eingangsbereich der Villa begrüßt. Die Figur ist drehbar: Während der Familiendiners blickte sie einst in den Speisesaal des Kaiserpaars.

»Peri« verfügt noch über weitere verborgene Qualitäten.

Das Jahr 1886 hatte für die mittlerweile fast 50-jährige Hausherrin der Hermesvilla weitreichende Bedeutung. Der von einer Mauer umgebene Bau »im mailich ergrünenden Walde« (Elisabeth) wurde fertiggestellt, ihr einst guter Freund, der bayrische König Ludwig II., starb unter ungeklärten Umständen und die einzige Bezugsperson, an die die alternde Kaiserin sich regelrecht gekettet hatte, begann ihr zu entgleiten: Marie Valerie, jüngste Tochter von Franz Joseph und Elisabeth, hatte ohnehin schon versprechen müssen, nicht vor ihrem 20. Geburtstag zu heiraten – sehr ungewöhnlich für eine Angehörige des Hochadels, die in ganz Europa als höchst begehrenswerte Partie galt. Im Jänner 1886 tanzte sie auf dem »Hofball« und auch auf dem besonders elitären »Ball bei Hof« mehrmals mit Franz Salvator aus der toskanischen Nebenlinie der Habsburger. Elisabeth gab ihren Sanktus, da sie der Lieblingstochter versprochen hatte, sie dürfe heiraten, wen sie wolle, »auch einen Schornsteinfeger«. Ihr Vater und ihr Bruder Rudolf waren – ausnahmsweise – einmal einer Meinung, und zwar

Who's that girl? | 15

dagegen. Der Auserwählte sei vom Stand her der Schwester nicht ebenbürtig. Dennoch, nach dem Weggang Valeries litt die kindisch eifersüchtige Mutter am meisten. Sie fühlte sich vereinsamt, als habe sie nicht eine verheiratete, sondern eine tote Tochter:

Fort zieht es dich aus meiner Näh'
Zu jenem blassen Knaben
Trotzdem ich ehrlich dir gesteh',
Ich möchte ihn nicht haben.

Du siehst im Geiste um dich her,
Der Kinder zwölf schon wogen,
Zwölf Rotznäschen liebst du dann mehr
Als mich, die dich verzogen.

(…)

Ich aber breite trauernd aus
Die weiten weissen Schwingen,
Und kehr' ins Feenreich nach Haus –
Nichts soll mich wieder bringen.

An die von ihr ersehnte ideale Mutter-Kind-Beziehung mag Elisabeth möglicherweise beim Erwerb der »Peri« auch gedacht haben. Sie sah sich selbst als junge Frau mit der kleinen Valerie, die sie überängstlich behütet und mit einem Übermaß an Liebe überschüttet hatte. Vermutlich kam es nur für die Mutter überraschend, dass das Mädchen sich innerlich schon früh von ihr entfernte, bieder und fromm wurde, den fantasielosen Vater vergötterte und ihr Lebensziel in Heirat und Mutterschaft suchte. Das langlockige, alterslose, in einen mit Sternen bedeckten Schleier gehüllte und geflügelt auf dem Meer schwerelos dahingleitende Wesen kann als Wunsch- oder Traumbild Elisabeths aufgefasst werden: So wollte sie sich selbst als Frau an der Schwelle zum Alter sehen, ein Bild, ebenso weit von der Realität entfernt wie ihre Vorstellungen von der idealen Zukunft ihrer Tochter.

Ein Anker für die Ewigkeit

»Peri«, also Elisabeth, scheint einem unklaren Ziel entgegenzuschweben. Emile M. Cioran, der bedeutende Philosoph der Melancholie, erklärt dieses Lebensgefühl Elisabeths: Die Lawine von familiären Unglücksfällen in den 1880er-Jahren wurde von der Kaiserin als Bestätigung aufgefasst, dass es kein Vertrauen in die Menschen ihrer Umgebung geben könne. Dass man auf sich selbst gestellt und allein sei. Zuversicht und Hoffnung waren der Kaiserin fremd. Sie hatte ihre eigene, von der Literatur der »dunklen Romantik« stark beeinflusste Art, mit der eigenen Individualität umzugehen.

Der Anker, an den die Fee sich lehnt, ist »Peris« einzige Stütze auf ihrer ungewissen Fahrt über die Meere. Ende der 1880er-Jahre, als Elisabeth wieder viel unterwegs war und sich in Gedanken mit ihrem Exil in Griechenland befasste, kehrte sie von einer Seereise mit einem unerwarteten Souvenir zurück. Im Hinterzimmer einer Hafenkneipe hatte sie sich einen Anker auf die Schulter tätowieren lassen. In diesen Jahren waren Tattoos nicht mehr nur bei Matrosen beliebt, sondern hatten den Aufstieg in Adelskreise bereits hinter sich.

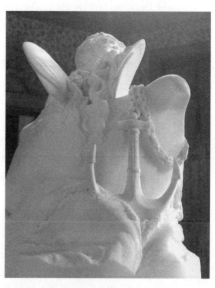

3 Peri mit ihrem Anker

Über ein Jahrtausend war es her, dass tätowierte Frauen und Männer aus Europa verschwunden waren. Im 8. Jahrhundert wuchs der Einfluss des Christentums. Leute mit Hautzeichen wurden zu »Heiden« erklärt und verfolgt. Nun, in der zweiten Hälfte des 19. Jahrhunderts, als man bereits von einer regelrechten Tätowierungswut sprach, ging es vor allem um modernitätskritische Referenzen in Anlehnung an imaginierte exotisch-archaische Sehnsüchte nach einer einfacheren, freieren Welt. Diesem Trend folgten etwa der deutsche Kaiser Wilhelm II., Sisis Sohn Rudolf oder der »schöne Erzherzog« Otto, Bruder des heute aufgrund der Ereignisse in Sarajevo 1914 wesentlich bekannteren Franz Ferdinand. Aber auch weibliche Angehörige europäischer Fürstenhäuser ließen sich tätowieren, nicht allerdings im selben Ausmaß wie Männer. Die bürgerliche Mittelschicht verschmähte den Körperschmuck (noch), zahlte jedoch viel Geld, um in Vergnügusetablissements wie beispielsweise dem Wiener Prater ganzkörpertätowierte Schaustellerinnen zu begaffen. Auch in den Bordellen musste man, vergleichbar mit der obligaten Schwarzen oder »Orientalin«, für das Vergnügen mit einer tätowierten Frau tiefer in die Tasche greifen.

Adolf Loos, wie immer »anti-ornamental« unterwegs, hielt nichts von der neumodischen Zeiterscheinung:

> es gibt gefängnisse, in denen achtzig prozent der häftlinge tätowierungen aufweisen. die tätowierten, die nicht in haft sind, sind latente verbrecher oder degenerierte aristokraten. wenn ein tätowierter in freiheit stirbt, so ist er eben einige jahre, bevor er einen mord verübt hat, gestorben.

Als Elisabeth den Anker ihrem Ehemann vorführte, dürfte dieser recht sprachlos gewesen sein. Er fragte Valerie, ob sie auch schon über die »furchtbare Überraschung, dass sich nämlich Mama einen Anker auf der Schulter einbrennen liess«, geweint habe. Sisi selbst brachte das neue Tattoo mit der bevorstehenden Verlobung und Hochzeit der Tochter in Zusammenhang. Ein Zeichen dafür, dass es nun endgültig nichts mehr gab, was sie an den Hof zurückbringen könnte. Ein Symbol für die letzte Reise, den Tod.

Der Anker ist auf vielen Friedhöfen in Mitteleuropa als Grabgestaltung präsent. Vor allem Gräber aus der zweiten Hälfte des 19. Jahrhunderts und den Jahren um 1900 zeigen den Anker in verschiedensten Ausführungen. Beim Trauerschmuck der viktorianischen Epoche ist das nautische Emblem ebenfalls häufig anzutreffen.

Ein Anker-Tattoo kann auch heute nicht schaden. Hundert Jahre nach der großen Tattoo-Welle im 19. Jahrhundert setzte in den 1980er-Jahren eine Renaissance des Tätowierens ein. Angehörige der gesellschaftlichen Mittelschicht tragen bisweilen Tattoos unter Anzug oder Kostüm.

4 Trauertaschentuch mit Trauerkette, um 1890/1900. Der Anhänger zeigt zwei Todessymbole: Kreuz und Anker.

Weithin sichtbare Tätowierungen sind meistens jenen vorbehalten, die sich, in welcher Form auch immer, gegen den Mainstream abgrenzen wollen. Moderne Grenzgänger unterschiedlichster Metiers warten mit einem Anker auf, zum Beispiel das englische Topmodel Kate Moss, der Sänger der finnischen Black-Metal-Band Horna, Shatraug, oder die amerikanische Musikerin und Stil-Ikone Beth Ditto.

Und der heutige Hochadel? Verhält sich tattootechnisch äußerst zurückhaltend. Adolf Loos wäre zufrieden.

II »Schutzgott Hermes«

Bald aber naht ein Bote,
Hermes nennen sie ihn,
Mit seinem Stab regiert er die Seelen:
Wie leichte Vögel,
wie welke Blätter treibt er sie hin.
Du schöner, stiller Gott!

Hugo von Hofmannsthal/Richard Strauss:
Ariadne auf Naxos, 1912

Highway to Hades

Junge Leute des 21. Jahrhunderts assoziieren »Hermes« in erster Linie mit einem Postdienst, der das Neueste aus dem Internet ins Haus liefert. Im Prinzip ist der Firmenname sinnvoll gewählt, denn Hermes fungierte in der antiken griechischen Mythologie als Bote und (Ver-)Mittler. Der Sohn des Zeus und der Plejade Maia war einer der jüngsten der olympischen Götter. Er galt als schnell, listig und gewandt, ein Patron und Beschützer der Reisenden, Hirten und Diebe, Redner und Dichter, Athleten und Sportler, Erfinder und Kaufleute. Zu seinen Attributen gehörten der geflügelte Helm und ebensolche Sandalen sowie das Kerykeion, der Heroldsstab, abgeleitet vom griechischen Begriff »keryx«, der Herold. Zwei Schlangen winden sich um den obersten Teil des Stabes, sie blicken einander an und stehen für die Verbindung gegensätzlicher Kräfte. Auch die griechische Götterbotin Iris und die römische Göttin des Glücks Felicitas tragen das Kerykeion. Im Altertum war dieses Symbol das Erkennungszeichen der Boten. Es sollte die Immunität dieser Überbringer militärischer Befehle oder geheimer Nachrichten signalisieren und ihre schadlose Rückkehr garantieren. Später wandelte sich das Zeichen in den Merkurstab, ein Symbol des Handels.

Eine besondere, heute weniger bekannte Zuständigkeit des Hermes (römisch: Merkur) war in der Vorstellung der Gläubigen des Altertums jedoch seine wichtigste: Hermes führte den Beinamen »Psychopompos«, der Seelenführer. Auf die Verbindung gegensätzlicher Kräfte wurde bereits hingewiesen: Als göttlicher Grenzüberschreiter geleitet Hermes die Seelen der Verstorbenen an die Gestade der Flüsse Acheron (»der Kummervolle«), Styx (»der Verabscheuungswürdige«) und Lethe (»das Vergessen«) und somit zu Charon, dem Fährmann des Totenreichs. Hermes kontrolliert den »Verkehr« zwischen »Oben« und »Unten« und sorgt dafür, dass die Trennung zwischen den Welten aufrecht und die göttliche Ordnung somit gewahrt bleibt. Abgesehen von den definitiven Beherrschern des Jenseits, Hades und seiner geraubten Gemahlin Persephone, ist Hermes der Einzige, der die Unterwelt problemlos betreten und – nicht ganz unwichtig – wieder verlassen kann.

Die Vorstellung des Totenführers korrespondiert mit den Walküren, die die gefallenen Krieger heim nach Walhalla holen, oder dem Engel Azrael, der von Allah eine Liste mit den todgeweihten Menschen erhält und in den darauffolgenden 40 Tagen diese Aufgabe abarbeitet. Interessant ist auch der Riese Christophorus, der in frühchristlicher Zeit die Toten zur Himmelspforte begleitete und – wie sein altägyptisches Pendant und direkter Vorgänger, der Schakalgott Anubis – hundsköpfig dargestellt wurde.

Allgemein ist der »Seelenführer« eine mögliche Form der Personifikation des Todes. Abgesehen von Gottheiten oder Engeln können auch Geister oder Dämonen diese Aufgabe übernehmen. Neben dem Transport der Seele liegt die Bedeutung des Psychopompos darin, die Sterblichkeit zu akzeptieren. Altgriechische

5 Psychopompos Hermes wacht über Elisabeths Alterssitz im Lainzer Tiergarten.

Vasenbilder oder Grabstelen zeigen auffallend oft Frauen, die von Hermes in die Unterwelt begleitet werden – eine Tatsache, die eventuell auch Elisabeths Interesse an dieser griechischen Gottheit gefördert haben mag.

An der Gartenfront der Hermesvilla begrüßte also gewissermaßen der Tod in Gestalt eines jungen Gottes die Hausherrin Elisabeth, ihre Familie und geladene Gäste. Heute betreten die Besucher das Haus durch den ehemaligen Personaleingang und erfahren von dieser besonderen Eigenart der Villa bei Lainz nur noch im Rahmen einer Spezialführung. Wäre es nach dem Kaiser gegangen, sollte die Hermesvilla ja den wenig originellen Namen »Villa Waldruh« tragen.

Am 1. Juli 1882 hatte Franz Joseph verfügt, in unmittelbarer Nähe der Stadt, aber doch schon in der stillen Abgeschiedenheit der Natur aus kaiserlichen Privatmitteln ein Gebäude zu errichten. Es glich einem Märchenschloss und sollte seinen Bewohnern fernab von Hofzwang und Zeremoniell als Erholungsort dienen. In nächster Umgebung des Hauses wurde das ansteigende Gelände terrassiert und dort steht die Statue des Hermes, geschaffen vom Berliner Bildhauer Ernst Herter, die namensgebend für das Bauwerk werden sollte. Dieses war zwar schon 1886 fertiggestellt, der Hermes jedoch folgte erst später, auf Elisabeths Wunsch. Sie bestellte die Plastik persönlich bei Herter, was unzählige Aktenstücke in der Registratur ihres Privatsekretariats bestätigen. Auch der Preis ist bekannt: 15730 Gulden (zum Vergleich: 2000 Gulden = ca. 7000 Euro).

Überliefert ist, dass die Kaiserin bei der ersten Besichtigung der Innenräume nur den Kopf geschüttelt haben soll. Die Gestaltung entsprach nicht ihrem Geschmack, sondern kann eher als architekturgewordenes Psychogramm des Kaisers aufgefasst werden. Es waren von ihm favorisierte Künstler, die das Erscheinungsbild des Gebäudes bestimmten, das Franz Joseph Elisabeth zuliebe schließlich »Villa Hermes« nannte.

Griechin sucht Griechen

Auch im Achilleion, Elisabeths Privatresidenz auf Korfu, gab es eine »Hermesterrasse«. Ein ruhender Hermes war dort zu sehen, die Kopie einer Bronzestatue aus Herculaneum. Bilder von den Ausgrabungen in den »Städten unter der Asche«, also in Pompeji, Herculaneum und Stabiae, vor allem aber die Neuigkeiten aus »Troja«, das der deutsche Kaufmann Heinrich Schliemann entdeckt haben wollte, beflügelten die Fantasien der Archäologiefans des 19. Jahrhunderts. Die Altertumskunde war dabei, sich als ernst zu nehmende Wissenschaft zu etablieren, um sich von Schatzsuchern, Grabräubern und selbst ernannten »Experten« abzugrenzen. Wer über die notwendigen Mittel und viel Zeit verfügte, schiffte sich nach Smyrna, Neapel oder Alexandria ein und ging den »Sensationen der Vergangenheit« vor Ort auf den Grund.

Elisabeth war als Wittelsbacherin mit engen Beziehungen zu Griechenland aufgewachsen. Immerhin war 1832 der bayrische Prinz Otto, ein Sohn von Ludwig I., als künftiger König nach Griechenland geschickt worden. Die griechischen Nationalfarben Blau und Weiß erinnern noch heute an diese Episode. »Baiern« hieß schon seit 1825 »Bayern« mit einem griechischen Ypsilon. Später wurde Otto aus dem Land vertrieben, von den »schuftigen Griechen«, wie Franz Joseph sie nannte. Die Wittelsbacher verließen Griechenland ernüchtert und verbittert, das philhellenische Abenteuer konnte als gescheitert abgehakt werden.

Als Elisabeth das erste Mal nach Korfu kam, im Jahr 1861, war die Insel englisches Protektorat. Später, als Korfu schon griechisch war, herrschte dort ein weiterer ausländischer Monarch, Georg I., der eigentlich Wilhelm hieß, aus Dänemark kam und 1913 in Thessaloniki ermordet werden sollte. Die kaiserliche Touristin aus Österreich war mehr am ersten Präsidenten Griechenlands interessiert, Ioannis Kapodistrias. Er stammte aus Korfu, war jedoch 1831 ebenfalls ermordet worden, in Nauplia, als er gerade zur Kirche des hl. Spiridon, des Schutzheiligen seiner Heimatinsel, unterwegs war. Elisabeth verehrte den republikanischen Politiker in besonderem Maß, liebte sie ja Griechenland nicht zuletzt als Mutterland der Demokratie.

Auf Korfu suchten die Reisenden die klassischen Gegenden und Szenen und vermeinten in den Korfioten die Ebenbilder des alten Griechentums wiederzufinden. Viele antike Plätze und Ruinenstätten auf dem griechischen Festland waren vor 150 Jahren trostlose Orte, mit Unrat übersät, in den Überresten der Tempel hausten Schafe und Ziegen … Die Mitteleuropäer fühlten sich in ihrem realitätsfernen Bildungstraum gestört und wechselten nach Korfu, das von den Türken nicht erobert worden war und eine venezianische Eleganz ausstrahlte. Elisabeth schrieb an Valerie, dass es »nichts Schöneres auf der Welt« gebe als Korfu, ihr Herz könne sich »gar nicht fassen vor so viel ewiger Herrlichkeit«.

Doch beließ es die österreichische Monarchin nicht beim Schwärmen. Sie las altgriechische Literatur und beschäftigte zu diesem Behufe verschiedene Griechischlehrer, junge »Exoten und Sonderlinge«, die ihr eifersüchtiger Mann durchwegs nicht leiden konnte. Elisabeth verbrachte wesentlich mehr Zeit in der Gesellschaft der jungen Griechen als mit ihrem Kaiser, der die hellenischen Alleinunterhalter mit wechselnden, wenig schmeichelhaften Epitheta wie »der Schreiende« (Nikolaos Thermojannis), »der Bucklige« (Konstantin Christomanos), »der Großhaxerte« (Rhoussos Rhoussopoulos) oder »der Parfümierte« (Alexander Mercáti) bedachte.

Besondere Bedeutung für die Nachwelt sollte der Student Christomanos erlangen, der in seinen »Tagebuchblättern« die Begegnungen mit Elisabeth in der Art eines Chronisten festhielt. Bei seinem Antrittsbesuch bedeutete man ihm, in der Nähe der Hermesvilla zu warten. Er dürfte wohl sehr nervös gewesen sein:

> Plötzlich stand sie vor mir – eine schlanke, schwarze Frau. Ihr Kopf hob sich vom Hintergrund eines weißen Schirms ab, durch den Sonnenstrahlen drangen. In der Linken hielt sie einen schwarzen Fächer, leicht an die Wange geneigt. Ihre Augen fixierten mich goldhell.

Drei Stunden spazierten die Kaiserin und ihr zukünftiger griechischer Vorleser durch den frühlingshaften Lainzer Tiergarten: »Dieses Wandern zwischen den hellen Stämmen der Birken und Buchen in die violetten, fast körperlich greifbaren Märchenschatten hinein, unhörbaren Schrittes auf der schwarzen feuchten Erde, über vermoderte Blätter vom vorigen Herbst.«

Abgesehen von der Statue des Hermes kündet in Lainz noch eine weitere Figur von Elisabeths Griechenlandkult. Eine marmorne Aspasia war einst im Freien aufgestellt, heute befindet sie sich aus konservatorischen Gründen im Stiegenhaus der Hermesvilla. Ignaz Weirich hatte die Figur in Rom geschaffen, sie kam erst 1898 in kaiserlichen Besitz. Aspasia wurde von der Hausherrin besonders geschätzt. Geboren im 5. Jahrhundert v. Chr. im kleinasiatischen Milet, wurde sie die zweite Ehefrau des Perikles. Politischer Einfluss war ihr wichtig, sie gab Unterricht in Rhetorik und die Sokratiker berichteten positiv über sie. Wie so viele Frauen, die den Versuch machten, sich über ihren Stand zu erheben, wurde sie als Hetäre und Bordellbesitzerin öffentlich verhöhnt. Nur mit Mühe

6 Ein Vorbild für Elisabeth: Aspasia, Ehefrau des Perikles, im Stiegenhaus der Hermesvilla

gelang es Perikles, eine gegen seine Frau eingebrachte Klage wegen »Gottlosigkeit und Kuppelei« abzuwehren. Die geistreiche, gut aussehende und mutige Aspasia, die sich gegen gesellschaftliche Zwänge souverän behauptete, scheint auf Elisabeth großen Eindruck gemacht zu haben.

Einer Zeitgenossin, die viel Zeit in der Hermesvilla verbringen sollte, setzte die Kaiserin auf ihre Art ein Denkmal, als sie im Mai 1887 von einer Reise nach Rumänien in die Villa im Tiergarten zurückkehrte:

> Doch ist dies nicht wert des Lärmes;
> Glück lebt nur in Phantasien,
> Beiden sei darum verziehen;
> Denkt da draußen Schutzgott Hermes.

Wem soll man verzeihen? Und was eigentlich?
Fortsetzung folgt in Kapitel IX.

III Die Hausherrin der Hermesvilla

Mehr als 30 Jahre war Elisabeth mit dem Kaiser verheiratet, als er die zündende Idee hatte, für sie (und ihn) ein Altersretiro im Lainzer Tiergarten errichten zu lassen. Schon die Silberhochzeit im Jahr 1879 war ein Albtraum gewesen. Laut Nichte Marie Larisch habe Tante Sisi dabei »eine Miene« gemacht »wie eine indische Witwe, die verbrannt werden sollte.« »Es ist schon genug, 25 Jahre verheiratet zu sein«, kommentierte die Kaiserin, »aber deshalb auch noch Feste zu feiern, ist unnötig.« Ein traditionelles Eheleben hatte es in dieser Beziehung kaum gegeben und gab es nun, als das Kaiserpaar in die Jahre kam, schon gar nicht mehr. Die Reitjagden in England und Irland, denen Franz Joseph nicht nur aus Kostengründen ausgesprochen ablehnend gegenübergestanden war, gab Elisabeth aus gesundheitlichen Gründen, vor allem aber wegen der unverzeihlichen Enttäuschung darüber, dass ihr schottischer Reitpilot »Bay« Middleton nach langjähriger Verlobungszeit endlich seine Freundin geheiratet hatte, auf. Sie selbst behauptete in den 1890er-Jahren, sie habe »plötzlich ohne jeden Grund den Mut verloren« und sie, »die noch gestern jeder Gefahr spottete, erblickte heute eine solche in jedem Busche«. Dies sei auch der Grund, warum »ich Valerie niemals erlaubte, ein Pferd zu besteigen; ich wäre nicht fähig gewesen, die ewige Unruhe zu ertragen«.

Der alte Kaiser, der sich seit Jahrzehnten übergangen fühlte, witterte seine vielleicht letzte Chance, Sisi sesshaft zu machen. Er wollte mehr Zeit mit seiner »süßen geliebten Seele« (»Édes, szeretett lelkem«, wie er fast alle Briefe an sie einleitete, auf Ungarisch) verbringen. Die Rolle des demütigen Bittstellers ermüdete ihn sichtlich. In der politisch sensiblen Zeit um 1866 hatte er Elisabeth geschrieben: »Jetzt hätt' ich halt noch eine Bitt'. Wenn du mich besuchen könntest. Das würde mich unendlich glücklich machen.« Zwei Wochen später die Ernüchterung: »Komme bald wieder … wenn du auch recht bös und sekkant warst, so habe ich dich doch unendlich lieb …«. Die Jahrzehnte vergingen, der Ton blieb derselbe. Franz Joseph (58) an seine Angetraute (51), 1888: »Meine Gedanken sind viel und mit Sehnsucht bei dir. Du denkst wohl seltener an mich …«. Die beiden waren Antipoden, zwei höchst verschiedenartige Persönlichkeiten, die es trefflich verstanden, sich gegenseitig unglücklich zu machen.

In den 1880er-Jahren machte Franz Joseph seiner Kaiserin ein – in seinen Augen – traumhaft schönes Geschenk: eine Villa im Lainzer Tiergarten, abgeschieden, umgeben von einer Mauer, wo kein Fremder Elisabeth stören konnte. 1884 erging das folgende kaiserliche Handschreiben an Hofrat Freiherrn von Mayr, den Direktor der »Allerhöchsten Privat- und Familienfonde«:

> Indem Ich die im Thiergarten nächst Lainz neuerbaute Villa sammt Nebengebäuden Ihrer Majestät der Kaiserin zum Eigenthume bestimmt habe, beauftrage ich Sie wegen Ablösung des Baugrundes und des dazugehörigen Wiesenkomplexes (…) die Verhandlung zu pflegen und (…) haben Sie Sorge zu tragen, dass sowohl die Villa (…) als auch der Grundkomplex unmittelbar als Eigenthum Ihrer Majestät der Kaiserin bücherlich eingetragen werde.

Ganz auf die Bedürfnisse seiner »sekkanten« Elisabeth sollte das Haus zugeschnitten sein. Hatte er Erfolg? Gefiel die Villa der kapriziösen Ehefrau? Ihre Reaktion war eher verhalten, doch schienen ihre positiven Gefühle für die Umgebung des Gebäudes von Herzen zu kommen:

Titania wandelt unter hohen Bäumen,
Mit weissen Blüten ist ihr Weg bestreut;
Die Buchen rings, die alten Eichen keimen,
Es scheint der Wald ein Dom dem Mai geweiht.

Ein Dom durchweht von märchenhaften Träumen,
Ein Zauberort verborgen und gefeit;
Maiglöckchen läuten duftend süße Lieder,
Und goldne Falter schweben auf und nieder.

Die weisse Hirschkuh folgt Titanias Schritten,
Nicht flieh'n die wilden Mouffelins vor ihr,
Eichhörnchen ist vom Stamm herabgeglitten
Und grüsst die Königin im Forstrevier.

Der scheue Kuckuck ist nicht abgeritten
Lauscht sie doch täglich seinem Rufe hier;
Die wilde Taube girret im Gezweige,
Und goldig geht ein Maientag zur Neige.

Im Mondlicht ruht Titania gern, dem blassen,
Ihr Lieblingsreh schaut dann zu ihr empor,
Wie ihre Arme zärtlich es umfassen;
Den wilden Eber krault sie hinterm Ohr;

Doch nie und nimmer werden zugelassen,
Die draussen an des Zauberwaldes Thor,
Um Einlass fleh'n mit Schreien und mit Scharren,
Die alten Esel und die jungen Narren.

Sie war fast 50 Jahre alt, als ihr die Hermesvilla zum Geschenk gemacht wurde. Ein Buch mit sieben Siegeln blieb Elisabeth für ihren Ehemann, er ahnte nichts von ihren Dichtungen, er verstand sie einfach nicht. Die beiden lebten in grundverschiedenen geistigen Welten.

Eine Frau um die fünfzig im 19. Jahrhundert

Frauen hatten bis ins 18. Jahrhundert wegen ihrer geschlechtsspezifischen Gefährdungen durch Schwangerschaften, Geburten und Kindbett, Unterleibserkrankungen und wegen der schlechteren Ernährung im Vergleich zu den Männern eine deutlich geringere Lebenserwartung als diese. Königinnen und Kaiserinnen bildeten keine Ausnahmen, gerade ihre Aufgabe war es ja, Nachkommen am laufenden Band zu produzieren. Franz Josephs Vorvorgänger Kaiser Franz zum Beispiel war viermal vor den Traualtar getreten, zwei Frauen starben im Kindbett, eine von ihnen hatte in 17 Ehejahren zwölf Kinder geboren. Noch um 1880 betrug die Lebenserwartung von Frauen durchschnittlich nur etwa 40 Jahre.

In diesem Alter hatte eine veritable Midlife-Crisis Elisabeth erfasst. Sie war ruhelos und suchte nach einer sie ausfüllenden Beschäftigung, einem »Sinn«. Sollte sie in der Hermesvilla herumhocken und Däumchen drehen? Mit 50 war ihre Schönheit im Schwinden, Sport war Mord, Krankheiten quälten sie als Folge ihres ungesunden Lebensstils. Die fünffache Großmutter – ihre Tochter Gisela hatte vier Kinder zur Welt gebracht, Sohn Rudolf war Vater einer Tochter – hatte schon zehn Jahre zuvor für sich festgestellt: »Ein Mensch von vierzig Jahren löst sich auf, verfärbt sich, verdunkelt sich wie eine Wolke.« Ende der 1880er-Jahre hatte sie ihre Entscheidung getroffen:

> Es gibt nichts »Grauslicheres«, als so nach und nach zur Mumie zu werden und nicht Abschied nehmen zu wollen vom Jungsein. Wenn man dann als geschminkte Larve herumlaufen muß – Pfui! Vielleicht werde ich später immer verschleiert gehen, und nicht einmal meine nächste Umgebung soll mein Gesicht mehr erblicken.

Dass Elisabeth nicht alt werden wollte, hatte nur marginal mit Eitelkeit zu tun. Sie konnte sehr wohl »Abschied nehmen vom

Jungsein«. Vielmehr fürchtete sie sich vor einem ereignislosen Leben, vor Langeweile, davor, dass ihr ein großes Erlebnis, auf das sie ihr ganzes Leben lang gewartet hatte, versagt geblieben sein könnte. Dieses für die Epoche typische Lebensgefühl fasste der vor allem von Frauen viel gelesene, damals sehr »moderne« französische Romancier Paul Bourget wie folgt zusammen: »Der Becher, den uns das Leben hinhält, hat einen Sprung. So empfinden wir im Besitz den Verlust; im Erleben das stete Versäumen.«

Es waren jene wenigen Jahre vor 1889, in denen sie ihre letzten »lichten«, also hellen, Kleider trug. Bald sollte sie vor ihren Kleiderschränken stehen und ihre Garderobe durchmustern. Alles Farbige wurde aussortiert und verschenkt, Hüte, Tücher, Kleider, Schirme, Handschuhe …

Im Entrée in der Hermesvilla fallen die düsteren Deckengemälde und Ausstattungsgegenstände auf, die ihr Leben bald ausschließlich bestimmen sollten. Der Wiener Publizist Gunther Martin sprach davon, dass Elisabeth in dieser Zeit wie eine Figur »aus den Bildern Gustave Moreaus schimmerte«. Moreau brillierte in den 1870er- und 1880er-Jahren als Maler antiker Mythen, die er als unergründliche Traumzustände zeigte, voller Schauer und Schrecken, Ahnungen, Empfindungen und Erregungen. Zu seinen Lieblingsmotiven gehörten geheimnisvolle Sphingen oder Frauen wie die biblische

7 »Johanneshaupt« (um 1890) aus Elisabeths Besitz, Ausstattungsstück der Hermesvilla

Heroine Salome, die den abgetrennten Kopf des Johannes auf einer Schüssel präsentiert oder dessen blutiges Haupt als nächtliche Erscheinung vor sich sieht. Auch Elisabeth besaß eine solche Schüssel mit einem toten Johanneskopf.

Dazu »Meister« Heine in seinem Versepos »Atta Troll. Ein Sommernachtstraum«:

Eine Frau um die fünfzig im 19. Jahrhundert | **31**

> In den Händen trägt sie immer
> Jene Schüssel mit dem Haupte
> Des Johannes, und sie küßt es;
> Ja, sie küßt das Haupt mit Inbrunst.
> (…)
> Wird ein Weib das Haupt begehren
> Eines Manns, den sie nicht liebt?

Als »liebesbleich und silberkühl« charakterisierte sich die alternde Elisabeth 1888, entsprechend dem in der zeitgenössischen Kunst vorherrschenden Frauenbild der »Femme fatale«. Ein Erkennungszeichen dieses Frauentyps sind die langen lockigen offenen Haare, denen die Kaiserin auch jenseits ihrer Gedichte, in der »Gegenwelt« der Realität, ein umständliches und langwieriges Ritual widmete. Der »männermordende Vamp« à la Salome war omnipräsent in der (Gebrauchs-)Kunst und verkaufte sich gut in der Zeit kurz vor 1900. Es gab verschiedene Varianten und Facetten, die rätselhaft-grausame Sphinx, die extravagante Diva oder ganz grundsätzlich die Personifikation fataler Weiblichkeit, wie sie der Münchner Paradekünstler Franz von Stuck in seinem Bild »Die Sünde« publikumswirksam vorführte. Elisabeth machte sich in einem Gedicht als »Frau Ritter Blaubart« über ihre Verehrer lustig, sie erscheint als männermordende Zauberin. Diese Selbststilisierung zur kalten Schönheit bot ihr einen Schutz vor männlichen Machtansprüchen. Gleichzeitig bemühte die belesene Verfasserin byronsches Gedankengut, wenn sie aus der Mitte jener Eiswüsten zu sprechen schien, die der englische Dichter in den Herzen der Herrschenden wachsen sah:

> Aus meiner hohen Eisregion
> Ruf' ich zu dir hernieder:
> Dein Minnen ist umsonst mein Sohn
> Erstarrtes grünt nie wieder.

Besitzest Du den kecken Mut,
Mich jemals zu erreichen?
Doch tödtet meine kalte Glut,
Ich tanze gern auf Leichen.

Seltsame Tanzvergnügen, beleuchtet von lichterloh brennenden Mumien, gab es auch im verwilderten Reich Kor, einem Abenteuerland à la Indiana Jones. Erfunden wurde es vom englischen Autor Henry Rider Haggard, der seine koloniale Vergangenheit in Südafrika und seine heftigen okkulten Neigungen in ein Buch einfließen ließ, das jeden Karl May in den Schatten stellt: ein durchlöcherter Berg voller Gräber, ein morbider Bienenkorb, in dem sich unversehens Schächte auftun, auf deren Grund uralte Knochenpyramiden lagern, die gern auch mal ins Rutschen kommen. Eine ausschließlich dem Dienst an den Toten geweihte Kultur, mit seitenlangen Schilderungen von Kannibalismus, Folterungen und Totenbräuchen. Dieses Reich aus Stein und Moder beherrschte jene Frau, in der Elisabeth sich wiedererkannte. SHE-who-must-be-obeyed (Sie, der man gehorchen muss), war, so die Überlieferung, in Wirklichkeit eine bösartige Puppe, die in einem alten Schrank lebte und die von Haggards Nanny erfunden worden war, um den Buben zu erschrecken. Der erwachsene Haggard beschrieb in seinem 1887 veröffentlichten Bestseller »SHE« eine 3000 Jahre alte Königin, die sich auf geheimnisvolle Weise immer wieder verjüngte und sich so den Körper einer 30-Jährigen erhalten konnte. In der ostafrikanischen Einsamkeit wartet SHE, die hochgebildete, untote Philosophin, auf einen Wiedergänger. Über die Jahrhunderte hinweg hat sie keinen anderen Mann angesehen als den mumifizierten Leichnam ihres Geliebten, um für eine künftige Inkarnation des Toten bereit zu sein. Dem Schicksal Einzelner gegenüber zeigt sie sich kühl und gleichgültig. Ihre gezüchteten Domestiken sind taubstumm, misslungene Züchtungen lässt sie aussterben. Hilflose Untertanen, die sich unbotmäßig gezeigt haben, tötet sie mit einer berührungslosen Handbewegung. Haggard schickt in seinem Werk

Eine Frau um die fünfzig im 19. Jahrhundert

zwei englische Reisende nach Afrika, die Licht in die dunklen Geheimnisse von Kor bringen sollen. Selbstverständlich ist SHE, die älteste Frau der Welt, gleichzeitig die schönste. Eingehüllt in ein »Grabgewand« verweigert sie sich den voyeuristischen Blicken der Männer: »Wenn ich dir mein Gesicht zeige, würdest du vielleicht ebenso elend zugrunde gehen, vielleicht würdest du dein Leben in ohnmächtigem Begehren vertun, denn wisse: Nicht für dich bin ich.«

Totengöttin, Herrscherin und Femme fatale verschmelzen bei Haggards SHE zur archetypischen Figur, die Elisabeths Interesse auf sich zog. Sie wurde sich ihrer Verwandtschaft mit der Romangestalt in besonderer Weise bewusst.

Die Verweigerungen und das Verschwinden der Kaiserin spielen sich in diesem vielgelesenen, spannenden Abenteuerroman in einem atemberaubenden archaischen Szenario ab. Der Rückzug aus den Pflichten einer Monarchin führt nun ins dunkle Herz eines afrikanischen Felsens, Fächer und Schirm verwandeln sich in »Grabgewänder« und Mumienbinden.

Zur Mythologisierung ihres Verschwindens hatte Elisabeth einen Unterhaltungsroman gewählt, den sie ein Jahr nach seinem Erscheinen in dem oben erwähnten Gedicht (»Titania und Alfred«) mit einem Bezug auf ihre eigene Person versah. Derselbe sadistische Zug, der SHE (und Elisabeth) charakterisiert, zeigt sich auch in einer Strophe, in der sich die Kaiserin mit ihrem Stalker Alfred Gurniak Edler von Schreibendorf auseinandersetzt:

In meiner schönen Mache
Verzapple dich zu Tod,
Ich schaue zu und lache
Von jetzt bis Morgenrot.

Marie Larisch sagte über ihre Tante: »Sie betrachtete die Sensation, angebetet zu werden, als Tribut, der ihrer Schönheit zukam. Doch ihre Begeisterung dauerte nie lange«, im Gegenteil, sie verwandelte sich in Ablehnung und Verachtung. Elisabeths ausgeprägter Narzissmus war gepaart mit Überempfindlichkeit und Arroganz.

Weder aufopferungsvolle (Groß-)Mutter noch repräsentierende Kaiserin, geschweige denn liebende Gattin waren Frauen«ideale«, denen Elisabeth Positives abgewinnen konnte. Das Diktat der »Drei K« (Kirche, Küche, Kinder) galt für bürgerliche Frauen, bei Damen des höchsten Standes wäre eher von den »Drei R« (Religion, Repräsentation, Reproduktion) zu sprechen. All dem setzte Elisabeth eine ihrer ausgeprägtesten Charaktereigenschaften entgegen: Verweigerung. Aufgedrängten Aufgaben widersetzte sie sich seit Anfang der 1860er-Jahre konsequent, nachdem sie aufgrund der stets anwachsenden Schar

8 Elisabeths Nichte Marie Larisch-Wallersee und Marie Valerie, 1876

unterwürfiger Anbeter erkannt hatte, dass Schönheit in der männlich dominierten Gesellschaft mit Macht gleichzusetzen war. Sie begriff ihre Erscheinung als Ausdruck der ihr eigenen Individualität und setzte ihr gutes Aussehen wirkungsvoll als Waffe ein. Im August 1865 hatte sie ihrem Mann, der ihr glühendster Verehrer war, kurz nach seinem 35. Geburtstag schriftlich folgendes Ultimatum gestellt:

> Ich wünsche, dass mir vorbehalten bleibe unumschränkte Vollmacht in Allem, was die Kinder betrifft (…), die komplette Leitung ihrer Erziehung, mit einem Wort, alles bleibt mir ganz allein zu bestimmen (…). Ferner wünsche ich, dass, was immer meine persönlichen Angelegenheiten betrifft, wie unter anderem die Wahl meiner Umgebung, den Ort meines Aufenthalts, alle Änderungen im Haus etc. etc. mir allein zu bestimmen vorbehalten bleibt.
> Elisabeth. Ischl, 24. August 1865

Das Dokument kann als Elisabeths Emanzipationserklärung gelesen werden. Ab diesem Moment waren ihr Einmischungen von Seiten des Ehemannes oder der Schwiegermutter schlichtweg egal. Oft ist zu lesen, dass das »Ultimatum« als Beweis für Elisabeths Mutterliebe zu Rudolf auszulegen sei, da der brutale Erzieher des Thronfolgers, Graf Leopold Gondrecourt, bald darauf von seinem Posten abberufen wurde. Es war definitiv die Kaiserin, die mit diesem persönlichen Einsatz die Grundlage geschaffen hatte für Rudolfs Ausbildung in ihrem Sinn, also pro Liberalismus, Antiklerikalismus, Verfassungsstaat und contra Gottesgnadentum und Absolutismus. Dennoch: Nachdem Franz Joseph das Ultimatum zähneknirschend akzeptiert hatte, ja, akzeptieren musste, um einen nie dagewesenen Hofskandal zu vermeiden – wäre doch Elisabeth einfach abgehauen, hätte er auf seine Mutter gehört und abgelehnt – kümmerte sich Sisi nicht mehr um ihre Kinder. Das Ultimatum war ihr Freibrief für Selbstständigkeit und Unabhängigkeit. In den folgenden Jahrzehnten sollte sie leben, wie und vor allem wo sie wollte.

Etwa hundert Jahre, nachdem Elisabeth das erwähnte Johanneshaupt angeschafft hatte (1896), stellte die österreichische Autorin Judith Fischer ihre »sisi diagnose« (1994):

> in ihr posierten die wünsche als phantasmen. sie hatte nichts als ihr eigenes bild. ihre bloße anwesenheit. die verletzung des lebens. zerfallen. raubbau. reiten (manisch). halbkrepierte vögel. ein blutegelbiss. das möwen- und das delphinsiegel. gicht. männer wörtlich als aufgespannte eselshäute. ein seifenblasender engel. ein kopf in einer schüssel liegend. kraniche. aasgeier.

Ganz offensichtlich war die Schriftstellerin von einem Besuch in der Hermesvilla inspiriert, befinden sich doch in Elisabeths Empfangsraum nicht nur die bereits erwähnte Johannesschüssel, sondern auch die »halbkrepierten Vögel«, die »Kraniche«, die »seifenblasenden Engel« und natürlich die »Aasgeier«. Bei den »Kranichen« handelt es sich um »Chinesische Sumpfvögel«, Bronzearbeiten aus China. Solche »Chinoiserien« wurden schon im 18. Jahrhundert ausschließlich für den europäischen Markt hergestellt. Die Vögel zierten die Hermesvilla seit 1886 und sind der Fernost-Mode zuzurechnen, die sich auch in anderen modischen Gegenständen wie Vasen, Fächern, Kimonos, Lackkästchen etc. manifestierte. Zwei der ursprünglich vier Kraniche sind heute in der Hermesvilla zu sehen.

Am Plafond erkennt man die seifenblasenden Engel und die Aasgeier, die sich über kleinere »halbkrepierte Vögel« hermachen. Seifenblasen und Aasvögel sind typische Symbole der Vergänglichkeit und des Todes.

9-11 Deckengemälde im ersten Stock der Hermesvilla (Details)

Die Putti scheinen sich mit den Seifenblasen lediglich zu vergnügen, nach wenigen Augenblicken zerplatzen sie vor ihren Augen. Dieses Motiv aus dem Umkreis des »Homo bulla« gehört zum umfangreichen Themenkomplex der »Vanitas« und spielt auf die Zerbrechlichkeit des Lebens und die Unabwendbarkeit des Todes an. Die Engel sind nackt, um ihre Schutzlosigkeit und Ohn-

Eine Frau um die fünfzig im 19. Jahrhundert | **37**

macht hervorzuheben. Der Vergleich zwischen dem menschlichen Leben und der fragilen, äußerst kurzlebigen Seifenblase war vor allem zwischen dem 16. und 18. Jahrhundert samt dem dazugehörigen moralisierenden Unterton häufig anzutreffen. Der in der Hermesvilla vorherrschende Historismus führte das Motiv neuerlich in der Ausstattungsmalerei ein.

»Frau Ritter Blaubart's Cabinet«

Dass sich Elisabeth langweilte und mit ihrem Leben als Großmutter und Frau mittleren Alters nichts anzufangen wusste, zeigt sich besonders deutlich in der sogenannten »Affäre Pacher«, die sich in den Jahren 1885 bis 1887 abspielte. Viele Jahre zuvor, am Faschingsdienstag 1874, hatte sie sich verbotenerweise dazu hinreißen lassen, inkognito einen Ball zu besuchen, die Musikvereins-Redoute. Es sollte ein großer Maskenball werden, ganz Wien sprach davon. Die Kaiserin erschien in einem gelben Domino, einer rotblonden Perücke und in Begleitung der ungarischen Hofdame Ida Ferenczy, die einen roten Domino trug, also ebenfalls einen wadenlangen Umhang, ärmellos, aber mit großer Kapuze. Ursprünglich trugen italienische Geistliche einen Domino, abgeleitet vom lateinischen Wort »dominus«, der Herr. Ab dem 16. Jahrhundert verwendete man ihn aber auch, um unerkannt zu einem geheimen Rendezvous zu gelangen. Bezeichnenderweise zierte dieses Kleidungsstück nun die abenteuerlustige Kaiserin. Auf der Redoute musste Ida sie »Gabriele« nennen. Der junge Ministerialbeamte Fritz Pacher fiel dem gelben Domino positiv auf und wurde vom roten Domino zur Galerie gebracht, auf der »Gabriele« hinter ihrer schwarzen Spitzenmaske das bunte Treiben beobachtete. Als das Gespräch politische Fragen mit einbezog und die ungeschickte Elisabeth sich bei Pacher nach seiner Einschätzung des Kaiserhauses im Allgemeinen und der Kaiserin im Besonderen erkundigte, war sie enttarnt. Beide machten jedoch weiter gute Miene zum bösen Spiel. Der 26-jährige Friedrich List Pacher von Theinburg hatte den Ball wohl in der Hoffnung auf einen kleinen Flirt besucht und schob nun die Kaiserin von Österreich durch das Maskengedränge. Als das ganze Theater doch zu peinlich wurde, ließ sie ihn auf ein Zeichen von Ida Ferenczy hin stehen und verschwand in einer Kutsche. Als Pacher der verkleideten Cinderella in einem Brief auf den Kopf zusagte, dass er in »Gabriele« längst die Kaiserin erkannt hatte, stoppte Elisabeth den mit verstellter Schrift verfassten und mit falschen Poststempeln versehenen Briefverkehr, mit dem sie sich in teenagerhafter Manier ein paar Monate lang gut unterhalten hatte. In ihrer Klimakteriums-Fadesse maß sie nun, 1885, dem an sich harmlosen Scherz einer Faschingsnacht überdimensionale Bedeutung bei und suchte aus heiterem Himmel den postalischen Kontakt mit dem längst verheirateten und nach eigenen Aussagen glatzköpfigen Fritz Pacher. Dieser antwortete sogar, wimmelte sie aber gereizt ab: »Eine anonyme Korrespondenz entbehrt nach so langer Zeit des Reizes«, schrieb er. Sisi ärgerte sich über den Korb, nannte Pacher »ein ganz gemeines Beast«. Zwei Jahre später war sie noch immer nicht über die Angelegenheit hinweg und trieb einen beträchtlichen Aufwand, um Pacher eines ihrer Gedichte in gedruckter Form zukommen zu lassen. Um »keinen Verdacht auf ihre Person zu lenken«, ließ sie den Text von Mittelsleuten in Brasilien (!) aufgeben. Der Schriftsteller Egon Cäsar Conte Corti interviewte Pacher als alten Mann für seine Elisabeth-Biografie und erfuhr auf diese Weise von der Existenz des Gedichts »Das Bild des gelben Domino/Long long ago«:

Denkst du der Nacht noch im leuchtenden Saal?
Lang, lang ist's her, lang ist's her,
Wo sich zwei Seelen getroffen einmal,
Lang, lang ist's her, lang ist's her,
Wo uns're seltsame Freundschaft begann,
Lang, lang ist's her, lang ist's her!

Denkst du, mein Freund, wohl noch manchmal daran?
(…)
Ein Druck der Hand noch, und ich musste flieh'n,
Lang, lang ist's her, lang ist's her!
Mein Antlitz enthüllen durft' ich dir nicht
Lang, lang ist's her, lang ist's her!
Doch dafür gab ich der Seele ihr Licht,
Freund, das war mehr, ja, das war mehr!
(…)
Lebst du, so gieb mir ein Zeichen bei Tag,
Lang, lang ist's her, lang ist's her,
(…)
Lass mich warten nicht mehr,
Warten nicht mehr!

Die »seltsame Frau«

Das Gefühl, etwas versäumt zu haben, lastete seit Jahren auf der Kaiserin von Österreich. Sie hatte Schwierigkeiten mit einem weiblichen Dasein, das sie nicht ausfüllen und ausleben konnte. Ende des 19. Jahrhunderts waren für eine Frau ihres Alters Rückzug und Unauffälligkeit vorgesehen. Für geistig interessierte Frauen, die sich in Gegenwart der Enkel und Urenkel fast zu Tode langweilten, sah die Epoche keine Identifikationsmodelle und keine Role-Models vor. Elisabeth klagte über ihre Vereinsamung, stellte jedoch auch fest: »Zum Paradies ward die Verlassenheit.«

In der Mitte des Lebens sah sie endlose Jahre vor sich, welche sie mit schnellen Schritten und langen Fahrten zu bewältigen suchte. Es waren letzten Endes Reisen ins Schweigen und Vergessen. Ihre langjährige Vertraute Marie Festetics, die mit Andrássy befreundet war und sie in Fragen der ungarischen Außenpolitik beraten hatte, charakterisierte die ältere Elisabeth treffend:

Da kamen viele gute Feen und legten ihr eine schöne Gabe in ihre Wiege, Schönheit, Lieblichkeit, Anmut, Vornehmheit, Einfachheit, Güte, Demut, Geist, Witz, Schalkhaftigkeit, Scharfsinn und Klugheit. Dann aber kam die böse Fee und sagte: Alles hat man Dir gegeben, wie ich sehe, alles. (…) Ich gebe Dir nichts. Ich nehme Dir aber ein hohes Gut (…) das Maßhalten in Deinem Tun, Treiben, Denken, Empfinden. Nichts soll Dir zur Freude werden, alles sich gegen Dich kehren, selbst Deine Schönheit soll Dir nur Leid schaffen.

In ihrer unmittelbaren Umgebung, am Wiener Hof, war Elisabeth schon lange äußerst unbeliebt. Der Hochadel hasste sie seit dem Augenblick, als ihr Einsatz für Ungarn öffentlich wurde. »Die ungarische Dame« wurde sie genannt – eine große Auszeichnung in Ungarn, eine eindeutige Beschimpfung in Wien. Ihre magyarischen Hofdamen wie die erwähnte Marie Festetics konnten mit niemandem außer der Kaiserin sprechen, da die Mutter des Kaisers sie mit Nichtachtung strafte und die Hofgesellschaft diesem Beispiel folgte – galt doch Sophie bis zu ihrem Ableben, und auch noch darüber hinaus, den meisten als »wahre Kaiserin«. Die Ablehnung der Alteingesessenen provozierte in Elisabeth Unverschämtheit, Unkonventionalität, »Unmöglichkeit«. Immer dieses Lesen – was für eine Zeitverschwendung! Sie war durchaus geistreich, dadurch galt sie als »emanzipiert« – ein Schimpfwort. Sie war kulturell sehr interessiert – das fiel unangenehm auf, noch dazu bei einer Frau. Geistvoll – ein Synonym für liberal.
Im Volk schwächelte die Zuneigung zu Elisabeth auch langsam, aber dafür umso bestimmter. Niemals würden die Wienerinnen und Wiener ihr verzeihen, dass sie ihre Schaulust nicht zu befriedigen gedachte: Karfreitagsprozession, Fronleichnamsfest, Maikorso … – bei allen Großereignissen im Jahreslauf glänzte die Monarchin durch Abwesenheit. Man wartete schon regelrecht auf die kleine Notiz in den Zeitungen, wonach ein »plötzliches Unwohlsein Ihre Majestät ergriffen« habe oder sie »zur Erholung

aufs Land reisen« musste. Sie kümmerte sich mit fünfzig längst nicht mehr darum, etwas von dem verstehen zu wollen, was um sie herum vorging. Mit Schirm, Fächer und Schleier verschwand sie aus der Öffentlichkeit. Etwas Seltsames, Fremdes, schwer zu Deutendes schien von ihr auszugehen, etwas, das die Fantasie schon der Zeitgenossen anregte. Man versuchte sie zu deuten und missdeutete sie. Der Wiener Schriftsteller und spätere Filmproduzent Felix Dörmann verfasste in der Nachfolge von Charles Baudelaire die Gedichtsammlung »Neurotica« (1892). Elisabeth mochte Baudelaire. Seine Frauenschilderungen entsprachen ihren Selbstbildern: geisterhafte, flüchtige Wesen, Töchter der vom ermüdenden Duft der Tuberosen durchzogenen Décadence. Möglicherweise schwebte Dörmann das Bild der ihren Untertanen so fernen Elisabeth vor, als er diese Verse zu Papier brachte:

Ich liebe, was niemand erlesen,
Was keinem zu lieben gelang:
Mein eigenes, urinnerstes Wesen
Und alles, was seltsam und krank.

IV Refugium im Wienerwald – Die Hermesvilla

Im mailich ergrünenden Walde
Da steht ein verzaubertes Schloss
Auf blumendurchwucherten Halde
Ruht träumend das Wild in dem Moos.

»Titanias Zauberschloss« nannte die Kaiserin das für sie vorgesehene Altersdomizil. Als Alternative zu Hofburg und Schönbrunn war sie gedacht, die neue, im romantischen Historismus erbaute Landvilla mitten im Lainzer Tiergarten. Nicht allzu weit von der

12 Friedrich Pontini: Die Hermesvilla mit der Penzinger Wiese, 1910

Stadt und der Sommerresidenz Schönbrunn entfernt, trotzdem ruhig und mitten im Grünen. Bei der Planung orientierte man sich nicht an imperialen Prunkbauten, sondern an jenen Sommersitzen in Reichenau an der Rax oder im Salzkammergut, die sich die vermögenden Fabrikanten und reichen Bankiers der Ringstraßenzeit in großer Zahl errichten ließen. Zum 50-jährigen Regierungsjubiläum Franz Josephs – Elisabeth war schon tot – konnte man in einer der zahllosen Jubelbroschüren unter anderem über das »wundersame Buen-Retiro unserer unvergesslichen Kaiserin« lesen, dass es »keineswegs das Bild des Landsitzes eines wohlhabenden Privatmannes überschreitet«.

Im »Thier- und Saugarten«

Der »mailich ergrünende Wald« bei Lainz war seit Jahrhunderten als Jagdgebiet genutzt worden. Es sollte noch lange dauern, bis das Wild »träumend im Moos« ruhen konnte, denn im »Wienner Waldt«, wie er genannt wurde, waren die Wildtiere einst ausschließlich zur Bejagung bestimmt. Schon die frühen Habsburger genossen die Jagd als Freizeitvergnügen, allein oder mit adeligen Gästen. Um die Erhaltung der Bäume war man im Mittelalter bereits in Sorge, nicht jedoch etwa, weil das Holz zu langsam nachwuchs oder der Bedarf nicht gedeckt werden konnte, sondern weil der Wald nur als Lebensraum des Wildes von Bedeutung war. Die Babenberger hatten zuvor sogar das Aufstellen von Bienenstöcken im Wald untersagt, weil die stechenden Insekten das Wild vertreiben könnten.

Ab dem 14. Jahrhundert kamen in der Wiener Umgebung die ersten »Thiergärten« als typische Belustigungsorte gehobener Adelskultur auf. Je nach Wildart, die darin gehalten wurde, nannte man sie »Hirsch-« oder »Saugarten«. Umschlossen waren diese Bereiche mit Holzpalisaden und darin hielt man das Wild »auf Vorrat«, um es je nach Lust, Laune und Anlass bejagen zu können.

Ein solcher Plankenzaun, zur Waldseite hin offen, reichte schon recht früh vom Kahlenbergerdorf bis nach Lainz. Beim Auhof gab es einen sogenannten Wolfsgarten, ein allseitig umzäuntes Terrain, das man sich als Fallgrube größeren Umfangs vorstellen muss. Noch im 19. Jahrhundert stellte die Wolfsjagd eine für den Schutz des Wildes notwendige Maßnahme dar. Der letzte Wolf im Lainzer Tiergarten wurde 1833 oder – je nach Quelle – erst 1846 erlegt. Im Auhof befand sich früher das Jagd- und Forsthaus des jeweiligen Regenten.

Die aus festem Material gebaute Umfriedung des heutigen Lainzer Tiergartens kam erst Ende des 18. Jahrhunderts zustande. Der begnadete Satiriker Johann Nestroy bezeichnete das über 24 Kilometer lange Bauwerk später als »Junges der Chinesischen Mauer«. Auch die Legende vom »armen Schlucker« hat mit dem Lainzer Tiergarten zu tun. Vom niederösterreichischen Maurergesellen Philipp Schlucker (1747–1820) wird berichtet, dass er aus purer Unwissenheit die Offerte seiner Konkurrenten derart unterboten hat, dass der kaiserlichen Hofkanzlei gar nichts anderes übrig blieb, als ihn mit der Durchführung des Baues zu betrauen. Kaiser Joseph II. war mit den Arbeiten vollauf zufrieden. Er sorgte dafür, dass Schlucker so arm nicht bleiben musste, und verlieh ihm den Posten eines Waldamtsbaumeisters. Obendrein schenkte er ihm ein Grundstück in der Nähe von Baden. Auf die Zeit des Aufklärers Joseph geht auch das heute noch existierende Wirtshaus Hirschg'stemm zurück. Es war 1782 als Försterhaus erbaut worden. In den folgenden Jahrzehnten wurden dem Tiergarten immer wieder Teile aus verschiedenen Besitzungen einverleibt, bis der gesamte Waldbestand als Krongut gelten konnte. Sowohl Franz Joseph als auch Rudolf waren jagdbegeistert, eine der wenigen Gemeinsamkeiten, die Vater und Sohn verbanden. Rudolf war sogar noch zwei Tage vor seinem Tod in Mayerling im Lainzer Tiergarten auf der Jagd gewesen.

»Oberons« Schloss

Möglicherweise hatte Franz Joseph ursprünglich daran gedacht, ein komfortables Jagdhaus im Tiergarten errichten zu lassen, da die damals vorhandenen Gebäude diesen Zweck nicht erfüllen konnten. Bald jedoch entschloss er sich, das Haus seiner Frau zu widmen. Diese bedankte sich artig: »(…) dass Du so viel gut bist mir ein Haus für unsere alten Tage im Thiergarten zu spendieren (…).« Neben der Hermesvilla gab es noch verschiedene andere Gebäude, die das Ensemble vervollständigten. Im Anschluss an den Südtrakt waren eine Reitschule und Stallungen entstanden. Noch hätte es niemand für möglich gehalten, dass Elisabeth, die »Königin der Jagd«, ihrem Lieblingssport bald für immer Ade sagen würde. Als Fortsetzung des Nordflügels folgten eine Küche und die Räume für das Küchenpersonal. Gegenüber der Villa steht das Wohnhaus, das ursprünglich den Hofbeamten zugedacht war. Alle Bauteile gruppieren sich um einen langgestreckten, rechtwinkeligen Hof. Das Gesamtareal umfasste etwas mehr als 36 Hektar.

Die ersten Pläne datieren vom Dezember 1881. Planender Architekt war Carl von Hasenauer, der sogenannte »Makart der Architekten« und ein Lieblingsbaumeister des Kaisers. Er war zur selben Zeit allerdings auch mit der Fertigstellung des neuen Hofburgtheaters sowie der beiden Hofmuseen betraut und hatte weiters den Ausbau der Neuen Hofburg durchzuführen. Die Hermesvilla, später großspurig als »Krone des modernen Schlossbaues in Niederösterreich« bezeichnet, wurde wohl einfach innerhalb der weitaus größeren Bauaufträge »mitbetreut«. Die ausführende Baufirma und viele andere an der Errichtung des Gebäudes beteiligte Unternehmen waren ident mit jenen, die die wichtigen Monumentalbauten an der Ringstraße ausführten. Auf jeden Fall waren Hasenauers Pläne für das kaiserliche Privatprojekt »Villa Waldruh« ein »selten uninspiriertes Pflichtstück repräsentativer Villenarchitektur mit kanonischer Eck- und Mittelrisalitgliederung der beiden Längsfronten, bereichert mit Türmchen als seitliche Abschlüsse«, so die

13 Carl von Hasenauer: Entwurf zur Hermesvilla, 1881

Einschätzung des Architekturhistorikers Peter Haiko. Auch die Aufteilung des Innenraumes sei »ein Stück Hofbeamten-Architektur, gleichsam abgeschrieben aus einem Handbuch für höfische Bauten«. Andererseits: Was sollte man vom Auftraggeber erwarten?

Im ersten Stock gab es eine symmetrische Aufteilung der Appartements für Kaiser und Kaiserin. Hochgestellte Ehepaare lebten getrennt voneinander, mit eigenem Hofstaat, eigenen Schlaf- und Sanitärräumen. Die Appartements waren durch einen Mittelsaal mit Vorraum getrennt. Selbst wenn sie unter einem Dach wohnten, bekam Franz Joseph seine Frau nur selten zu Gesicht, erinnerte sich der kaiserliche Kammerdiener Eugen Ketterl. Der Kaiser musste sich bei Elisabeth ansagen. Tat er das nicht und erschien er ohne Anmeldung vor ihrer Garderobe, erklärten die dienstbaren Geister, Ihre Majestät schlafe noch. Im ungarischen Schloss Gödöllő, das wie die Hermesvilla ebenfalls Elisabeth allein gehörte, konnte es vorkommen, dass »der Kaiser oft zehn Tage lang umsonst zu ihr hinüberging (…) mir tat der hohe Herr oft in der Seele Leid«, so Ketterl.

Das Parterre sah ursprünglich Räume für Gäste des Kaiserpaars vor. Stattdessen wurden schließlich Appartements für die beiden Töchter Gisela und Marie Valerie eingerichtet.

Das Haus entspricht dem gängigen typisierten Standard für eine recht unpersönliche, an städtischen Bedürfnissen orientierte Sommervilla. Die einzige Abweichung vom üblichen Raumprogramm ist das Turnzimmer, ein solches war aber in jeder Wohnung Elisabeths installiert. In die Planungen war sie sicherlich nicht involviert. Auch die Auswahl der Künstler ging auf Franz Joseph zurück, wünschte er sich doch, dass Hans Makart das Schlafzimmer der Kaiserin gestalten sollte. Makart war *der* Modemaler und Ausstattungsspezialist und hatte seinerzeit den Huldigungsfestzug der Stadt Wien für die Silberhochzeit der hohen Jubilare ausgerichtet. 1884 starb er jedoch 44-jährig an Syphilis. Der Auftrag ging nun an den Makart-Schüler Hugo Charlemont, der sich im Verein mit Rudolf Carl Huber, Julius Berger und Pietro Isella bemühte, Makarts Intentionen zu entsprechen. Ein weiterer Favorit des Kaisers, Viktor Tilgner, zeichnete für Stuckarbeiten, Skulpturen und für zwei Brunnen im Garten verantwortlich. Auch dessen höfischer Neobarock war in keiner Weise geeignet, Elisabeth an die Reichshaupt- und Residenzstadt zu binden. Außerdem war etwas viel auf die spartanisch anmutende Lebensweise Franz Josephs Rücksicht genommen worden, obwohl das Gebäude ja hauptsächlich Elisabeth bewohnen sollte. »Modernismus« war bekanntlich des Kaisers Sache nicht, so wurde bei Heizgeräten und der Einrichtung von Sanitärräumen auf »Luxus« verzichtet. Es sollte fast zehn Jahre dauern, bis sich Elisabeth mit ihren wiederholten Interventionen durchsetzen konnte. Man muss sich im Gegensatz dazu das von ihr persönlich eingerichtete Achilleion vorstellen, das über Fußbodenheizung, fließend Kalt- und Warmwasser, große Badezimmer und elektrisches Licht verfügte. Mitte der 1890er-Jahre wurden also endlich in der Hermesvilla Badewannen aufgestellt und Klosetts mit Wasserspülung installiert. Carl von Hasenauer konnte einmal beobachten, wie die Kaiserin sichtlich vergnügt an den Wasserbecken die Hähne auf- und zudrehte. 1897 überraschte sie mit einer neuen Idee. Um in der Hermesvilla Dampfbäder nehmen zu können, übertrieb die Kaiserin ein wenig in der Beschreibung ihrer lästigen rheumatischen Beschwerden. Das Dampfbaden war um 1900 äußerst beliebt, gab es doch nun ein neues Frauenideal, die junge, knabenhafte Nymphe. Etwas schwierig, denn nach heutigen Maßstäben trugen die meisten Wienerinnen damals Kleidergröße 44. Das Dampfbad stand im Ruf, die Kilos schmelzen zu lassen, und dies war wohl der tatsächliche Grund für Elisabeths Sehnsucht nach Dampfkabinen. Sie informierte auch die Vertraute Frau Schratt, die sogleich vom Dampffieber infiziert war und der kaiserlichen Freundin beim Dampfen Gesellschaft leisten sollte. Der Plan wurde nicht realisiert, denn Franz Joseph blieb stur und äußerte sich sehr missbilligend über die »zwei Badekabinen, (…) in welchen Ihr geröstet oder abgebrannt werden sollt«.

Die Elektrizität in der Villa erlebte Elisabeth nicht mehr. Sie hielt erst 1911 Einzug in Franz Josephs Räumen. Zumindest die Straße zur Hermesvilla war eine der ersten in Wien, die elektrisch beleuchtet war. Die Terrassen erstrahlten nach Einbruch der Dunkelheit im Licht von 120 Lampen – doch in den Schlafzimmern des Herrscherpaares gab es keine Luster, einerseits um die Gemälde nicht zu beeinträchtigen, aber auch aus Sparsamkeit. Die Beheizung des zweigeschoßigen Baues erfolgte über Kohle- und Holzöfen und einen zentralen Heizkessel im Keller, welcher heute noch besichtigt werden kann und in seiner Funktionsweise antiken Fußbodenheizungen nicht unähnlich ist. Die Hermesvilla verfügte über eine der ersten Zentralheizungen in Wien.

»Und jeder Mai hat uns vereint«

Die Gegend war gut geeignet für exzessiv ausgedehnte Spaziermärsche, wie Elisabeth sie liebte. Auch der Park, der die Hermesvilla umgibt, wurde so angelegt und gestaltet, wie es jenen Vorstellungen entsprach, die der Bauherr von seiner Frau hatte. Südländische Nadelhölzer wie Zerreichen und Zedern dominieren hier, sie wurden aus mediterranen Zonen importiert und rund um das Gebäude angepflanzt, der Übergang in die Wienerwald-Landschaft ist fließend gestaltet. Elisabeth hätte vermutlich die einheimischen Baumarten belassen. Sie schätzte die Vegetation des Mittelmeerraums, doch eben an Ort und Stelle.

Wohl kann die Hermesvilla als eine Art »Reservat« aufgefasst werden. Sie spiegelt das gestörte persönliche Verhältnis zwischen dem Herrscherpaar wider und ist eine ritterliche Huldigung in architektonischer Form, eine Hommage, welche die Wahrung eines Respektabstands geradezu herausfordert. Das Haus, das dem Typus der Villa Suburbana folgt und zwei Millionen Gulden gekostet hatte, gehörte der Kaiserin. Franz Joseph kam nur zu Besuch.

Am 24. Mai 1886 besichtigten Gastgeberin und Gast erstmals zusammen die soeben fertiggestellte Villa. Elisabeth zeigte sich reserviert. Später, als die Gicht ihr immer stärkere Schmerzen bereitete, klagte sie wiederholt über Kälte und Feuchtigkeit im Haus. Kaiser Franz Joseph reagierte, wie so oft, betreten und sah sich in seiner guten Absicht enttäuscht. »Ich werde mich immer fürchten, alles zu verderben«, klagte er. Keinesfalls dachte Elisabeth daran, die Hermesvilla als Altersheim zu verwenden. Erst im nächsten Mai, 1887, kehrte sie wieder und nahm gemeinsam mit der 19-jährigen Valerie für einige Wochen Wohnung in Lainz. Sie (Titania) wurde schon von Franz Joseph (Oberon) erwartet:

Oberon steht am Portale;
Und wie er nun nach der langen
Trennung freundlichst sie empfangen
Schreiten sie zum Marmorsaale.

Damit war der große zentrale Raum im Erdgeschoß, die Sala Terrena, gemeint, in dem Familiendiners eingenommen wurden. Die Dekorationen der Wände und der Decke bestehen aus Marmor und Scagliola (gipsgebundener Kunstmarmor, »Stuckmarmor«), das Mittelfeld des Plafonds stammt von Viktor Tilgner: Es zeigt Aurora, die Göttin der Morgenröte. Sie schwebt vor dem Wagen

14 Der Speisesaal der Hermesvilla mit einer »Rocaillegrotte« zum Kühlen der Getränke. Früher sprudelte kaltes Wasser aus den Fontänen.

des Sommers durch die Lüfte. Derselbe Künstler schuf auch den figuralen Schmuck der als Rocaille-Grotten gestalteten Wandbrunnen, die dem Einkühlen der Getränke dienten:

> Frisch und klar in jeder Ecke
> Plätschern kühlende Fontänen,
> Die ihr Silberlicht entlehnen
> Von den Lüstern an der Decke (…)
>
> Zwischen Silber im Krystalle
> Duften Blumen auf dem Tische;
> Kaltes Wildpret, Meeresfische,
> Steh'n bereit zum Abendmahle.

In diesem repräsentativen Raum mit Blick zur Hermesstatue im Garten fand am 28. August 1896 ein zu Ehren des russischen Zarenpaares Nikolaus II. und seiner deutschen Frau Alexandra Fjodorowna (Alix von Hessen-Darmstadt) veranstaltetes Diner statt. Ausnahmsweise kam Elisabeth damit einer jener gesellschaftlichen Verpflichtungen nach, denen sie ansonsten aus dem Weg ging. Sie konnte als Gastgeberin durchaus überzeugen, wie Franz Joseph befriedigt an Kathi Schratt berichtete: »Der russische Besuch ist sehr gut abgelaufen, die Majestäten waren gut aufgelegt (…) besonders beim Blumengeschmückten, sehr gemüthlichen Familien Diner in Lainz.«

Verließ die Kaiserin den heute »Tilgner-Saal« genannten Speiseraum und begab sich in Richtung ihres Wohntrakts im ersten Stock, so passierte sie im Stiegenhaus ihre Lieblingsskultpur von Ernst Herter, den »Sterbenden Achilles«, »an einer sehr schönen Stelle ziemlich gut beleuchtet«, wie der Bildhauer seiner Frau in einem Brief mitteilte. »Überragend ist es, wenn man an ihm vorbei die Treppe hinauf geht und ihn dann plötzlich in einem ihm gegenüber sehr geschickt angebrachten Spiegel wieder sieht«, stellte Herter begeistert fest. Elisabeth hatte von ihrem Großcousin Ludwig II. gelernt. Als Innenausstatter war der »Märchenkönig« konkurrenzlos und wusste genau, wie Licht, Spiegel und andere »hollywoodreife« Utensilien effektvoll eingesetzt werden konnten. Ebenso fand das nach einem Entwurf Hasenauers für den Achilles angefertigte »Postament von dunkelrothem Marmor mit weißen Adern« Herters Zustimmung. Der »Sterbende Achilles« wurde 1890 aus der Hermesvilla nach Korfu übersiedelt, wo er heute in den Gärten des Achilleion alljährlich von Tausenden Touristen bewundert wird.

Die frühsommerlichen Aufenthalte, möglicherweise manchmal als Pflichtbesuche wahrgenommen, spielten sich ein:

Es ruft mir aus den Laubdachästen
Der Kuckuck zu, mein alter Freund;
Wir treffen uns in Ost und Westen,
Und jeder Mai hat uns vereint.

15 Von der Hermesvilla ins Achilleion: Elisabeths Lieblingsskulptur, der »Sterbende Achilles«, hat heute Meerblick.

Auch ich will hier so lange weilen
Als jener Fruchtbaum Blüten trägt,
Und in die Ferne einst enteilen,
Wenn er sein Brautkleid abgelegt.

Ähnlich wie ihre Mutter wurde auch Valerie, immer im Schlepptau Elisabeths, nicht so recht warm mit dem etwas frostigen Domizil im Wald. »Diese Marmorreliefs, die üppigen Teppiche, Kamine in getriebener Bronze, diese zahllosen Engel und Amoretten, das Schnitzwerk an allen Ecken und Enden, dieser manirirte Rokokostil!«, notierte sie in ihr Tagebuch. Erklärend muss man anfügen, dass den Herrschaften der Ringstraßenzeit alles »Verschnörkelte« eben als »Rokoko« gegolten hat.

Obwohl Elisabeth das Bauvorhaben nicht beeinflusste, interessierte sie sich gelegentlich für verschiedene, ihr aus persönlichen Gründen wichtig erscheinende Details. So hingen zum Beispiel alle in ihrem Auftrag für Franz Joseph gemalten Porträts von Katharina

Schratt ursprünglich in der Hermesvilla. So gesehen erhält das »Schloss der Träume«, wie Elisabeth das Haus in einem Gedicht bezeichnete, eine ganz andere Bedeutung.

Im Schlafzimmer der Kaiserin steht bis heute ein hochbarockes Prunkbett aus der Zeit von Maria Theresia, das sich ursprünglich in der alten Poststation Strengberg befunden hat. Von gewaltigen Dimensionen, mit heraldischen Emblemen und figuralen Motiven reich dekoriert, entsprach es dem Geschmack der von Makarts Ästhetik beeinflussten Epoche. Benützt wurde es im 19. Jahrhundert wohl nie, denn Elisabeth bevorzugte eine einfache Schlafstatt in der Nähe der Fenster.

Mit dem eigens für sie eingerichteten, im durch die Ausgrabungsfantasien so überaus modischen »pompejanischen« Stil dekorierten Turnzimmer dürfte sie mehr Freude gehabt haben. Die »In-Farbe« Pompejanisch-Rot ziert die Wände, verschiedene Sportarten, eine Hirschjagd und Wettkampfszenen sind dargestellt. Diese farbenprächtige Ausstattung entstand als Gemeinschaftsarbeit der Maler August Eisenmenger, Hugo Charlemont und Adolf Falkenstein. Zur ursprünglichen Einrichtung gehörten ein großer Turnapparat aus Eichenholz, ein Schwebebalken, Strebestangen, Ringe und – zur regelmäßigen Gewichtskontrolle – eine Personenwaage. Die Turngeräte sind heute bedauerlicherweise nicht mehr an ihrem Platz, sondern wurden im 20. Jahrhundert nach Schloss Schönbrunn verlegt.

Zufriedenstellend war wohl auch die versteckte Wendeltreppe, die Elisabeth durch eine kaum sichtbare Türe von ihrem Schlaf-

16 Die geheime Wendeltreppe in Elisabeths Schlafzimmer in der Hermesvilla

17 Das »Salvetürmchen« der Hermesvilla. Innerhalb befindet sich die Wendeltreppe.

zimmer aus betreten konnte. So war es ihr möglich, praktisch »unsichtbar« zu kommen und zu gehen. Über dem Eingang zur geheimen Treppe steht bis heute die Begrüßung »SALVE«.

An Elisabeths Schlafzimmer grenzt der Salon an, er wirkt hell und freundlich. Das zu dieser positiven Raumstimmung passende Deckengemälde »Der Frühling« ist ein Werk von Franz Matsch, den Elisabeth sehr schätzte, und den Brüdern Gustav und Ernst Klimt. Matsch hatte ihr später noch zahlreiche Aufträge zu verdanken. Sie bestellte bei ihm 1894 ein Altarbild für die Kapelle des Achilleion, eine »Madonna Stella del Mare«, und 1895 malte Matsch zweimal die »liebe, gute Freundin« Schratt in der Titelrolle eines Theaterstücks von Hans Sachs, »Frau Wahrheit will niemand beherbergen«. Vor allem schuf Franz Matsch auch Elisabeths Lieblingsbild im Achilleion, das vier mal zehn Meter große historische Monumentalstück »Achilles schleift Hektor um die Mauern Trojas«.

»Und jeder Mai hat uns vereint« | 55

Valerie fühlte sich auch in Mutters Salon nicht wohl: »Mamas Zimmer haben den besten Willen, ungeheuer freundlich zu sein, sind mir aber (…) zuwider«, urteilte sie.

Im anschließenden Kirchensaal wurde früher für die kaiserliche Familie, aber auch für die Dienerschaft und das im Tiergarten beschäftigte Personal, an Sonn- und Feiertagen die Messe gelesen. Es gibt eine kuriose »einklappbare« Kapelle, ansonsten konnte der Raum auch als Festsaal verwendet werden.

»Gut und bequem« — Wohnen bei Kaisers

Nun folgt der Trakt des Kaisers, der mit dem sehr konservativ in dunklem Holz eingerichteten Arbeitszimmer beginnt. »Reich geschmückt mit Boiserien« (Holzarbeiten), beschrieb Elisabeth den Raum, und genauso stellt er sich auch heute noch dar. Der Plafond ist eine Holzimitation aus Stuck, die Wandverkleidungen wurden von der Firma Bernhard Ludwig aus Eibenholz gefertigt, so auch die Möbel. Im angrenzenden Schlafzimmer stand das einfache Messingbett. Ein Badezimmer, das diesen Namen auch verdienen würde, gab es nicht, da Franz Joseph in einer transportierbaren Wanne badete, die täglich neu aufgestellt und wieder zusammengefaltet wurde. Das Badewasser musste in großen Zubern erwärmt werden. Eine Toilette war zwar vorhanden, die Möglichkeit, sie mit Wasser zu benützen, bestand jedoch erst seit 1896. In diesem für die Ziele der Hygienebewegung glorreichen Jahr wurde sogar eine Sitzbadewanne aus weiß lackiertem Zinkblech eingeweiht.

»Unsere neue Villa im Thiergarten befriedigt uns sehr, sie ist gut und bequem zu bewohnen und die Umgebung ist jetzt im Frühjahre frisch und grün«, teilte Franz Joseph der »sehr verehrten gnädigen Frau« (Katharina Schratt) erfreut mit. Im Arbeitsraum standen einige seinem Kunstgeschmack entsprechende Skulpturen wie »Tanzende Steirer-« und »Ungarnpaare«, von Interesse ist aber besonders eine Plastik des bedeutenden französischen Bildhauers

Emmanuel Frémiet. Sie zeigt einen Gorilla mit einer Frau. Diese Figur hatte 1887 auf dem Salon de Paris eine Ehrenmedaille gewonnen, also in jenem Jahr, als das Kaiserpaar erstmals die neue Hermesvilla bewohnte. Die Darstellung ist im Umkreis der Debatten um Charles Darwin zu verorten. Für viele Zeitgenossen des Forschers hieß Evolutionstheorie lediglich, der Mensch »stamme vom Affen ab«. Darwins Ideen beherrschten in der zweiten Hälfte des 19. Jahrhunderts den naturwissenschaftlichen Diskurs. Sie beschäftigten Biologen, Anthropologen, Mediziner und »normale« Interessierte gleichermaßen, weltweit. Die Kirche musste sich gänzlich unerwarteten Herausforderungen stellen. War Adam Affe? Und wenn ja, was für einer? Vielleicht stammten die Affen ja von uns Menschen ab? Künstler nahmen sich ebenfalls der »Entstehung der Arten« an und dachten über die Beziehung zwischen Mensch und Tier nach. Erstmals gab es Vegetarismusbewegungen und auch erste Diskussionen um Tierrechte sind belegbar. Der aus Böhmen stammende Malerstar Gabriel von Max hielt sich in der Nähe von München eine ganze Affenkolonie zur Beobachtung, als Modelle und als Spielkameraden für seine Kinder. In seinen Bildern tauschen Affen und Menschen die Rollen. Max ließ in der Tradition von Hans Canon Paviane und Kapuzineraffen als Kunstrichter auftreten oder zeigte einen Affen, wie er nachdenklich ein menschliches Skelett betrachtet. Frémiets »Gorilla« fand als moderne zeitgenössische Plastik den Weg ins reaktionäre, vom Klerus beherrschte Wien und gilt heute als Urbild des »Godzilla«-Filmmonsters. Nicht umsonst firmiert die Figur in einem um 1918 angelegten Hermesvilla-Inventar unter dem Titel »Gorilla raubt Frau«.

18 Emmanuel Frémiet: Gorilla mit Frau, 1887. Skulptur aus der Hermesvilla

Schauplatz Hermesvilla

Im Mai des für die Kaiserfamilie grauenhaften Jahres 1889, als Rudolf Mary Vetsera und sich selbst in Mayerling erschoss, erwartete der Kaiser seine Frau aufgeregt auf der kleinen Bahnstation Ober-Hetzendorf. Elisabeths Zug von Wiesbaden nach Wien war entgleist und die psychisch angeschlagene, abergläubische Kaiserin sah in diesem Unfall sofort die Macht des Schicksals am Werk. »Die Menschen sind nur zum Unglück geboren!« rief sie, als Franz Joseph sie in Empfang nahm und mit ihr in die Hermesvilla fahren wollte. In diesem Frühling gab es in Lainz für Elisabeth überhaupt keine Erholung, sie wurde ihres Aufenthalts nicht froh und hing grübelnd trüben Gedanken nach.

Obwohl sich die Kaiserin vor der Hochzeit ihrer Tochter Marie Valerie fürchtete, da dieses Ereignis für sie einem Verlust des »Kindes« gleichkam, hatte sie 1888 der Verlobung des Lieblings mit dem von Valerie selbst ausgesuchten Bräutigam Franz Salvator zugestimmt. Die Hochzeit wurde wegen »Mayerling« verschoben, doch fand in der Hermesvilla am 16. Juni 1890 der feierliche Akt der Renunziation statt. Mit ihrer Unterschrift verzichteten Marie Valerie und ihr Zukünftiger auf die mit einer Thronfolge verbundenen Ansprüche.

Drei Jahre später war Elisabeth wiederum im Mai anwesend, als ihre Enkelin Augusta die Hermesvilla auserkoren hatte, um ihre Verlobung mit Erzherzog Joseph August zu feiern. Ausnahmsweise war Elisabeth bei diesem familiären Fest recht guter Dinge, doch sollte sie wenige Jahre darauf eine schlimme Nachricht in denselben Räumen ereilen. Kaum zurück aus der Schweiz und aus Frankreich, besuchte sie Lainz 1897 in sehr schlechter körperlicher Verfassung – sie litt vermutlich an einem Hungerödem – und in schwärzester Stimmung. Dort musste sie erfahren, dass ihre jüngere Schwester Sophie in Paris beim Brand eines Wohltätigkeitsbazars ums Leben gekommen war. Einzelheiten hielt man von ihr fern. Sonst hätte sie auch noch hören müssen, dass Sophies Leiche bis zur Unkenntlichkeit verbrannt war und die Herzogin von Alençon nur noch nach ihrem Gebiss agnosziert werden konnte.

Trotz negativer Erinnerungen kam Elisabeth in ihrem letzten Frühling noch einmal in die Hermesvilla. Das Wetter war schlecht, morgens kalt und nass, abends hüllte fast herbstlich anmutender Nebel die Forste des Tiergartens ein. Sie warf keinen Blick zurück, als ihr Wagen zum letzten Mal durch das Lainzer Tor rollte …

Im Gegenteil zur Eigentümerin hatte der »Gast« eine sentimentale Bindung zur Villa im Wienerwald entwickelt. Vielleicht versinnbildlichte das Gebäude für Franz Joseph den letzten Rest von Gemeinsamkeit mit seiner Frau. Noch zehn Tage vor ihrem Tod fuhr er allein in die Hermesvilla. Suchte er Erinnerungen? Jedenfalls schrieb er ihr: »Um 5 Uhr bin ich in die Villa ›Hermes‹ gefahren (…). Viel und mit recht wehmütigen Gefühlen habe ich zu Deinen Fenstern hinauf geblickt (…).« Schon wenige Tage danach wanderte er erneut durch die leeren Räume und berichtete in die Schweiz: »Der Abend war herbstlich, aber sehr schön.« Und er fügte noch hinzu: »Daß Du dennoch eine Art Heimweh nach unserer lieben Villa ›Hermes‹ gefühlt hast, hat mich gerührt.«

Elisabeth wird diese Zeilen nicht mehr lesen. Es ist der letzte Tag ihres Lebens.

Ausflugsziel der Wiener

Im Jahr 1898, nur wenige Monate vor dem Tod der Kaiserin, wurde der Großteil des Achilleion-Mobiliars in die Hermesvilla überstellt, wodurch mehrere Räume in ihrem Erscheinungsbild mehr oder weniger stark verändert wurden. Wie viele andere Adelige und auch vermögende Bürgerliche im 19. Jahrhundert hatte Elisabeth eine große Leidenschaft für das Sammeln verschiedenster Gegenstände entwickelt. Die meisten Museen wären heute im wahrsten Sinn des Wortes arm dran, hätte es diese besessenen Hobby-Sammler nicht gegeben, deren Erben die unterschiedlichsten Kollektionen den diversen Stadt- oder Landesmuseen zur Verfügung gestellt haben.

Elisabeth besaß zum Beispiel eine große Fotosammlung. Vor allem in den 1860er-Jahren hatte sie Bilder schöner Frauen aus ganz Europa zusammengetragen. Als ältere Frau kaufte sie auf ihren Reisen Antiken ein und stellte diese im Achilleion aus – gemischt allerdings mit Imitationen, was aber mit der Ästhetik ihres Zeitalters in Einklang stand. Weiters legte sie eine Kollektion stukkierter Helmschnecken an, ein damals sehr beliebtes Reisesouvenir aus Süditalien. Diese Schnecken ließ sie mit Szenen aus der griechisch-römischen Sagenwelt verzieren, ähnlich den Kameen in erhabenen Reliefs geschnitzt. Aus Nordafrika kamen zahlreiche Mitbringsel, Perlmuttintarsienarbeiten wie kleine Tischchen, Klappsessel, auch ein Koranständer befindet sich darunter. Elisabeth hatte ihre besondere Vorliebe für den Orient entdeckt. »Ich fühle mich außerordentlich heimisch in Kairo«, bekannte sie einmal. »Selbst im größten Gewühle der Lastenträger und der Esel fühle ich mich weniger beengt als auf einem Hofball, und fast ebenso glücklich wie in einem Walde.«

Ägypten war *das* fashionable Reiseziel. Künstler, Adelige, Gelehrte und Halbgebildete, Antiquitätenjäger, Schwindsüchtige und Schauspielerinnen drängten sich in Alexandrias Gassen, kletterten auf den Pyramiden herum oder ruhten unter den schattenspendenden Palmen und Sykomoren der Hotelgärten Assuans. Ägyptomanien kamen und gingen, doch im 19. Jahrhundert gab es gleich zwei Ereignisse, die das Land am Nil in den Mittelpunkt des Weltinteresses rücken ließen. 1825 gelang dem französischen Sprachwissenschafter Jean-François Champollion die Entzifferung der Hieroglyphen. An mehreren europäischen Universitäten wurden in der Folge Lehrstühle für Ägyptologie eingerichtet. 1869 wurde der Suezkanal eröffnet. Höhepunkt der Feierlichkeiten war die Uraufführung der »vollkommen antiken und ägyptischen Oper ›Aida‹« von Giuseppe Verdi, der diese ohnehin nur wegen des unerhörten Honorars geschrieben hatte. Weder der Inhalt

19 Fächer aus Elisabeths Besitz. Sie verschenkte das Accessoire an eine Hofdame, die es wie eine Reliquie in einem Schrein zur Schau stellte.

noch die musikalische Komposition haben nur ansatzweise mit dem »antiken Ägypten« zu tun, doch darauf kam es im 19. Jahrhundert nicht an. Viel wichtiger als Authentizität war ein »großes Erlebnis«, und dafür war Ägypten das am besten geeignete Land auf der ganzen Welt. Ägyptisierendes Kunsthandwerk war hochmodern und erinnerte in der Heimat an das Land der Mythen und Wunder.

Es war bekannt, dass Elisabeth ihr Gesicht gerne verbarg – also wurden ihr bei jeder sich bietenden Gelegenheit Fächer geschenkt. Sogar bei der »Allerhöchsten Leiche« (so nannte man die Aufbahrung) lag ein Fächer am Sargende auf einem Samtpolster. Die Kaiserin hatte über eine enorme Fächersammlung verfügt, die heute in der ganzen Welt zerstreut ist. Einige Fächer befinden sich in musealer Obhut und sind so für die Öffentlichkeit und die Nachwelt erhalten geblieben.

Die gesammelten Objekte aus dem Achilleion kamen in die sogenannten Korfu-Salons, die ehemaligen Zimmer der ältesten

Ausflugsziel der Wiener | 61

Tochter Gisela. In diesen Salons befinden sich gegenwärtig die Räumlichkeiten des Café-Restaurants in der Hermesvilla. Verschiedene Gegenstände aus den Kollektionen Elisabeths – leider teilweise recht grausam fragmentiert – werden aber verteilt auf diverse Schauräume heute in der Villa präsentiert.

In ihrem am 14. Juni 1896 in der Hermesvilla unterzeichneten Testament hatte sich Elisabeth gewünscht, in Korfu begraben zu werden. Ohne Prunk, unter den dunklen Bäumen, vom Meer umspült und mit Blumen umgeben, wollte sie in antiker Erde ruhen. Später äußerte sie ihrer Tochter gegenüber, sie wollte im Tod doch lieber bei Rudolf sein, in einem »guten, großen Sarg«.

Auf jeden Fall bekam Marie Valerie das Haus im Tiergarten »sammt Einrichtung und Zugehör« vermacht. So kam nach 1898 die Erzherzogin zum Zug. Sisis Lieblingstochter adaptierte das Haus nach ihren Vorstellungen und lebte von 1903 bis 1906 in den

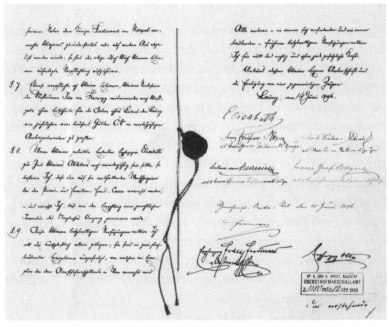

20 Das Testament der Kaiserin: »Lainz, am 14. Juni 1896. Elisabeth«

ehemaligen Räumen ihrer Mutter, die vielen Kinder bekamen die Zimmer im Erdgeschoß. Elf Kinder wurden es insgesamt, daher war die Gemütlichkeit der Bleibe im Lainzer Tiergarten Valeries erstes Ziel.

Franz Joseph blieb die »Dienstbarkeit des lebenslänglichen Fruchtgenussrechtes« zugesichert, das heißt, er konnte kommen und gehen, wie er wollte, wovon er durchaus häufig Gebrauch machte. In seinen letzten Lebensjahren hielt er sich mindestens so gern in der »Villa Hermes« auf, wie in den Jahren vor der Ermordung seiner Frau. Die »Schratt-Villa« in der Gloriettegasse war von der Hermesvilla leicht zu erreichen, fast so schnell wie von Schönbrunn aus. Und so ergab es sich, dass aus »Titanias Schloss« wieder eines für Oberon wurde.

Seit 1979 gehört das Haus in den Verwaltungsbereich der Museen der Stadt Wien und ist ein populärer Schauplatz von Sonderausstellungen.

Erkundet man nach dem Besuch der Hermesvilla auf einem längeren Spaziergang den Lainzer Tiergarten, wird man an einem etwas versteckt gelegenen Teich vorbeikommen, in dem Elisabeth gerne des Nachts gebadet hat. Zu ihrer Zeit gab es noch einen zweiten Teich; heute liegt er vor der Tiergartenmauer, in mittlerweile verbautem Gelände. Zu Ehren der toten Kaiserin verfasste der in Böhmen geborene und 1944 in Auschwitz ermordete Dichter Camill Hoffmann jenes spätromantische, melancholische Gedicht, das so gut zu einem stillen Abend am dunklen Teich passt und das Elisabeth zweifelsohne sehr gefallen hätte:

Die Schwäne

Seitdem die schweigsame Kaiserin starb,
Sagt man, sind die Schwäne krank;
Sie nehmen nicht Speise, noch Trank.
Sie schlummern trauernd am toten Gestad',
Man lässt sie nun still, man weiß nicht Rat.

Doch was ein Diener weiter erzählt:

Um Mitternacht kommt der Mond hervor,
Die Bäume sind blau, der Teich ist blau,
Es scharrt kein Schritt, es knarrt kein Tor…
Da steht am Teich eine hohe Frau.
Die Schwäne schwärmen am Wasserrand,
Sie speist sie alle aus weißer Hand.
Man hat sie nun oft und oft gesehn,

Doch niemand sah sie kommen und gehen.

21 Der Hohenauer Teich im Lainzer Tiergarten im Herbst 2012

V »Titania und der junge Mond«

»Galatasaray Istanbul« heißt der populärste türkische Fußballklub. Sein Name geht auf den alten Stadtteil Galata zurück und erinnert an jene Völker, die im 3. Jahrhundert v. Chr. mit ihren Heerscharen bis nach Griechenland und Kleinasien vorgedrungen waren: die Kelten. Von den Griechen »Galater« genannt, waren sie gekommen, um zu bleiben. Ihre Sagen- und Götterwelt verschmolz teilweise mit der griechischen und kam im 19. Jahrhundert zu neuen Ehren. In England war Alfred Tennysons romantisches Versepos »Idylls of the King« (1869) durch die Illustrationen von Edward Burne-Jones beliebt. Seine Bilder nehmen die Fantasywelten eines J. R. R. Tolkien oder einer Marion Zimmer Bradley bereits vorweg.

Zeichen der Göttinnen

Als immer wiederkehrendes Thema begegnet uns im ausgehenden 19. Jahrhundert die Verführung des Zauberers Merlin durch die »Dame vom See« (»Lady of the Lake«). Diese geheimnisvollste Gestalt der keltischen Legenden war seit dem mittelalterlichen Vorbild Tennysons, »Le Morte d'Arthur« von Sir Thomas Malory (1485), der Inbegriff der unberechenbaren Femme fatale. In Burne-Jones' Monumentalgemälde »Der Schlaf des Artus in Avalon« ist sie die leichenblasse, weiß gekleidete Frau, in deren Schoß der Kopf des Königs ruht. Der Künstler – er starb im selben Jahr wie Elisabeth – arbeitete 17 Jahre lang und noch am Tag vor seinem Tod an diesem Werk.

Die »Dame vom See« (Morgaine, »Morgan le Fay«) – den Ausdruck »Fata Morgana« haben wir ihr zu verdanken – diente als Priesterin der »großen Göttin« Ceridwen, der Dreifaltigen. Die Göttin ist eine Gestaltwandlerin, das heißt, sie konnte als Jungfrau, Mutter oder als alte, weise Frau in Erscheinung treten. Ihr Zeichen war der Mond.

Morgaine lebt auf der verborgenen Insel Avalon, die nur von Eingeweihten zu erreichen ist. Diese müssen imstande sein, die heilige Barke zu rufen, um überzusetzen, und nicht nur das. Die Route durch die sumpfigen Gewässer, die die Insel weitläufig umgeben, ist sehr gefährlich. Schon viele verschwanden für immer in den »Nebeln von Avalon«. Ceridwens ausschließlich weibliches Gefolge trägt einen tätowierten blauen Halbmond auf der Stirn. Bei bestimmten Ritualen wurden zusätzlich die Fußsohlen und Handflächen der Priesterinnen mit blauer Farbe bemalt.

22 Diana mit dem Halbmond, Tapisserie im Stiegenhaus der Hermesvilla

Eine Mondsichel ziert auch den Kopf der Jagdgöttin Diana (griechisch: Artemis), die auf einer wertvollen italienischen Tapisserie aus dem 17. Jahrhundert dargestellt ist. Der Architekt Carl von Hasenauer erhielt den Gobelin 1884 aus dem Bestand der kaiserlichen Kunstsammlungen, er war zur Ausschmückung der Hermesvilla bestimmt und ist im Stiegenhaus zu sehen. Die Göttin Diana weist auf den Lainzer Tiergarten als altes Jagdrevier, aber auch auf die Vorlieben der Hausherrin hin.

Diana ist mit ihrem Gefolge, den Wasser- und Quellnymphen, unter blühenden Bäumen zu sehen. Sie trägt Blau. Allgemein ist sie bekannt als Göttin der Jagd, bewaffnet mit Pfeil und Bogen. Jener Bogen, ein Geschenk der Zyklopen, wird durch die Mondsichel symbolisiert. Sie jagt in Neumondnächten, während sie sonst den Mondwagen über den Himmel lenkt.

Die Tiere des Waldes sind Diana unterstellt. Sie versteht sich als jungfräuliche Göttin und erwartet dies auch von ihren Begleiterinnen, dennoch ist sie die besondere Schutzgöttin aller Frauen. Die Mondsichel verbindet sie mit dem Dunkel der Nacht und der Unterwelt, da ihre Hunde als traditionelle Wächter der Tore zum Jenseits gelten. Ihr zugeordnet ist die Zypresse, ein Baum, der mit Begräbnissen und Friedhöfen assoziiert wird. Auch Ceridwen hatte mit Toten zu tun. Sie fraß Leichen und sorgte dadurch für den ewigen Kreislauf der Wiedergeburt.

Nicht wenige ihrer Gedichte, von »Mondspuk« bis »Au Claire de Lune«, benannte Elisabeth nach dem nächtlichen Gestirn. Noch zahlreicher sind jene Verse, in denen nächtliche Begebenheiten beschrieben werden. Als Feenkönigin »Titania« wandelt die Kaiserin durch das »Poetische Tagebuch«. Sogar ihr ideelles Vermächtnis an die »Zukunfts-Seele« unterzeichnete sie mit ihrem Alter Ego »Titania« – eine hochmoderne Titania allerdings, verfasste sie dieses Schriftstück doch »im eilig dahinsausenden Extrazug«, was zu vermerken sie nicht verabsäumte. Titania ist eine Königin der Nacht. Auch deshalb besteht ein Zusammenhang zwischen ihr und der Mond- und Todesgöttin Diana (griechisch: Artemis). Gabriele d'Annunzio, dem exzentrischen Dichter des Fin de Siècle und spätromantischen Vertreter des Symbolismus, fielen die Übereinstimmungen ebenfalls auf: »Elisabeth war für mich ein Wesen aus der alten Götterwelt – Artemis war sie – kalt, herrlich und unnahbar. Meine Phantasie sah sie mit ihren Hunden durch die Wälder streifen (...).« Zu den Lieblingsgefährtinnen des Schriftstellers zählte übrigens die Tänzerin Ida Rubinstein, eine ausgezehrte Anorektikerin, deren leichenartiger Körper als Modell für Romaine Brooks Gemälde »Le Trajet« wie auf Vampirflügeln durch die Nacht zu schweben scheint ...

Im Bemühen um Selbsterkenntnis, Selbstbehauptung und Selbstverwirklichung definierte sich Elisabeth über ihr adäquat erscheinende Symbole. Ihr bewusstes, manchmal vielleicht auch unbewusstes Spiel mit Rollen war das Ergebnis genauer Beobachtung der eigenen Persönlichkeit.

> Durch die off'ne Erkerthüre
> Gleitet silberbleich herein
> Eines klaren jungen Mondes
> Mystischlichter Widerschein.

Im 19. Jahrhundert war eine solche Symbolsprache durchaus geläufig und Elisabeth konnte annehmen, sich auf dem Umweg über Assoziationen besser verständlich zu machen. Angeregt durch ihre Heine-Rezeption schlüpfte sie in die Rollen übernatürlicher Wesen – ein Mittel zur kurzzeitigen Überwindung von Langeweile und Eintönigkeit.

Heinrich Heine war der alten Welt der »heidnischen« Götter und Geister sehr verbunden. In seinen »Elementargeistern« erzählt er von der Ähnlichkeit der Elfen oder Feen mit den Nixen:

> Die Nixen haben die größte Ähnlichkeit mit den Elfen. Sie sind Beide verlockend, anreizend und lieben den Tanz. Die Elfen tanzen auf Moorgründen, grünen Wiesen, freien Waldplätzen und

am liebsten unter alten Eichen. Die Nixen tanzen bei Teichen und Flüssen; man sah sie auch wohl auf dem Wasser tanzen, den Vorabend wenn Jemand dort ertrank.

Im 19. Jahrhundert wurden überall in Europa berühmte Märchensammlungen herausgegeben. (Freilicht-)Museen entstanden. »Altes« hatte plötzlich einen materiellen Wert. Nicht mehr benötigte oder gar beschädigte Alltagsgegenstände wie Geschirr, Kleidung oder landwirtschaftliche Geräte wurden gesammelt und ausgestellt. Überhaupt ist eine gewisse inflationäre Beschäftigung mit der Vergangenheit besonders typisch für Elisabeths Zeitalter. Die Epoche der Verstädterung und Industrialisierung brachte so immense Neuerungen in allen Lebensbereichen, dass der Amerikaner Charles H. Duell im Jahr 1899 meinte: »Es gibt nichts Neues mehr. Alles, was man erfinden kann, ist schon erfunden worden.« Duell musste es wissen, schließlich leitete er das US-Patentamt. Nicht wenige Leute teilten offenbar diese Ansicht und flüchteten sich gedanklich in weit zurückliegende Jahrhunderte. »Ahnenforschung« und »Volkskunde« boomten, waren jedoch meist nationalistischen Zielen untergeordnet und ließen es an Wissenschaftlichkeit fehlen. Gerade Vertreter der Ur- und Frühgeschichte und der Archäologie sind noch heute damit beschäftigt, liebgewordene Vorstellungen zu korrigieren, die durchwegs aus dem 19. Jahrhundert stammen, wie etwa, dass Kelten geflügelte Helme getragen hätten oder »die Germanen« ein geschlossener Volksstamm gewesen seien.

Für viele Zeitgenossen Elisabeths war eine unklare Vergangenheit einer beängstigenden Gegenwart und einer ungewissen Zukunft vorzuziehen.

Auch die Mode folgte diesem konservativen Trend. Die Kleidung der Frauen im 19. Jahrhundert orientierte sich an der Vergangenheit und ließ keine Fortschrittlichkeit zu. Es gab Neo-Barock oder Neo-Rokoko, hergestellt als Massenkonfektion, chemisch gefärbt, mit Industriespitze verziert und erhältlich in allen Größen.

23 Mary Vetsera mit Halbmondschmuck, Jänner 1889

Die Diskrepanz zwischen Design einerseits und Produktions- und Distributionsmethoden andererseits konnte kaum größer sein.

Das uralte weibliche Symbol des Halbmonds war als Schmuckgegenstand ausgesprochen en vogue. Vor allem sehr junge Damen krönten damit ihre Haartrachten oder rauschten in halbmondbestickten Abendkleidern und -schuhen durch die dunkelblaue Winternacht.

Into the Blue

Der nächtliche Himmel ist blau, es ist auch die Farbe der Luft und – der Frauen.

Englische Schulkinder lernen bis heute, dass die keltische Königin der Icener, Boudicca (»Boadicea«), einst blau gewandet in die Schlacht gegen die römische Besatzungsmacht gezogen ist. Von den legendären blauen Halbmonden der Priesterinnen von Avalon wurde bereits berichtet. In der National Gallery in London hängt ein offensichtlich unvollendet gebliebenes Gemälde von Michelangelo, »Die Grablegung« (1501). Die gesamte rechte Ecke des Gemäldes ist leer. Es sieht so aus, als wäre dort Platz für eine kniende Figur ausgespart worden, höchstwahrscheinlich für die Jungfrau Maria. Sie ist die Nachfolgerin der Isis, mit der Diana als Mondgöttin mehr als nur eine Gemeinsamkeit aufzuweisen hat.

Die Menschen des Mittelalters und der frühen Neuzeit liebten blaue Kleidung. Für sie symbolisierte Blau die Farbe des Himmels, somit Gottes und der Engel. Der blaue Mantel und das blaue Kleid wiesen die Madonna als Himmelskönigin aus. Die blau gekleidete

Muttergottes und der blaue Himmel stehen in Gemälden immer in Beziehung zueinander. Blau machte den Himmel auch auf Erden anschaubar. Das einzige Blau, das man im Italien der Renaissance als würdig erachtete, um das Gewand Marias zu malen, war Ultramarin. Die teuerste Farbe überhaupt, abgesehen von Gold. Die Stelle in der »Grablegung« blieb also vermutlich aus finanziellen Gründen leer, entweder weil der Auftraggeber die Farbe nicht rechtzeitig lieferte – der damals 25-jährige Michelangelo hätte sie aus eigenen Mitteln nicht bezahlen können. Oder vielleicht konnte man sich die Farbe schlichtweg nicht mehr leisten. Jedenfalls ging Michelangelo nach Florenz und kehrte nie mehr nach Rom zurück, sodass das dort begonnene Altargemälde, das für die Kirche Sant'Agostino bestimmt gewesen war, unvollendet bleiben musste.

Im österreichischen und süddeutschen Raum existieren zahlreiche Figuren und Bilder der sogenannten Mondsichelmadonna. Maria trägt auch bei diesem Bildtypus fast immer ein blaues Kleid oder sie steht vor einem blauen, manchmal sternenübersäten Hintergrund (auch dieser war ein Direktimport aus Ägypten), ihre Füße ruhen auf einer Mondsichel. Schon in hellenistischer Zeit findet man die Göttin Isis stehend auf einem Halbmond. Sie wurde kurzerhand mit der christlichen Muttergottes verbunden und in nahezu identischer Haltung über Jahrtausende hinweg auf diese Art und Weise dargestellt.

Es lässt sich also eine lange Traditionslinie verfolgen, die den Mond oder die Mondsichel mit der weiblichen Welt in Kontext setzt. Höchstwahrscheinlich beginnt dieser Zusammenhang nicht erst in der Antike. Die »Venus von Laussel« (Südfrankreich) ist etwa 20 000 Jahre alt. Sie trägt eine Art »Mondhorn« mit 13 Einkerbungen in der rechten Hand. Die Einkerbungen stehen vermutlich für die 13 Nächte, in denen der Mond, übrigens wie die Nacht in vielen europäischen Sprachen weiblich konnotiert (la luna, la lune, la notte, la nuit …), sichtbar zu- oder abnimmt. Das Mondjahr besteht aus 13 Monaten im 28-Tage-Zyklus.

Blau war also die weiblichste aller Farben und gehörte keineswegs – wie heute – den Buben. Im Gegenteil – Rot war die Farbe der Männer. Rot wurde mit dem Kriegsgott Mars in Verbindung gebracht und stand für Feuer, Blut, Kampf, Aggression und Zorn. All dies war traditionell dem männlichen Teil der Menschheit zugeordnet. Weiters war Rot die Farbe des Eros und somit im Christentum die Farbe der Sünde. Wie so oft kupferten die frühen Christen wieder von den alten Ägyptern ab und übernahmen von diesen auch den Herrscher der Hölle, Seth, »den Roten«. Nur hieß der nun Teufel oder Beelzebub. Aber er und sein Reich blieben rot.

Erst vor etwa hundert Jahren änderte sich die geschlechtsspezifische Zuordnung der Farben. Blau wurde nach dem Ersten Weltkrieg zum Symbol der Arbeits- und Männerwelt. Blaue Arbeitsanzüge, die Marineuniformen und der Blaumann förderten diese Symbolik. Trotz der angestrebten Geschlechteregalisierung bekommen Mädchen heute noch oft Kinderkleidung in Rosa (dem »kleinen Rot«) und Buben in Himmelblau.

»Und man hört noch heut den Gesang aus alter Zeit«

Den Frauen zugeordnet und blau ist auch das Wasser. Lockende Wesen aus der Tiefe, dunkle, fremdartige Gestalten voller Geheimnisse hatten sich während der Romantik in männlichen Lust- und Angstvorstellungen etabliert. Die berühmteste dieser Wasserfrauen ist in unseren Breiten wohl die Loreley, Nixe und Zauberin in Personalunion. Sie sitzt auf einem Felsen »überm Tal, wo der Rhein am tiefsten war« und fungiert als Hauptfigur im bekanntesten »Lied« von Heinrich Heine, Elisabeths unerreichtem literarischem Vorbild:

> Ich weiß nicht was soll es bedeuten,
> Dass ich so traurig bin;
> Ein Märchen aus alten Zeiten,
> Das kommt mir nicht aus dem Sinn.

24 »Riesen-Loreley-Haar«: Inserat für Haarwuchsmittel, 1880er-/90er-Jahre

(…)
Die schönste Jungfrau sitzet
Dort oben wunderbar;
Ihr goldnes Geschmeide blitzet,
Sie kämmt ihr goldenes Haar.

Den Schiffer im kleinen Schiffe
Ergreift es mit wildem Weh;
Er schaut nicht die Felsenriffe,
Er schaut nur hinauf in die Höh.

Ich glaube, die Wellen verschlingen
Am Ende Schiffer und Kahn;
Und das hat mit ihrem Singen
Die Lore-Ley getan.

Schiffbrüchige, Stürme, Zypressen und mittendrin die unvermeidlichen geisterhaften Frauen mit gorgonenhaften Haaren findet man en masse bei Heine. Elisabeth war es ein Leichtes zu glauben, dass sie selbst mit diesen Fabelwesen in Heines Zeilen gemeint sein könnte:

> Über die brandende See, | Dort, am hochgewölbten Fenster, | Steht eine schöne, kranke Frau, | Zartdurchsichtig und marmorblass, | Und der Wind durchwühlt ihre langen Locken, | Und trägt ihr dunkles Lied | Über das weite, stürmende Meer.

Die Kaiserin konnte sich auch mit dieser leidend-schönen Verlassenen identifizieren, wenn sie unter den von ihr selbst so apostrophierten »Weltschmerztagen« litt:

> Ein schönes Weib, königlich schön. | Die schlanke Cypressengestalt | (…) Die dunkle Lockenfülle, | Wie eine selige Nacht | Von dem flechtengekrönten Haupt sich ergießend, | Ringelt sich träumerisch süß | Um das süße, blasse Antlitz (…).

Noch in den 1880er-Jahren, als Elisabeth auf die 60 zuging, bekundeten Porträts den alterslosen Liebreiz der Kaiserin. Die Bilder waren nicht mehr Dokumente eines bestimmten Lebensalters, sondern verklärende Beschwörungen einer zeitlos gültigen Imago – wie Heines leidende Frauen. Elisabeth hat ihre posthume Karriere glänzend vorbereitet. Man könnte doch tatsächlich meinen, die oben beschriebene Person sei Elisabeth von Österreich … Doch ist diese Alterslosigkeit, da vollkommen unnatürlich, auch der Nährboden des Unheimlichen.

Zeitweise war die depressive Wittelsbacherin dem feuchten Element der Gefahr und Verlockung geradezu verfallen. Der König von Bayern, mit dem sie nah verwandt war, ertrank am 13. Juni 1886 im Starnberger See. Elisabeth hatte ihn auf seiner geliebten Roseninsel gern besucht und selbst dann, wenn er sonst keinen

Menschen um sich duldete, wollte er Elisabeth immer sehen, wenn sie in Bayern weilte. Auch an seinem Todestag war dies der Fall. Gerade von einer Kreuzfahrt durch das östliche Mittelmeer zurückgekehrt, erfuhr sie in Feldafing von ersten Gerüchten rund um den Unglücksfall.

Geheimnisvoll rauschen die Wellen
Und flüstern es schauernd der Nacht:
»In unserm Schoss hat sich eben
Der Königsaar umgebracht.«

Elisabeth sprach in diesem Gedicht von Selbstmord, rundherum hörte man viele Leute aus der engsten Umgebung Ludwigs von Mord reden. Der königliche Leichenbeschauer wollte Schusswunden in Ludwigs Rücken gesehen haben. Was genau geschehen ist, könnte wohl nur eine Obduktion der Leiche Ludwigs aufklären. Eine Sargöffnung, die viele »Königstreue« schon lange fordern, wird jedoch von der Familie nicht gewünscht, da eine solche möglicherweise unabsehbare Folgen hätte. Müssten dann alle Beteiligten am Entmündigungsverfahren zu Hochverrätern erklärt werden?

Jedenfalls neidete Elisabeth bereits Ludwig den Tod (und nicht erst ihrem Sohn Rudolf drei Jahre später):

Und dennoch, ja dennoch beneide ich dich,
Du lebtest den Menschen so ferne,
Und jetzt, da die göttliche Sonne dir wich,
Beweinen dich oben die Sterne.

Sie sprach davon, dass »auf allen toten Gesichtern« der »Hohn des Siegers über das Leben« ruhe, »das so viele Leiden mit sich gebracht und das man endlich überwunden hat«. Obwohl sie selbst eine ausgezeichnete Schwimmerin war, glaubte sie seit dem Ertrinken des Bayernkönigs daran, selbst im Wasser den Tod zu finden. »Das

Meer will mich immer haben; es weiß, daß ich zu ihm gehöre, sagt sie mir fast jedesmal, wenn wir am Meere gehen«, schrieb Christomanos.

> Du willst mich wiegen, schaukeln,
> Dein Arm ist ja so weich,
> Bis endlich du mich dennoch,
> Ziehst in dein nasses Reich.

Sie dachte an die blumenbekränzte Wasserleiche Ophelia, ein Sinnbild des »Sterbens in Schönheit« – zumindest auf vielen Gemälden des 19. Jahrhunderts. Im Tod noch schöner als im Leben, dieses Kennzeichen vieler tragischer Helden und Heldinnen entsprach der morbiden Ästhetik der Zeit. Elisabeth hatte viel Zeit in England verbracht und kannte sicher die Geschichte der »echten Ophelia« Lizzie Siddal (1829–1862). Sie war gewissermaßen das präraffaelitische »Supermodel«, groß, mager, die Augen immer halb geschlossen, die Haare lang und rötlich schimmernd. Selbstverständlich laudanumsüchtig, melancholisch, kränklich, immer an der Schwelle zwischen Leben und Tod. Sie saß für Walter Deverell, für William Holman Hunt und den berühmten Dante Gabriel Rossetti, den sie schließlich heiratete. In der Tate Britain hängt das monumentale Gemälde »Ophelia« von John Everett Millais, für welches »The Sid«, wie Siddal in den Künstlerkreisen genannt wurde, ebenfalls modelte. Millais, der keinerlei Rücksicht auf Lizzies schwache Konstitution nahm, steckte sie in ein prächtiges Brokatkleid mit Seidenspitzen und ließ sie stundenlang in einer Badewanne voll warmen Wassers liegen, mit Kerzen unter der Wanne, um die Temperatur zu halten. Da er aber die heruntergebrannten Kerzen während der Arbeit oft einfach vergaß, mussten Freunde die halberfrorene Lizzie aus dem kalten Wasser retten. Am Ende wurde sie eines toten Kindes entbunden und starb an einer Überdosis des Modemedikaments Laudanum. Rossetti behauptete stets, es sei Selbstmord gewesen, wollte er doch das Bild der apathischen, matten

25 John Everett Millais: Drowning Ophelia, 1852

Schläfrigkeit, der depressiven Unbeständigkeit, der gewissermaßen gelebten Auflösung in das Nichts des Todes, das seine junge Frau wie eine Aureole umgeben hatte, in den Mythos hinüberretten. Er litt unter Schuldgefühlen, da er sie oft betrogen hatte, und beschloss, ein grünes Büchlein mit seinen letzten Gedichten zusammen mit seiner Frau zu begraben, zwischen ihrem Haar und ihrer Wange. Sieben Jahre später sollte der alkoholabhängige und drogensüchtige Maler seine Meinung ändern. Lizzie wurde exhumiert. Die Szene beschäftigte damals die Sensationspresse und fehlt bis zur Gegenwart in keiner Ausstellung und in keinem Buch über die Präraffaeliten, zu deren bevorzugten Motiven bleiche Frauengestalten in ekstatischer Erwartung des Jenseits oder als Idealbilder tödlicher Trance zählen. Im Oktober 1869 traf man sich also auf dem Highgate Friedhof in London, Reisigfeuer brannten, um die Gerüche zu vertreiben. Im Licht der Fackeln wurde Lizzies Sarg aus der Gruft gehoben, geöffnet und das grüne Büchlein herausgenommen. Zur typischen romantischen Gothic-Horror-Story gehörte die Mär von der gut erhaltenen Leiche in ihrer edlen Blässe und der Fülle rotgoldenen Haares. Viel eher dürften die frankensteinartigen, zwischen Leichenteilen wühlenden Zeugen dieser makabren Auferstehung einer Toten unter hypnotischer Wirkung gestanden sein. Lizzie Siddals traurige Überreste kamen ein zweites Mal unter die Erde.

In der Tradition der zweiten Bestattung wurde jenes Zwischenstadium zum Abschluss gebracht, das als »unheimliche Position zwischen dem Belebten und Unbelebten« (Elisabeth Bronfen) bezeichnet wird. Dieses Stadium beflügelte Kunst und Literatur im 19. Jahrhundert. Kaiserin Elisabeth war fasziniert von den eindrucksvollen präraffaelitischen Damen. Es gab sie in großer Auswahl: die dunkelhaarige Proserpina, Gemahlin des Pluto, Herrscherin im Reich der Toten, mit ihrem Symbol, dem Granatapfel; oder Dantes Beatrice (»Beata Beatrix«), entrückt und verzückt wie Berninis unvergleichliche Theresa von Avila, mit dem Schlafmohn, symbolisierend Schlaf, Tod, Traum und – Laudanum; oder Tennysons wehmütige »Lady of Shalott«, sterbend und wunderschön in ihrem Boot auf dem See ...

Die »schöne Leiche« findet man in zahllosen Ausprägungen. Edgar Allan Poe, der den Tod einer schönen Frau als »das poetischste Thema der Welt« bezeichnete, sprach vielen Künstlern und Literaten aus der Seele. »Der Tod«, schrieb Philippe Ariès, »hat begonnen, sich zu verbergen, trotz der scheinbaren Publizität, die ihn in der Trauer, auf dem Friedhof, im Leben wie in der Kunst oder der Literatur umgibt: er verbirgt sich unter der Schönheit.« Der Ästhetisierung des Todes kommt eine kompensatorische Funktion zu. Sie begegnet dem romantischen Unbehagen und mildert den Schrecken. Gerade Ophelia avancierte zu einer grundlegenden Figur des Topos der »schönen toten Frau«. In Anlehnung an all die verführerischen Ophelias ihrer Zeit stellte sich Elisabeth die Verwesung des eigenen Körpers im Wasser vor:

Nun liegt mein Körper unten
Im tiefsten Meeresgrund,
Die Riffe dort, die bunten,
Die rissen ihn noch wund.

In meinen Zöpfen betten
Die Seespinnen sich ein;
Ein schleimig Heer Maneten
Besetzt mir schon die Bein'.

Auf meinem Herzen kriechet
Ein Tier, halb Wurm, halb Aal;
Die Fersen mir beriechet
Ein Lobster-Kardinal.

Es haben mir umschlungen
Medusen Hals und Arm;
Und Fische, alte, junge,
Die nähern sich im Schwarm.

An meinen Fingern saugen
Blutegel, lang und grau,
In die verglasten Augen
Stiert mir der Kabeljau.

Und zwischen meine Zähne
Klemmt sich ein Muscheltier.-
Kommt wohl die letzte Thräne
Als Perle einst zu dir?

Noch Jahre nach Ludwigs Tod kam sie nicht über sein tragisches Ende hinweg. Die Cousine missachtete das vorgeschriebene Reglement einer »Trauer auf Zeit« und hielt die Erinnerung an den ertrunkenen König in schaurig-schönen, fast trashigen Versen aufrecht:

Ludwig, Ludwig, Königsvetter!
Ludwig, es ist Mitternacht,
Dunkel droht im West ein Wetter,
Doch noch strahlt der Venus Pracht.

Schwere schwüle Düfte treiben
Aus der dunklen Königsgruft,
Rosen und Jasmin betäuben
Wehmutsvoll die nächt'ge Luft.

Rosen und Jasmin bekränzen
Deinen dunklen Sarkophag,
Blumen, die in Thränen glänzen,
Heut an Deinem Todestag.

Einsamkeit, Macht und Freiheit

Nach Rudolfs Tod litt Elisabeth unter Verzweiflung und Hoffnungslosigkeit, sagte sogar zu ihrem katholischen Ehemann, dem solche Gedanken völlig fremd waren, was für eine Qual es sei, zu leben, und deutete ihm an, sie wolle sich umbringen. Der überrumpelte und verstörte Franz Joseph hatte darauf nur eine Antwort und diese war wohl kaum dazu geeignet, die kranke Kaiserin von ihrem Weltschmerz abzulenken: »Dann kommst du in die Hölle.« Und Elisabeth antwortete: »Die Höll' hat man ja schon auf Erden.« Selbst als sie schon daran dachte, mit dem Reiten aufzuhören, fragte sie noch: »Warum konnte ich mir nicht alle Knochen brechen, damit ein Ende ist mit allem!« Dem toten König Ludwig legte sie folgende Worte in den Mund:

Freiheit wollten sie mir rauben,
Freiheit fand ich in den Fluten.

Wie konkret ihre Selbstmordpläne tatsächlich waren, ist schwer zu sagen. Fest steht lediglich, dass Elisabeth mit zunehmendem Alter unter Depressionen litt und Sinnkrisen durchmachte. Ihre Todesgedanken waren jedoch immer sehr fantasievoll und stark von den vorherrschenden Kunst- und Literaturströmungen des »Gothic Movement« (Edgar Allan Poe, Mary Shelley, E. T. A. Hoffmann) und der »schwarzen Romantik« inspiriert. Vielleicht hat sie sich das Totsein erhaben, ruhevoll und vor allem frei vorgestellt, den Prozess des Sterbens aber doch gescheut.

Ich sass und sah zu lange am Gestad,
Berückend klang der grünen Wasser Rauschen,
Zu lockend hat Versuchung sich genaht,
Und zwang der Nyxenworte mich zu lauschen.

Und jede Welle flüstert leis mir zu:
Vergönne doch in uns'rem grünen Grunde
Dem müden Körper endlich Rast und Ruh:
Der Seele Freiheit bringt dann diese Stunde.

Mir dünkt, dass selbst die Sonne schmeichelnd spricht:
Und steigst hinab du jetzo ohne Zagen,
Bedeckt dein grünes Grab mein gold'nes Licht –
Dem Geiste aber wird ein hell'res tagen.

Die Stunde der Versuchung ist gewichen,
Ein feiger Hund bin ich nach Haus geschlichen.

An den zahlreichen dichterischen Ergüssen zu Tod und Selbstmord, Verwesung und Vergessen kann man heute vor allem eines ablesen: wie sehr Elisabeth ein Kind ihrer Zeit war.

Die Schwächung der Religion, die Emanzipation des Individuums und dessen Isolierung sind Entwicklungsschritte, die die moderne Gesellschaft des 19. Jahrhunderts unweigerlich mit sich brachte. Was das Bürgertum und die geistige Elite betraf, wäre noch hinzuzufügen: die romantische Mode sowie die philosophischen Strömungen des Pessimismus und Nihilismus von Arthur Schopenhauer, Friedrich Nietzsche bis zu Max Stirner. Es fehlte auch nicht gerade an Vorbildern. Zahlreiche Berühmtheiten, Künstler, Politiker, Generäle töteten sich aus so unterschiedlichen Motiven wie Wahnsinn, untröstlicher Liebe, Scham, Reue ...

Da die Freitodrate in manchen europäischen Staaten wie zum Beispiel Frankreich angeblich alarmierende Ausmaße angenommen hatte, versuchten die zivilen Behörden, Pressemeldungen über Selbstmorde zu verhindern. »Es gibt starke Gründe zu der Annahme, dass derartige Veröffentlichungen schon mehr als einmal anfällige Individuen bewogen haben, ihr Leben zu beenden«, hieß es. Stichwort: Nachahmungstäter.

Anhänger der Kirche – wie etwa Franz Joseph – brandmarkten den Selbstmord weiterhin als »eine Art von Mord«. Gewichtige Argumente wurden ins Treffen geführt: »Wer glaubt, er sei Herr über sein Leben, wer bereit ist, es zu verlassen, der ist faktisch allein dadurch aller Gesetze enthoben; er kennt keine andere Regel und Schranke mehr als seinen Willen.« Die Freiheit des Einzelnen erzeuge Ungewissheit und Unsicherheit, in weiterer Folge Angst und Wahnsinn und führe bei den »Melancholikern«, wie Depressive im 19. Jahrhundert durchwegs genannt wurden, zum Selbstmord. Die »moderne Melancholie« entstehe vor allem aufgrund von Glaubenslosigkeit und der »demokratischen Idee, alles sei erreichbar«.

Ein Jahr vor Elisabeths Ermordung listete Émile Durkheim in seiner soziologischen Studie »Le Suicide« folgende Ursachen des Freitods auf: Egoismus (man ist in keine gesellschaftliche Gruppe integriert), Altruismus (man opfert sich für die Gruppe auf) oder der »anomische Selbstmord« (die Befriedigung der menschlichen Elementarbedürfnisse ist nicht mehr möglich). Erst 1930 wird Maurice Halbwachs ein gemeinsames Merkmal aller Arten von Selbstmord feststellen: das Gefühl »unwiderruflicher Einsamkeit«.

VI »Bühne frei!« —
Ein Tag im Leben der Kaiserin

»Ich beschwöre dich, gebe dieses Leben gleich auf und schlafe bei der Nacht, die ja von der Natur zum Schlafen und nicht zum Lesen und Schreiben bestimmt ist«, schrieb der Kaiser entnervt und desparat schon Ende der 1850er-Jahre an seine zu dieser Zeit noch recht junge Frau. Sisi war 22 Jahre alt, hatte zu rauchen begonnen und durchwachte ganze Nächte.

Der Alltag der Kaiserin war seit dem Tag ihrer Hochzeit fremdbestimmt. Alles am Wiener Hof ging mit einem »Ceremoniel« vor sich. Allein dasjenige »bei der feierlichen Vermählung Sr. k.k. apostolischen Majestät mit Ihrer k. Hoheit der durchlauchtigsten Prinzessin Elisabeth in Baiern« beanspruchte mehrere dicht bedruckte Seiten. Nur ein Beispiel:

> (…) Der Zug geht durch das von den k.k. Leibgarden besetzte Apartement, über den decorirten und stark beleuchteten Augustiner Gang, – in welchem, so wie in den Corridors nächst der Kirche Zöglinge aus Militär-Akademien zu beiden Seiten aufgestellt sind – in folgender Ordnung:
> zwei k.k. Hoffourire,
> die k.k. Edelknaben,
> zwei k.k. Kammerfourire,
> die k.k. Truchsessen,
> die k.k. Kämmerer,
> die k.k. geheimen Räthe,
> die k.k. Obersthofämter,
> Ihre kaiserlichen und königlichen Hoheiten die durchlauchtigs-

ten Herren, von Höchstihren Obersthofmeistern zur Seite begleitet.
Se. K.k. apostol. Majestät
(…)
Ihre kaiserliche Hoheit die Frau Erzherzogin Sophie mit der durchlauchtigsten Braut, zu deren Linken Ihre kön. Hoh. die Frau Herzogin Louise in Baiern gehen,
dann
Ihre kaiserl. und königl. Hoheiten, die übrigen höchsten Frauen.
(…)

Eine Kaiserin hatte Pflichten und es wurde vom Hof und den Untertanen erwartet, dass sie diesen nachkam. Repräsentation und Reproduktion sollten nicht »Aufgaben«, sondern ureigene Bedürfnisse der Ehefrau des Kaisers sein. Franz Joseph hatte eingemahnt: »Ich bitte Dich, (…) nehme Dich zusammen, zeige Dich manchmal in der Stadt, besuche Anstalten.« Später sollte Elisabeth zu diesen erzwungenen Auftritten in Versorgungshäusern, Volksküchen, Findelanstalten u. Ä. schreiben:

Wie geht's mir wider die Natur!
Fürwahr, es macht mir wenig Freude;
Um Ob'rons willen thu ich's nur.

Die neue Monarchin agierte wie eine Schauspielerin auf einer Bühne. Elisabeth trat auf, ihre Anwesenheit wurde zu Propagandazwecken in Gemälden oder zumindest für Zeitungsillustrationen festgehalten, trat ab und verschwand in ihren privaten Gemächern. Dort ging das Theater weiter, allerdings unter Vorschriften, die noch viel härter und strenger waren als das verhasste Hofzeremoniell. Der alles entscheidende Unterschied bestand darin, dass Elisabeth ihren eigenen Vorschriften folgte, sobald sie allein war.

Ihr persönliches Gegenzeremoniell war geprägt von einem straff organisierten Tagesablauf, das Leitmotiv hieß Disziplin, Disziplin

26-27 Elisabeth im Einsatz für Kaiser, Volk und Vaterland: gemeinsam mit Franz Joseph im Bürgerversorgungshaus (Josef Lanzedelli, 1863, oben), in der Volksküche (August Mansfeld, 1876, unten)

und noch einmal Disziplin.»Willenskraft muss siegen!«, schrieb die Kaiserin in einem Gedicht. Schon der österreichische Literaturpapst des Fin de Siècle, Hermann Bahr, hatte den inszenierten Gesten und Posen der »Bauherrin ihrer eigenen Träume« (Juliane Vogel) gehuldigt. Er war beeindruckt von den maskenhaften Zügen der angeblich unvergänglichen kaiserlichen Schönheit und verherrlichte die Lebensfeindlichkeit Elisabeths, die wie die »Artisten« (er meinte Schauspieler in den modernen »Tableaux Vivants«) in »abwehrender Geberde gegen das Leben« verharrt sei. Theatralische, nicht höfische Noblesse überzeugte das Publikum im 19. Jahrhundert. Eugénie von Frankreich, Enkelin eines schottischen Weinhändlers, Tochter eines spanischen Granden und Kaiserin der Künstlichkeit, machte es gekonnt vor, indem sie bei Audienzen die Königinnen des Theaters imitierte: »Ihre Majestät saß in halbliegender Stellung in einem tiefen, niedrigen Sessel. Ihre Füße ruhten auf einem Schemel, sehr hoch erhoben (…). sie spielte mit geradezu kindischer Wichtigkeit die ›offizielle Persönlichkeit‹ (…).«

Elisabeths Rollenverständnis unterschied sich nicht grundlegend von dem ihrer französischen Amtskollegin. Mythos und Imagination, Klischee und Traum: Daran arbeitete sie ihr ganzes Leben – mit Erfolg. Mr. Pearl (eigentlich Mark Pullin), der weltweit bekannteste männliche Korsettträger, sagte 2012 über Kaiserin Elisabeth: »Sisi war ihrer Zeit voraus, die Beschäftigung mit ihrem Körper war für sie ein Ritual. Ich kenne kein größeres Vorbild.«

Vorbild Sisi?

Wecken im Winter um sechs Uhr früh, im Sommer schon um fünf Uhr. Auch wenn die halbe Nacht mit Lesen, Schreiben, Reiten oder im Zimmer Auf-und-ab-Gehen verbracht wurde – dieser Lebensstil hatte sich verselbstständigt. Anschließend nahm die Kaiserin ihr Morgenbad – im eiskalten Wasser. Es folgten Massagen, Gymnastikübungen, Geräteturnen.

Danach frühstückte sie, hin und wieder gemeinsam mit dem Kaiser. Dieses Zusammentreffen der Eheleute dauerte 15 Minuten. Es gab warme Milch, Tee, Obst. Zu sagen hatte man sich wenig.

Zurück im eigenen Appartement begann das Haarzeremoniell, ein zentrales Ereignis in Elisabeths täglichem Leben. Die Haare der Kaiserin reichten bis zu den Knöcheln.

Grundsätzlich spielten Haare im Empfinden des 19. Jahrhunderts eine wichtige Rolle. Selbstverständlich auch schon früher, als sie bei Männern für Stärke und Kraft, bei Frauen für Schönheit und Sittsamkeit standen. Lange offene Haare waren allerdings, in Anlehnung an das überlieferte Bild der Maria Magdalena, alles andere als sittsam, sie waren den Femmes fatales zu eigen, ein viel bemühtes Weiblichkeitsimage zu Elisabeths Zeit. Von der Kaiserin gibt es zwei Gemälde des Modemalers Franz Xaver Winterhalter, die sie mit offenem Haar zeigen. Beide waren als private Geschenke für den Kaiser gedacht und blieben der Öffentlichkeit verborgen.

Abgesehen von Zähnen, Knochen und Fingernägeln gehören die Haare zu jenen Teilen des menschlichen Körpers, die der Verwesung am längsten trotzen. Sie zerfallen nicht, behalten meist ihre Farbe. Durch diese Verleugnung des Todes sind sie gleichzeitig dessen Symbol. Über die Jahrhunderte können verschiedene Ausprägungen eines Haarkults nachgewiesen werden. Im alten Ägypten schnitt man Selbstmördern Haarsträhnen ab, diese galten als der wirksamste denkbare Schutzzauber. Römerinnen trugen die hellen Zöpfe ihrer germanischen Haussklavinnen, um die Verschleppten noch mehr zu erniedrigen. Blond war zur römischen Kaiserzeit groß in Mode. Verbrecher kamen nicht »ungeschoren« davon, ihnen wurden die Haare abrasiert (man nannte sie die »G'scherten«), diese wurden verbrannt, da man eine verblei-

28 Haare als Kultobjekte, hier von Franz Grillparzer und seiner »ewigen Braut«, Kathi Fröhlich

Vorbild Sisi? | **87**

bende Kraft selbst im abgeschnittenen Haar vermutete. In Amerika wurden Feinde bekanntlich »skalpiert«. Viele Museen bewahren die Haarlocken zahlreicher längst verstorbener Berühmtheiten. Die Person selbst ist praktisch in die verbleibenden Haare übergegangen. Um 1800 klebte man dem/der Angebeteten eine Haarsträhne ins Stammbuch oder steckte sie unter ein Miniaturbild in der Hoffnung auf ewige Liebe. In der zweiten Hälfte des 19. Jahrhunderts blühte der Kult um den Trauerschmuck aus Haaren. Vor allem in England, aber auch in Mitteleuropa, schnitten die Hinterbliebenen den verstorbenen Verwandten auf dem Totenbett die Haare ab und verfertigten daraus kunstvollen Trauerschmuck: Ringe, Broschen, ganze Armbänder wurden aus Haaren geknüpft und oft lebenslang zur Erinnerung an die tote Person getragen.

Charles Baudelaire widmete dem bevorzugten Fetischobjekt des 19. Jahrhunderts ein ganzes Gedicht (»Das Haar«, 1861):

O Vlies des Wellen auf die Schultern fluten!
O Locken, schwer von müdem Wohlgeruch,
Erinnerungen, die da träumend ruhten, Verzückung fühl' ich durch den Abend gluten,
Breit' ich die Locken wie ein wehend Tuch. (…)

Elisabeth war dies alles wohlbekannt, auch der signifikante Zusammenhang zwischen Haar und Tod:

An meinen Haaren möchte' ich sterben,
Des Lebens ganze, volle Kraft,
(…)
Den Flechten möchte ich dies vererben.

O ginge doch mein Dasein über,
In lockig seidnes Wellengold,
(…)
Bis ich entkräftet schlaf' hinüber.

An weniger poetisch gestimmten Tagen klagte sie, dass sie die Sklavin ihrer Haare sei. Der naturgegebene Schmuck wurde auch gezielt strategisch eingesetzt, fand doch alle paar Wochen der sogenannte Kopfwaschtag statt, an dem kein einziger Termin stattfinden durfte und die Kaiserin für niemanden zu sprechen war. Es konnte vorkommen, dass Sisi – wohl bewandert in der hohen Schule der Provokation – einen Kopfwaschtag »rein zufällig« auf den Tag einer wichtigen offiziösen Festivität legte und somit gut aus dem Schneider war. Franz Joseph getraute sich nicht, bei seiner Frau während des Haarewaschens anzuklopfen. Mit einer speziell für sie angefertigten Mixtur aus Eidotter und Cognac wurden die Haare gewaschen und anschließend mit einer »Kopfspiritus« genannten Flüssigkeit aus Lavendelwasser, der durchblutungsfördernd wirkte, gespült. Als sie das erwähnte Gedicht über ihre Haare schrieb, war Elisabeth schon fast 50 und hatte zweifelsohne graue Strähnen. Diese tönte sie in ihrer Naturfarbe kastanienbraun mit schwarzem Tee und einem Extrakt aus Nussschalen.

Für die kaiserlichen Haare waren mehrere Personen verantwortlich, vor allem die persönliche Friseuse Fanny Angerer, verheiratete Feifalik. Diese hatte ursprünglich ihre Kunst am Hofburgtheater ausgeübt, als während einer Vorstellung Elisabeth die großartigen Flechtfrisuren einiger Schauspielerinnen auffielen. Sie ließ Erkundigungen einholen und bot schließlich der einfachen jungen Haarkünstlerin die Stelle an. Für eine jährliche Gage von 2000 Gulden wechselte Fanny von der Bühne auf ein noch viel schwierigeres Parkett, das Privattheater der Kaiserin von Österreich. Dass sie mit der unberechenbaren Herrin einigermaßen zurechtkam, ist wohl auf ihre Erfahrung mit den berüchtigt kapriziösen Wiener Schauspielerinnen zurückzuführen. Die Kaiserin, deren ganzes Leben auf einer Bühne stattfand, bezeichnete in einem Gespräch mit ihrer Freundin, der rumänischen Königin Carmen Sylva, die »Prinzessinnen des Theaters« als ihre »Schwestern« …

Immerhin entsprach das Gehalt der neu engagierten Friseuse dem eines Universitätsprofessors, sie durfte später heiraten (was

Hofbediensteten für gewöhnlich verboten war), einen Mann, der ebenfalls am Hof tätig war, und am Ende wurde die Familie sogar nobilitiert. Bis dahin war es jedoch ein weiter Weg mit vielen Stolpersteinen. Fanny musste ihre Herrin nicht nur frisieren, sondern auch doubeln. Da Sisi das Angestarrtwerden hasste, ging sie auf ihren Schiffsreisen oft inkognito von Bord und verschwand im regen Treiben der Hafenstädte, um Sightseeing zu machen und Shoppingtouren zu unternehmen. Die Hoffriseuse promenierte unterdessen in Schwarz unter einem weißen Sonnenschirm, während das dankbare Publikum applaudierte, die verschleierte nachmalige Frau Hofrätin Feifalik begaffte und zu Hause erzählen konnte, man habe die einst schönste Frau der Welt leibhaftig auf der Strandpromenade gesehen.

Weiters gehörte es zu Fannys Aufgaben, 24 Stunden am Tag zur Verfügung zu stehen, denn Majestät machte, wie oben erwähnt, nicht selten die Nacht zum Tag. Sie ritt aus, ging an die frische Luft, erkletterte hohe Berge in stockdunkler Nacht, aber selbstverständlich in voller Montur mit der berühmten »Steckbrieffrisur«, wie sie die hoch aufgetürmten Zopffrisuren nannte. Die Angerer'schen Haarkreationen für die österreichische Monarchin waren weltberühmt und daher vorbildlich für Frauen von London bis New York. Da nicht jede Frau, die gern die Steckbrieffrisur tragen wollte, über die Haarlängen der Kaiserin verfügte, blühte im 19. Jahrhundert das Geschäft mit Haarteilen in allen Farben. An den Rändern der Großstädte standen die armen Bauernmädchen und verkauften ihre langen Zöpfe an Friseure, die sie dann den Gattinnen der Finanzmagnaten, den Schauspielerinnen oder Demimondaines zu hohen Preisen anboten.

Während des Frisierens schrieb Elisabeth Briefe, lernte Ungarisch, Alt- und Neugriechisch oder ließ sich aus Schopenhauer, Heine, Milton, Shakespeare oder anderen geschätzten Werken vorlesen. Ihr zeitweiliger Griechischlehrer, der schwärmerische Konstantin Christomanos, beschrieb, wie er das Haarritual im Jahr 1891 – Elisabeth wurde 54 – erlebte:

(...) hinter dem Sessel der Kaiserin stand die Friseuse in schwarzem Kleide mit langer Schleppe, eine weiße spinnewebene Schürze sich vorgebunden (...) Mit weißen Händen wühlte sie in den Wellen der Haare, hob sie dann in die Höhe, und tastete darüber wie über Samt und Seide, wickelte sie um die Arme wie Bäche, die sie auffangen möchte, weil sie nicht rinnen wollten, sondern fortfliegen, teilte die einzelne Welle mit einem Kamm aus goldgelbem Bernstein in mehrere und trennte dann jede von diesen in unzählige Fäden, die im Sonnenlicht wie golden wurden, (...) flocht diese Wellen zu kunstvollen Geflechten, die in zwei schwere Zauberschlangen sich wandelten, hob die Schlangen empor und ringelte sie um das Haupt und band daraus, mit Seidenfäden dieselben durchwirkend, eine herrliche Krone (...) Dann brachte sie auf einer silbernen Schüssel die toten Haare der Herrin zum Anblick, und die Blicke der Herrin und jene der Dienerin kreuzten sich eine Sekunde – leisen Vorwurf bei der Herrin enthaltend, Schuld und Reue der Dienerin kündend. Dann wurde der weiße Mantel aus Spitzen von den fallenden Schultern gehoben, und die schwarze Kaiserin entstieg gleich einer göttlichen Staue der bergenden Hülle. Die Herrscherin neigte dann den Kopf – die Dienerin versank in den Boden leise flüsternd: ›Zu Füßen Euerer Majestät ich mich lege‹ – und so ward die heilige Handlung vollendet.

29 Elisabeth mit ihrer »Steckbrieffrisur«, um 1865

Elisabeths Nichte Marie Larisch bemerkte spöttisch, dass »die Haare auf Tante Sisis Kopf nummeriert« seien. Sisi selbst jammerte, es käme ihr vor, ihr »Geist gehe aus den Haaren hinaus in die Finger der Friseuse«. Sie litt unter starken Kopfschmerzen, die wohl auch eine Ursache für ihre Schlaflosigkeit waren, und ließ aus diesem Grund Haken in die Zimmerdecke einschlagen, an denen sie ihre Haare aufhängte, um den Druck auf den Kopf zu entlasten.

Sie konnte ein hitziges Temperament entwickeln und warf Bürsten und Kämme nach Fanny Angerer, wenn sie der Meinung war, dass beim Frisieren zu viele Haare ausgekämmt worden waren. Um diesen »Anschlägen« zu entgehen, erfand Fanny einen Trick: Die ausgefallenen Haare ließ sie auf einem Klebeband unter ihrer »spinnewebenen Schürze« verschwinden.

Stil vs. Mode

30 Pauline Metternich in einer aufwendigen Spitzentoilette, um 1865

Saßen die Haare perfekt, war Fanny vorerst entlassen und die Kleiderzofen nahmen ihre Tätigkeiten auf. Roben für reiche Damen waren im 19. Jahrhundert überladen, sehr farbig, mit zahlreichen Volants und Rüschen verziert. Man sah aus wie in einer Verkleidung – die Würde der Trägerin konnte leicht abhanden kommen. Begüterte Frauen leisteten sich karnevaleske Modelle, die berühmte Schauspielerinnen auf der Bühne oder Schönheiten der Nacht vorführten. Die Kleider wurden zu Massenprodukten, ein einheitlicher Modestil herrschte von Paris bis St. Petersburg.

In Wien gab eine Frau den Modestil vor, und es war nicht, wie etwa in Frankreich, die Kaiserin. Berühmt für »ihre Tüchtigkeit und ihre Hässlichkeit« (Felix Salten) nahm Pauline Fürstin Metternich den Platz der ersten Modedame der Kaiserstadt über viele

Jahrzehnte hinweg ein. Die Enkelin des einstigen »Kutschers Europas« hatte den österreichischen Botschafter in Paris geheiratet und trug daher immer das Neueste aus der Welthauptstadt der Couture. Sie ging am französischen Hof ein und aus, Kaiserin Eugénie zählte zu ihren Freundinnen, Winterhalter malte sie – Porträtähnlichkeit war ohnehin nicht seine Stärke. Napoléon III. persönlich sorgte dafür, dass ihr geliebter Richard Wagner an der Pariser Oper aufgeführt werden konnte – allen politischen Querelen zwischen Deutschland und Frankreich zum Trotz. Für Damen ihres Schlags gibt es heute den Begriff »Socialite« oder »Charity-Lady«. Ihr größter Wiener Erfolg war eine Wohltätigkeitsveranstaltung, der Blumenkorso im Prater. 2790 Kutschen nahmen 1886 an der ersten Frühlingsfahrt durch den Prater teil, 268 000 Zuschauerkarten wurden ausgegeben und die »fürstliche Gewohnheitsbettlerin« freute sich über 100 000 Gulden Reinerlös für die »Notleidenden« der Stadt. Später fuhr sie gerne mit dem Wiener Bürgermeister Karl Lueger in seiner Kutsche vor und ließ sich von der Bevölkerung zujubeln. Elisabeth, der solches Getue ein Greuel war, galt als ihre Intimfeindin und nannte sie »Mauline Petternich«. Die »Fürstin Paulin'« meinte öffentlich, Elisabeth sei, da sie nur aus einem Nebenzweig der königlichen bayrischen Familie stammte, dem Haus Habsburg nicht ebenbürtig und überhaupt passe sie nicht in die Rolle einer Kaiserin. Das stimmte und niemand wusste es besser als Elisabeth selbst. Dennoch ärgerte sich Sisi maßlos, dass die Botschaftersgattin und Salonnière so kurzerhand ihre Pflichten übernommen hatte, wie das Organisieren luxuriöser »Events« oder das Vorführen modischer Kleidung. Die Presse liebte die Metternich und in den Zeitungen konnte man folgende Huldigung lesen:

'S gibt nur a Kaiserstadt,
's gibt nur a Wien,
's gibt nur a Fürstin,
d' Metternich Paulin'.

Gelegentlich ließ es sich nicht vermeiden, dass die aufgetakelte Society-Dame und die elegante Kaiserin aufeinandertrafen. Solche Begegnungen der Rivalinnen wurden von der Hofkamarilla, die Elisabeth hasste und vice versa, mit Genugtuung verfolgt. Schließlich war damit zu rechnen, dass die schlichte Kleidung der Kaiserin von der Fürstin kritisiert wurde, was immer zur guten Unterhaltung auf Bällen beitrug. Sisi ließ den »Ball der Industrie« am 2. Februar 1887 in einem Gedicht Revue passieren:

> Sie stand im weiten Kreis der Damen;
> Auch sie war Lady Patroness,
> Beleuchtet von des Gases Flammen,
> Die Lauteste in dem Kongress.
>
> Das Haupt besetzt mit Diamanten,
> Von stolzem Federschmuck umwallt;
> In reichen Stoff aus fernen Landen
> Den allzu üpp'gen Leib geschnallt,
>
> (…)
>
> Doch ihren Mund nun auszumalen,
> Wo nehme ich die Farben her?
>
> Zwei Zoll breit sind die Wunderlippen
> Mit diesem Purpur angethan …
> Und glaubt ihr, dass ich übertreiben,
> So geht, und schaut sie selber an.

Elisabeth bezog sich in diesem Spottgedicht auf die neuesten Make-Up-Trends aus Paris, wonach das Gesicht vollkommen weiß abgepudert sein sollte, die Augen und Augenbrauen mit breiten Balken in Schwarz betont wurden und die Lippen durch das nagelneue Produkt Lippenstift so auffällig geschminkt waren, wie man es seit

Kaiserin Theodoras Zeiten nicht mehr gesehen hatte. Der Lippenstift in seiner heutigen Form war 1883 von zwei Franzosen erfunden worden. Sie versetzten die schon bekannte rote Pomade mit Rizinusöl und festigten das ganze mit Bienenwachs und Hirschtalg. Die klebrige Masse wurde zu schmalen Rollen geformt und, in Seidenpapier gewickelt, verkauft. Einem breiten Publikum präsentierte man die Erfindung auf der Amsterdamer Weltausstellung. Die »saucisses« (»Würstchen«) erinnerten an Wachsmalstifte für Kinder und waren exorbitant teuer. Außerdem haftete dem »Stylo d'amour« der Ruf der Halbwelt an: Grundsätzlich trugen ihn kurz nach seiner Markteinführung nur Schauspielerinnen und Kurtisanen. Im Gegensatz zur mondänen Metternich wäre Elisabeth in der Öffentlichkeit nicht mit weithin sichtbar geschminkten Lippen aufgetreten. Sie präferierte jene Schminktechnik, die wir als »Nude-Look« bezeichnen: Your face but better.

Um sich von der Masse abzuheben, stilisierte die österreichische Kaiserin nicht ihre Kleider, sondern den Körper selbst nach ihren eigenen Vorstellungen. Das Schönheitsideal der Epoche war füllig, klein und rothaarig. Elisabeth war über 170 cm groß – größer als der Kaiser –, überschlank und brünett. Sie entsprach nicht dem Stil der Zeit und nutzte diese »Unzulänglichkeit« zu ihrem Vorteil aus. Die Germanistin Juliane Vogel hielt fest: »Berühmtheit erlangte sie nicht wegen ihrer Kleider, sondern wegen jenes strengen Zeremoniells, das sie der Erhaltung ihrer Schönheit widmete.« Die Figur der Kaiserin aber musste nicht nur erhalten – zuerst musste sie erreicht werden. Derartige Maße sind nicht »gottgegeben«, sondern erkämpft. Sisi war keinesfalls – wie es in den Nachrufen so vollmundig hieß – eine »Priesterin der Natur« oder eine »Bürgerin des Herzens«. Sie arbeitete mit allen Mitteln, die ihr zur Verfügung standen, an ihrem Körper und dessen Modellage. Eine Taille von etwa 50 cm wollte erschnürt werden – und wenn es den ganzen Tag in Anspruch nahm. Stand ein wichtiges Repräsentationsereignis an, an dem die Teilnahme der Kaiserin zugesagt war, wurde nach dem Frisieren mit der Schnürung begonnen und diese wurde im

Stundentakt bis zum großen Auftritt fortgesetzt, sodass abends die schmalste Taille erreicht wurde, die mithilfe eines gutsitzenden Korsetts möglich war. Ein exakt passendes und korrekt angewendetes Korsett muss nicht schädlich sein, im Gegenteil, es unterstützt den Körper und gibt ihm Halt. Bis ins 20. Jahrhundert hinein galt eine ungeschnürte Taille nicht nur als modisch unmöglich, sondern war »unanständig und plump« (übrigens auch bei Männern in Uniform). Adelheid Popp, die spätere sozialdemokratische Politikerin, war als junges Mädchen überaus stolz, dass sie es beinahe schaffte, die berühmte »Kaiserin-Taille« zu erschnüren. Sie vergaß auch nicht darauf hinzuweisen, dass für sie als Angehörige der Unterschicht das Schnüren noch einen »positiven« Nebeneffekt hatte: Es unterdrückte das Hungergefühl.

Kaiserin-Nichte Larisch berichtete, dass die Tante niemals Unterröcke trug. Sie legte Wert darauf, keine auftragenden Dessous anzuziehen, daher verwendete sie Rehlederhosen, die an heutige Leggings erinnern. Vor dem Tragen wurden sie noch in Wasser getaucht, damit sie sich beim Trocknen an die Körperform anpassen konnten – ähnlich wie in den 1970er-Jahren, als sich Teenager in Jeans in die Badewanne setzten, um den engstmöglichen Sitz der Hose zu erlangen. Gelegentlich wurden der Kaiserin die Überkleider auf den Leib genäht. Auch diese Arbeit dauerte Stunden – und führte dazu, dass Elisabeth oft kaum sitzen, sondern nur kerzengerade stehen konnte.

Dennoch war es keineswegs unüblich, sich in Kleidung einnähen zu lassen. Auch andere Damen, zum Beispiel die gefeierte englische Kurtisane Catherine Walters, genannt »Skittles«, trugen Reitkleider im begehrten »Prinzess«-Schnitt, also so hauteng, dass man hineingenäht werden musste. Es ist sogar anzunehmen, dass Elisabeth sich am Auftritt von »Skittles« orientierte: Ganz London stand Spalier, wenn Catherine Walters im Hyde Park ausritt. Ihre eng anliegenden Dressen wurden in den Gazetten detailliert beschrieben bis hin zur Frage, ob sich denn da überhaupt noch Unterwäsche ausgehen könne … Im späteren 19. Jahrhundert galt das

Zeigen eines weiblichen Knöchels als höchst unstatthaft und wurde als eindeutige Einladung aufgefasst. Für das »Darunter« wurde der Ausdruck »die Unaussprechlichen« geprägt.

Schwarz ist das neue Schwarz

»Darüber« trug Elisabeth im allgemeinen Schwarz. Vor allem nach dem Tod des Kronprinzen Rudolf, aber auch schon in den 1870er-Jahren.

Ein sogenanntes Schwarzseidenes, ein schwarzes Kleid aus Seide, war im Besitz jeder Frau des 19. Jahrhunderts. Es gehörte zur Grundausstattung der bräutlichen Aussteuer. Selbst sehr arme Frauen bekamen es von einer weiblichen Verwandten anlässlich der Vermählung, und es blieb oft das einzige »gute Kleid«, ein Leben lang. Immer wieder leicht verändert diente es als Besuchskleid, Festkleid, Trauerkleid. Frauen aus dem Kleinbürgermilieu oder Arbeiterinnen verwendeten es über Jahrzehnte hinweg. Viele trugen es schon zur Hochzeit. Schwarz gekleidete Bräute mit einem weißen Schleier waren noch vor 100 Jahren keine Seltenheit. Coco Chanel griff mit ihrem berühmten »kleinen Schwarzen« (La petite robe noire, the little black dress) auf die Tradition des »Schwarzseidenen« zurück.

Witwen gingen ihr ganzes weiteres Leben in Trauer – Queen Victoria hatte es vorexerziert. Die Trauerindustrie blühte im morbiden, rührseligen 19. Jahrhundert. Es hieß, die »Schmuckkästchen der Damen glichen tragbaren Friedhöfen« wegen des in großer Zahl vorhandenen Trauerschmucks mit romantisierenden Darstellungen des Todes. Alle Hinterbliebenen, auch die Kinder, mussten nach einem Todesfall entsprechend eingekleidet werden. In den mehrstöckigen Kaufhäusern für Trauerwaren herrschte immer Hochbetrieb: Vom Taschentuch bis zum Manschettenknopf, vom Briefpapier bis zum Trauerfächer war dort alles in großer Auswahl zu bekommen. Im Allgemeinen bedeutete ein Trauerfall in erster Linie: neue Hüte für die gesamte Familie. Doch bald waren der kokette Trauerschleier oder aufwändiger Trauerschmuck aus teurem Jet (ein stumpfes schwarzes Material, das aus Braunkohle gefertigt wurde) derart en vogue, dass die überwiegend katholisch orientierte Presse begann, das Diktat der Mode über die Trauerkleidung zu kritisieren. Es wurde berichtet, dass sich in London bereits eine »Galatrauer« entwickelt habe. Trauernde Frauen würden den verschiedenen Bällen, Festlichkeiten und Banketten nicht mehr fernbleiben, sondern – Skandal! – schwarze, dekolletierte Kleider tragen und dazu einen langen schwarzen Schleier im Haar, der an einem Jet-Diadem befestigt war. Solche »Extravaganzen«, monierten die Zeitungen, lägen der »wahren Trauer selbstverständlich« fern. Und es ging noch weiter: »Man denke nur: Trauerwäsche! Schwarze glänzende Seide, schwarze Spitzen, Strümpfe mit dem Bild einer melancholischen Cypresse, die trauernd ihre Zweige über eine Urne senkt!« Die »göttliche« Sarah Bernhardt, Stilvorbild und Bühnenikone, wäre gar nicht denkbar gewesen ohne ihre präparierte Fledermaus auf dem Hut. Oder ohne ihren Sarg, den sie stets im Reisegepäck mit sich führte und in dem sie sich gern fotografieren ließ, komplett mit dem »Wohnaccessoire du jour«, dem untoten Makart-Bukett samt »Todesrosen« und seidenen Schmetterlingen – Letztere kannte man, wie bereits erwähnt, als Vergänglichkeitssymbole seit der Antike. Nicht zu vergessen der Alligator, der die Schauspielerin 1880 in die USA begleitete.

Das laut Franz Joseph beste Porträt seiner Frau malte der ungarische Künstler Gyula Benczúr als Erinnerungsbild wenige Monate nach Elisabeths Ermordung. Auf diesem Gemälde trägt sie – ikonenhaft vor goldenem Hintergrund – ein Kleid, das den schwarzen Trachten der ungarischen Gräfin Erzsébet Báthory nachempfunden ist, wie schon in einem der unzähligen Nachrufe auf »unsere weiland Kaiserin« im September 1898 berichtet wurde. Doch hatte sich Sisi schon viel früher an ihrer ungarischen Namensvetterin aus dem 16. Jahrhundert ein Beispiel genommen. Von den Slowaken gehasst – sie residierte auf einem Schloss in der heutigen Slowakei – und von den Ungarn gefürchtet, geisterte die »Blutgräfin« durch das 18. und

31 Links: Die Gräfin Báthory, 19. Jh. Gemälde nach einem Original aus dem 16. Jh. (Museum Čachtice/Csejte). Rechts: Königin Elisabeth von Ungarn, 1867

19. Jahrhundert. Ihr Einfluss auf die literarischen »Dracula«-Schöpfungen darf nicht unterschätzt werden. Quellen bezeugen die außergewöhnliche Schönheit und Intelligenz der ungarischen Adeligen. Viel interessanter für die RomanautorInnen waren freilich Spekulationen über mittellose Jungfrauen, welche sie einfangen, foltern und schließlich töten ließ, um ihr Blut zu trinken oder sich damit einzureiben – die Fantasien differieren. Angeblich war die Báthory besessen von ihrem Äußeren und wehrte sich gegen das Alter – mit den genannten illegalen Methoden. Es ist bezeichnend für Elisabeths Charakter, dass sie ausgerechnet diese Ungarin interessant fand und das Krönungskleid für die Zeremonie in Budapest, den wichtigsten Tag in ihrem Leben, nach einem Kleid der »Gräfin« schneidern ließ, vom modernsten Couturier der Zeit, Charles Frederick Worth. Der ungarische Nationalismus im 19. Jahrhundert hatte dazu geführt, dass mehrere Porträts der »Blutgräfin« nach angeblich alten (inzwischen nicht mehr vorhandenen) Bildern angefertigt wurden, sodass

Schwarz ist das neue Schwarz

Sisi sich damals (und wir uns heute) eine – wenn auch wahrscheinlich nicht sehr korrekte – Vorstellung der »Gräfin« und ihrer Garderobe machen konnte (können).

War Elisabeth frisiert und angezogen, so folgte ein schnelles und kurzes Mittagessen: Fleischbrühe oder Fleischsaft waren es im Allgemeinen, kalorienarm, aber kräftigend für die Unternehmungen, die nun auf der Tagesordnung standen.

Leichenhallen und »Irrenhäuser«

Entweder Fechten oder Marschieren oder doch – falls es sich nicht umgehen ließ: eine Repräsentationsverpflichtung, entweder mit der Familie oder mit den Suiten. Am liebsten besuchte Elisabeth »Irrenanstalten«. Seit jeher hatte sie großes Interesse an Geisteskrankheiten und widmete sich mit Anteilnahme den Hirngespinsten der Patienten. Hier konnte sie Verpflichtung und persönliche »Spleens« unter einen Hut bringen – was ihr sonst praktisch nie gelang. Als Franz Joseph sie einmal nach ihren Wünschen zum Namenstag fragte, antwortete sie schriftlich:

»Ich wünsche mir entweder einen jungen Königstiger (…) oder ein Medaillon. Am meisten würde ich mich allerdings über eine komplett eingerichtete Irrenanstalt freuen.« Typisch für die sarkastische Elisabeth auch der Nachsatz: »Nun hast Du Auswahl genug.«

Wie üblich traf der Ehemann die falsche Entscheidung und schenkte ihr ein Medaillon. So nutzte sie weiterhin ihre Reisen, um »Irrenhäuser« aufzusuchen. Keine Stadtbesichtigung wäre abgeschlossen ohne den Besuch eines solchen Ortes. Im 19. Jahrhundert war es ein weit verbreitetes »Vergnügen«, Aufführungen, Ausstellungen oder anderen öffentlichen Veranstaltungen beizuwohnen, die unter dem Begriff »Dark Tourism« zusammengefasst werden. Es handelte sich dabei um sensationslüsterne Formen von Unterhaltung wie Hinrichtungen, Prozesse um berüchtigte Verbrecher, Präsentationen von Wachsfiguren, anatomische Museen, aber auch Ausflüge in Slums, »Opiumhöhlen« oder »Irrenhäuser«. Die Medien spielten eine nicht zu unterschätzende Rolle in der Vermarktung solcher Angebote. Es wurde nicht nur über Gewalttaten, Morde, Unfälle etc. berichtet, sondern immer ging es gleichzeitig um die Gefahren der Großstadt, Probleme der Industrialisierung und, vor allem, um die Erzeugung von Angst. Jeder Reiseführer des 19. Jahrhunderts verwies genüsslich auf die berühmteste Sehenswürdigkeit dieser Art, die Pariser Morgue, nahe der Seine. Sehr sinnig, da viele »Exponate« direkt aus dem Fluss in das Leichenschauhaus geschafft wurden. Die Legenden um die sogenannte Inconnue de la Seine haben hier ihren Ursprung. Seit 1864 wurden die anonymen Toten auf schwarzem Marmor hinter Glas präsentiert, Tag und Nacht, sieben Tage die Woche. Mit Vorliebe berichteten die Zeitungen über die Ähnlichkeit dieser makabren Präsentation mit »Madame Tussaud's«, der Bühne generell und den riesigen Schaufenstern der neuartigen Kaufhäuser, die überall in den Großstädten entstanden – natürlich nicht, ohne auf die neueste Leiche hinzuweisen, die ab sofort in der Morgue zu besichtigen war ...

1886 erschien Elisabeth in einer »Irrenanstalt« in Budapest, wie so oft unangekündigt. Sie ließ sich durch die Räumlichkeiten führen, um zu sehen, wie die Kranken untergebracht waren. Im November absolvierte sie einen ebensolchen Besuch in der »k.k. Landesirrenanstalt am Bründlfeld«. Vorerst wollte man ihr dort nur die »ruhigen Abteilungen« zeigen, doch bestand Elisabeth darauf, auch zu den schweren und gefährlichen »Fällen« gebracht zu werden. Angeblich soll sie dort von einer Patientin attackiert worden sein, die sich selbst für die Kaiserin von Österreich hielt.

Die größte »Irrenanstalt« des 19. Jahrhunderts befand sich in Bedlam in der Nähe von London. Nach dem obligaten Besuch des Wachsfigurenkabinetts »Madame Tussaud's« in der Innenstadt unterhielt sich Elisabeth mit einer blumenbekränzten Ophelia und anderen geistig verwirrten Menschen, die sie im Park der Anstalt

32 Elisabeth besucht die »Landesirrenanstalt am Bründlfeld«, 1886. Sie wird Zeugin der Hypnotisierung einer Patientin.

antraf. Jedenfalls widmete sie sich diesem Ausflug wesentlich länger als dem Anstandsbesuch bei der englischen Königin. Ein Grund für das auffallende Interesse an solchen Heilanstalten waren die bekannten Leiden verschiedener naher Verwandter und die Angst davor, selbst »verrückt« zu werden, wie Sisi zugab, nachdem sie geträumt hatte, sie wäre Kaiser und hochverräterische Gedanken à la »Und sollten sie entscheiden, | Die Republik muss sein, | So willige mit Freuden | In ihren Wunsch ich ein« geäußert hatte:

> Den Traum, als ich erwachte,
> Hab' keinem ich erzählt;
> Sonst sperren sie mich sachte
> Noch gar ins Bründelfeld.

Elisabeth hatte eine Schwägerin, Charlotte, die in Belgien im Wahnsinn dahindämmerte. Sie war die Witwe des in Querétaro erschossenen Erzherzogs Max, der, trotz aller Warnungen seiner guten und politisch hellsichtigeren Freundin Sisi, unbedingt Kaiser von Mexiko werden wollte. Weiters waren König Ludwig II. von Bayern und dessen Bruder Otto sehr nah mit Elisabeth verwandt. Letzterer schrie nächtelang, war bereits in Schloss Fürstenried interniert und führte das Leben eines Anstaltsinsassen. Über Ludwig erzählte man sich unter anderem, dass seine imaginären Nachtritte durch Bayern kein Ende nehmen würden. Die Schwester des ersten Ludwig, Alexandra, hatte Angst vor grünen Tischen gehabt und befürchtet, die Tinte der Briefe könnte ihr ins Gesicht fliegen. Besonders stark hatte sie unter der Zwangsvorstellung gelitten, ein gläsernes Klavier verschluckt zu haben sowie ein Sofa im Gehirn mit sich herumzutragen. Marie Larisch: »Sie fühlte sich daher außerstande, durch eine Tür zu gehen, da sie dabei leicht die Enden des Sofas abstoßen konnte.« Kaiserin Elisabeth lastete sogar den Selbstmord ihres einzigen Sohnes dem »ererbten Wittelsbacher Blut« an. Rudolf war zu zwei Dritteln Wittelsbacher, von sechs Vorfahren waren vier Wittelsbacher. Dass sie als Mutter vollkommen versagt hatte, dass sie nicht einmal wahrgenommen hatte, wie ähnlich der Thronfolger ihr im Denken und Fühlen war – solche Gedanken kamen ihr nicht in den Sinn.

33 Elisabeths Schwester Sophie, für die die Kaiserin *das* Role-Model war.

Besonders unverständlich nimmt sich bei Berücksichtigung der familiären Vorbelastungen Elisabeths Reaktion auf die Internierung ihrer Schwester Sophie aus:

Leichenhallen und »Irrenhäuser«

O wehe! Wehe! Ja und zehnmal wehe!
Dass zu bemeistern du dich nicht gewusst!

Du bist im Irrenhaus, du bist gefangen,
Ein Opfer deiner tollen Leidenschaft;
Es bricht mein Herz, denk' ich der wilden, bangen
Verzweiflung, die dich packt in deiner Haft.

Sie verurteilte die ohnehin leidgeprüfte Schwester, weil sie mit einem bürgerlichen, noch dazu verheirateten, Arzt durchgebrannt war. Zweimal schon wäre Sophie beinahe mit homosexuellen Männern verheiratet worden, mit Franz Josephs jüngstem Bruder Ludwig Viktor, und später war sie mit Ludwig II. verlobt. Nachdem der bayrische König sich ihrer entledigt hatte, begann sie ein Verhältnis mit dem Sohn des bekannten Münchner Fotografen Hanfstaengl, Edgar. Dass daraus nichts Ernstes werden konnte, war wohl beiden Beteiligten klar. Schließlich heiratete sie 1868 einen Herzog Ferdinand von Alençon, bekam zwei Kinder und wurde »melancholisch«, das heißt, sie litt an Depressionen.

Die Frau des Arztes drohte mit Scheidung und einem öffentlichen Skandal – also wurden »Romeo und Julia in Bayern« an ihrem Fluchtort Meran getrennt. Wie es damals in solchen Fällen üblich war, wurde der Mann nach Hause geschickt, die Frau jedoch kam in psychiatrische Behandlung. Immerhin war es ja ziemlich normal, dass ein Ehemann sich hin und wieder ein Abenteuer leistete, tat dies aber eine Frau, musste sie geistig »abnormal« sein. Seelische oder gar körperliche Bedürfnisse zu haben, war für Frauen nicht vorgesehen. Die »Ehebrecherin« wurde zwangsweise in das private Sanatorium Mariagrün am Grazer Rosenberg eingeliefert. Gegründet worden war die Privatklinik von Dr. Richard Krafft-Ebing, dessen Spezialgebiet die Erforschung von – man ahnt/weiß es – »sexuellen Abartigkeiten« war. Um den öffentlichen Wirbel zumindest einigermaßen in den Griff zu bekommen, ließ die herzogliche Familie aus München verlauten, die Frau von Alençon sei momentan geistig nicht zurechnungsfähig. Ob diese Idee gescheit war, sei dahingestellt, hatte doch der deutsche Botschafter in Wien, Philipp zu Eulenburg, übrigens aufgrund seiner Homosexualität in den größten Skandal des deutschen Kaiserreiches verwickelt, einmal festgestellt: »Der Vater der Kaiserin war ein derartig ›sonderbarer‹ Herr durch sein ganzes Leben hindurch, dass man sich über die ›Sonderbarkeiten‹ seiner zahlreichen Kinder durchaus nicht wundern darf.«

Nach langen Monaten der »Behandlung« durfte Sophie schließlich zum Herzog und den Kindern heimkehren. Ihr Ende war ihr einst von einer alten »Zigeunerin« vorausgesagt worden: Sie möge sich vor dem Feuer hüten. Sophie kam 1897 bei einem Großbrand in Paris ums Leben. Ein Jahr später wurde ihre kritische Schwester erstochen. Auch sie hätte es wissen müssen: Die »Zigeunerin« hatte Sisi vor dem »Eisen« gewarnt, den »irren« Märchenkönig Ludwig vor dem Wasser.

Bleibt die Frage, warum Sisi die Schwester so unverhältnismäßig bloßgestellt hat, ausgerechnet sie, die die unsäglichen Zustände in den »Irrenanstalten« ihrer Zeit kannte, die ihre eigene Ehe als Last empfand, den Bund fürs Leben grundsätzlich infrage stellte und für das Selbstbestimmungsrecht der Frauen eintrat – zumindest so lange es um sie selbst ging. Die einzige sinnmachende Begründung: Sophie hatte sich etwas herausgenommen, was Elisabeth zwar gerne getan hätte, aber letzten Endes nie gewagt hat. Sie war mit ihrem Liebhaber abgehauen wie ein Teenager. Das wäre für die Kaiserin, die praktisch keine Sekunde allein war, nie ohne Zeugen jemanden hätte treffen können, unmöglich gewesen. Es war die kleinliche Rache einer eifersüchtigen Schwester, kurzum, Elisabeth beneidete Sophie um eine der wahrscheinlich wenigen positiven Episoden ihres Lebens.

Vielleicht erinnerte sich Franz Joseph an den Wunsch seiner Frau, als er beschloss, auf den Hügeln über Wien durch Otto Wagner eine psychiatrische Klinik errichten zu lassen. Immerhin maß die Stadt ihren Geisteskranken so viel Bedeutung bei, dass ihnen ein besonders imposantes Baudenkmal gewidmet werden sollte. Die ersten Patienten, die 1907 in Steinhof Einzug hielten, haben wohl über die enormen Ausmaße der Anlage gestaunt, über die Ahnung von »Freiheit«, die die Grünflächen und der weite Ausblick auf die angeblich »miasmatische« Residenz vermittelten. »Reine Luft« hieß das Credo des Architekten. Bald schon hatte das Otto-Wagner-Spital die einstmals größte »Irrenanstalt« Bedlam überflügelt.

Unten in der Berggasse saß Sigmund Freud und behandelte seine zahlreichen »hysterischen« Patientinnen. Unter ihnen wurde »Cäcilie M.«, die in Wirklichkeit Anna Todesco hieß und aus der bekannten Bankerdynastie stammte, in der psychiatrischen Literatur besonders bekannt. Anna war hochbegabt, mathematisch interessiert, malte und schrieb, doch waren ihren Ambitionen enge Grenzen gesetzt – gehörte sie doch, wie Prinzessin Sophie, dem falschen Geschlecht an. Sie wurde morphinsüchtig und lebte in ständiger Angst, in eine Anstalt eingewiesen zu werden. Erst ihre Enkelin sollte den Durchbruch als Künstlerin schaffen: Marie-Louise von Motesiczky wurde eine bekannte Malerin.

Gegen Antisemitismus, für Weltoffenheit

Und wenn Elisabeth etwas ganz anderes vorhätte an diesem Nachmittag?

Immerhin fand sie im Herbst 1887, 20 Jahre nach ihrem Engagement für Ungarn, noch einmal die Kraft, sich politisch zu betätigen. Es ging um ihren Lieblingsdichter Heinrich Heine. Die eigenen Gedichte, in Form und Inhalt an den »letzten Dichter der Romantik« angelehnt, hielt die Monarchin unter Verschluss. Allgemein galt sie jedoch als profunde Kennerin von Heines Werken, sodass Berliner Literaturwissenschafter an sie herantraten, um die Authentizität unveröffentlichter Schriften des Dichters zu klären. Sie kannte lange Passagen auswendig und beschäftigte sich intensiv mit dem Leben des »Meisters« – so nannte sie ihn in ihren Gedichten. In jener Zeit, als vielen Geistesgrößen Denkmäler gesetzt wurden, reifte in Düsseldorf der Plan, dies einem der berühmtesten Söhne der Stadt, »Harry« (so sein Geburtsname) Heine, zuteil werden zu lassen. Anlässlich des 90. Geburtstags Heines wurde 1887 ein Komitee gegründet, das in einigen Zeitungen Aufrufe zur Errichtung eines Heine-Denkmals veröffentlichte. Mehr hatte es nicht gebraucht. Die deutschen Monarchisten und Nationalisten entfachten einen Sturm und wetterten gegen die Befürworter, Kaiserin inklusive, »die diesem Juden, dem Autor schändlicher und verwerflicher Schriften, ein Denkmal errichten wollen«. Im wilhelminischen Deutschland war Heine eine, gelinde gesagt, stark umstrittene Person. Viele erinnerten sich noch gut, dass es der Dichter in Bezug auf die deutschen Fürsten nicht an Hohn und Spott hatte fehlen lassen. Während in Wien der Deutschnationale Georg von Schönerer und seine medialen Sprachrohre die antisemitische Stimmung aufheizten, wütete die großdeutsche Presse im Reich: »Hier seht ihr, wie der Jude denkt, wie das ganze Judenthum für ihn eintritt, wie die Lärmtrommel für ihn gerührt wird und wie leider auch Deutsche dem Klange dieser jüdischen Trommel nachlaufen.« In Frankreich, wo Heine im Exil gelebt hatte und auch starb, zählte man Elisabeth ebenfalls zu den »Knechten der Juden«: »Staatsmänner und hohe Herrschaften sind voller Liebe für die Juden. Sie lieben die, die sie verspotten (…).« Bismarck fühlte sich auf den Plan gerufen. Er schrieb an den österreichischen Außenminister, es ginge nicht an, dass die Kaiserin einen »antideutschen Poeten« unterstütze, da dies für das preußische Kaiserhaus beleidigenden Charakter habe.

Elisabeth hielt vorläufig durch. Es war für sie selbstverständlich, sich nicht nur mit einem »Aufruf« (»Es will die Nachwelt Ihm den Dank nun geben, | Ihm, dessen goldne Lieder ewig leben.«) für das Denkmal zu engagieren, sondern die Stadt Düsseldorf auch finanziell zu unterstützen. Sie gab aus ihrer eigenen Schatulle

12 950 Mark, etwa die Hälfte der veranschlagten Kosten für die Statue. Als ausführenden Bildhauer forcierte sie den Deutschen Ernst Herter – er hatte ihren geliebten »Sterbenden Achilles« für Korfu und auch den »Hermes« für die Villa bei Lainz geschaffen. Von Herter ist der Ausspruch überliefert, sie wünsche »den ganzen Heine«, keine allegorischen Figuren, und werde sich »nicht mit einem Kompromiss abspeisen lassen«. In der Folge wurde jedoch einer Art »Loreley«-Brunnen der Vorzug gegeben und schließlich stieg die Düsseldorfer Stadtregierung aufgrund der nicht enden wollenden antisemitischen Proteste aus dem Plan aus. Soweit es die Zensur zuließ, wurde Elisabeth weiterhin persönlich angegriffen. Sie gab im Jahr 1889 ermüdet und maßlos enttäuscht ihr Engagement gegen Deutschnationalismus, Antisemitismus und Engstirnigkeit auf, zumindest in der Öffentlichkeit. Kurt Tucholsky fasste 1929 zusammen: »Die Zahl der deutschen Kriegerdenkmäler zur Zahl der deutschen Heine-Denkmäler verhält sich hierzulande wie die Macht zum Geist.«

Privat hatte Elisabeth bald ihren eigenen Heine-Tempel, hoch über dem Meer, im Garten des Achilleion. Zwischen Magnolien, Zypressen und wohlriechenden Eukalyptusbäumen gelangte man über zahlreiche Stufen ins Allerheiligste. Der Dichter saß in einem einfachen Hemd, den Kopf leicht geneigt, mit abgespanntem Gesichtsausdruck und einem Blatt Papier in der Hand in einem antikischbarocken Pavillon. Heines Neffe Gustav hatte ihr geholfen, das

34 Angelos Gialliná: Der Heine-Tempel im Achilleion, 1893. Aus dem persönlichen Korfu-Album Elisabeths

ähnlichste Porträt des Dichters auszusuchen, woraufhin die Wahl auf den Entwurf des dänischen Bildhauers Louis Hasselriis fiel. Von ihm stammt auch Heines Grabbüste auf dem Pariser Friedhof Montmartre.

Im Jahr 1907 war Elisabeth schon fast zehn Jahre tot – zum Glück, um der Wahrheit die Ehre zu geben. Als am »Lemoniberg« – benannt nach der Kuppel der Otto Wagner-Kirche am Steinhof, die für die Wienerinnen und Wiener wie eine halbe Zitrone aussah – die ersten Kranken ihre neuen Zimmer bezogen, kaufte ausgerechnet der deutsche Kaiser Wilhelm II. das Achilleion, samt Heine-Tempel. Sisis robuste und unkomplizierte, aber wenig fantasievolle Tochter Gisela hatte den Palast geerbt, konnte jedoch mit dem Gebäude nichts anfangen. Man könnte meinen, Elisabeth habe Gisela mit voller Absicht ihr griechisches Inseldomizil aufgehalst. Sie hielt wenig von ihr, trachtete danach, sie so bald wie möglich aus dem Haus zu bekommen, und verheiratete sie deswegen schon im Alter von 16 Jahren. Später bezeichnete sie Tochter und Enkelkinder als »rackerdürre Sau mit ihren Ferkeln«. Auf jeden Fall wurde das Achilleion weiterverscherbelt. Des frischgebackenen Hausherrn erste Tat war die sofortige Entfernung des Heine-Tempels. Der heimatliche Boulevard applaudierte begeistert. Heute steht Elisabeths Denkmal in Frankreich, der Wahlheimat Heines. Man kann es im südfranzösischen Toulon im Jardin de Mourillon besuchen.

In der eisigen »Matratzengruft«

Und nun? Es ist Abend geworden. Zum Familiendiner?
Eher nicht. Was würde die Kaiserin dort erwarten? Zehn bis zwölf Gänge im Kreis der Erzherzöge und Erzherzoginnen. »Die Schüssel, schnell! Ich muss mich übergeben«, dichtete Elisabeth über die dort vorherrschende Gesellschaft ... Alle mussten zu essen aufhören, sobald der Kaiser das Besteck weggelegt hatte. Und er aß

flott. Zwölf Gänge in 30 Minuten. Das Zeremoniell gestattete Gespräche an der Hoftafel nur mit dem unmittelbaren Nachbarn. Und bitte im Flüsterton.

Meist blieb Elisabeth also in ihrem Wohntrakt, las, lernte oder parlierte eventuell noch mit einer ihrer ungarischen Hofdamen.

Es folgte des Stückes letzter Akt: die langwierigen Prozeduren des Auskleidens, Haarebürstens, der Abendkosmetik. Legte sich die Kaiserin tatsächlich für einige Stunden in ihr Eisenbett, wurden ihr die Haare wie eine Schleppe nachgetragen und auf dem Kopfende des Bettes drapiert. Polster gab es keine. Sie könnten Falten fördern. Auf das Gesicht kam eine Maske aus frischen Erdbeeren, für Hals und Dekolleté gab es Kalbsschnitzel. Nasse Laken sollten die Leibesmitte vor Gewichtszunahme bewahren. Die Fenster wurden aufgerissen. Elisabeth schlief auch im Winter nicht bei geschlossenen Fenstern und immer nackt. In ihrem Gemach sollte es so kalt wie möglich sein. Gut für den Teint. Sie ruhte unbeweglich, einer Mumie gleich.

Eine verständige Hofdame Elisabeths wusste schon kurz nach dem gewaltsamen Tod ihrer Herrin: »Sie wird in der Legende fortleben, nicht in der Geschichte.«

VII Fasten – Kuren – Wandern: Wege zum Selbst

Ja, wahrlich, ich bin eine Tochter der Luft,
Verachtend die lästigen Kleider;
(...)
Ich strecke die Arme dem goldenen Strahl
Der steigenden Sonne entgegen,
Die strotzenden Muskeln, wie bräunlicher Stahl,
Die muss mir der Morgentau pflegen.

Gabrielle »Coco« Chanel war gerade drei Jahre alt, als Kaiserin Elisabeth im Sommer 1886 diese Zeilen zu Papier brachte. Sisi schrieb das Gedicht »Am Zauberberg« in Bad Ischl, dem bedeutendsten Salzkurort der Habsburgermonarchie, als Erinnerung an eine ihrer zahlreichen Wanderungen auf den Jainzen. Das Rezeptbuch der Hofapotheke enthält dazu den ungläubigen bis entsetzten Eintrag des Apothekers, der auf »mündliches Verlangen« der Kaiserin »Goulardi Wasser gegen aufgebrannte Haut« anfertigen musste: »(!nach Bergparthie!)«. Goulardi-Wasser wurde hauptsächlich aus Bleiessig und Alkohol hergestellt und sollte die Rötung, die durch Sonnenbrand entstanden war, mindern.

Körperbewusstsein, Natursehnsucht, Großstadtflucht, natürliche Beweglichkeit und subjektive Freiheit galten als zentrale Parameter jener Bewegung, die seit den 1890er-Jahren unter dem Begriff

35 Ikone der Lebensreform: Hugo Höppeners (»Fidus«) Lichtgebet, 1913 (erstmals 1894)

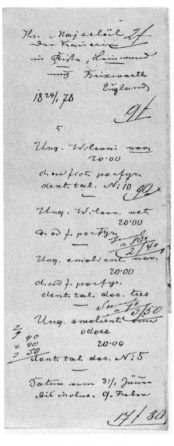

36 Rezept für Kosmetika. Cremes (»Wilsonsalbe«) und andere Artikel zur Körper- und Haarpflege wurden Elisabeth auch auf Reisen zugestellt.

»Lebensreform« zusammengefasst wurde. Vielfältige Ausprägungen der Reformideen, von der Anti-Alkoholbewegung bis zum Naturismus (FKK), konnten jedoch schon früher beobachtet werden.

Der Zeitgeist änderte sich: War die blasse Gesichts- und Hautfarbe bei den Frauen der besseren Gesellschaft des 19. Jahrhunderts noch Zeichen der Vornehmheit, so wandelte sich dieses Schönheitsideal hin zu einer natürlichen Farbe, verbunden mit sportlichem Körperbau. Die Pigmentierung des Körpers und eine »gesunde Bräune« wurden als gesundheitsförderlich und als therapeutisch sinnvoll betrachtet. Elisabeth, obwohl eine Frau der allerhöchsten Kreise, adaptierte Teile dieser neuen Lehren für ihre Person und richtete ihren »Lifestyle« danach aus. Schließlich zielten die neuen Reformbewegungen auf Veränderungen im Alltag ab. Eine neue Lebens*praxis* war das Grundanliegen der Lebensreform.

Inspirator Nietzsche und die Entdeckung des Körpers

Die gedanklichen Anregungen für die gesamte neue Strömung der Lebensreform lieferte unter anderen Friedrich Nietzsche. Er kann als maßgebliche Integrationsfigur angesehen werden, war die Gesellschaft im 19. Jahrhundert doch in einem Ausmaß wie selten zuvor empfänglich für Faszinosa: das Kultische, Mystische, das Erhabene und Erhebende, das Universalistische. Zahlreiche Geheimbünde und religionsähnliche Gemeinschaften entstanden, lichtmetaphysische Glaubensrichtungen, Theosophie und jeglicher Drang zu Höherem feierten fröhliche Urständ'. Die Lebensreform war gewissermaßen die Geburtshelferin des modernen Menschen. Reformerische Haltungen und Orientierungen setzten sich durch, in allen sozialen Niveaus. Nietzsche gab Anleitungen zur Entdeckung des Körpers: »Wir haben umgelernt. Wir leiten den Menschen nicht mehr vom ›Geist‹, von der ›Gottheit‹ ab, wir haben ihn unter die Thiere zurückgestellt.«

Über ein gesamtes Ökosystem machte man sich noch kaum Gedanken, wohl aber über das Funktionieren des individuellen Systems Mensch. In Anlehnung an Darwin wurde empfohlen, Menschenaffen zu beobachten, da dies für den Menschen sehr aufschlussreich sei. Ähnliche Organismen hätten ähnliche Lebensbedingungen, hieß es.

Vielen reformerisch Inspirierten der als unsicher und unübersichtlich empfundenen Zeit um 1900 galt der Körper als »heiliger Tempel«. Er allein wurde als Schlüssel zur Lösung gesellschaftlicher und sozialer Probleme angesehen. Monomane Erlösungsstrategien dieser Art konnten in »verkappte Religionen« ausarten, vor allem die erwähnten sozialdarwinistischen Denkmuster, die unter anderem als »völkische« Opposition zu den christlichen Kirchen entstanden waren und den Rassenwahn der Nationalsozialisten mitbegründeten.

Natur und Sexualität wurden von den Lebensreformern vielfach gleichgesetzt. Es galt, die Spießigkeit, die Doppelmoral und die Prüderie der herrschenden Gesellschaft zu überwinden. »Am Anfang war das Geschlecht. Nicht außer ihm – alles in ihm«, formulierte zum Beispiel der geniale polnische Satanist, Charismatiker und Nietzsche-Adept Stanislaw Przybyszewski. Sigmund Freud wird seine Erkenntnisse bald auf diesem Grundsatz aufbauen. Przybyszewski richtete sich in seinen Schriften (erwähnt seien diesbezüglich »Totenmesse«, 1893, oder »Satans Kinder«, 1897) gegen die »Leibfeindlichkeit« der herrschenden christlichen Glaubensrichtungen. Die Kirchen ihrerseits kämpften hart gegen das »Neuheidentum« an.

»Ästhetik = Diätetik!«

»Veredle dich!« war eine zentrale Aufforderung der Reformwilligen des 19. Jahrhunderts, ein »Gebot der Stunde«. Das reformorientierte menschliche Wesen wollte »Schönheit« mit allem Nachdruck. Nietzsches Vorstellung vom »Übermenschen« war an dieser Stelle nicht weit, konnte doch erst der höher entwickelte Mensch von Schönheit umgeben sein. Richtige Ernährung und Leibesertüchtigung unterstützten den mühevollen Weg zum »schönen Selbst«. In den zahllosen Zeitschriften der Reformer, die sich durch einen umfassenden Einsatz moderner Werbemittel wie der Fotografie und gezielt platzierter Produktanzeigen auszeichneten, wurden die geneigten Leser ohne Unterlass mit Ausdrücken wie »Schönheitskult«, »heilige Schönheit«, Schönheitspflege, »Macht der Schönheit«, »Leben in Schönheit« bombardiert. Die Zentralorgane der »Erhöhung« trugen Namen wie »Der Naturarzt«, »Sphinx. Monatsschrift für Seelen- und Geistesleben«, »Pan« oder »Vegetarische Warte«. Rohkostdiäten wurden zur Prävention propagiert, aber auch im Kampf gegen Zivilisationskrankheiten wie Gicht, Karies, Übergewicht, Rheuma und Allergien als Allheilmittel angepriesen. Überhaupt kann der Vegetarismus als Kern der Lebensreformbewegung angesehen werden. Das Wort leitet sich übrigens nicht von den »Vegetabilien« ab, der Hauptnahrung der Anhänger, sondern vom lateinischen Adjektiv *vegetus*: lebhaft, munter. Enthaltsamkeit und Askese galten als integrale Bestandteile dieser Lebensweise und dienten auch als Belege für die gefestigte Persönlichkeit und den individuellen Lebensführungsstil der »Vegetarianer«, wie sie in der Anfangszeit noch genannt wurden.

Der Wiener Flaneur und Kaffeehausliterat Peter Altenberg zählte zur Spitze der Lebensreformwelle in Österreich. In laut klappernden Holzsandalen, Hochwasserhose, kariertem Hemd und bewaffnet mit einem schweren hölzernen Spazierstock stromerte er über den Graben, Selbstgespräche führend und begafft von Touristen wie Einheimischen. Aus der Zeit seines Medizinstudiums verfügte er über Grundkenntnisse der Hygienik und war immer gerne bereit, seinen VerehrerInnen gute Ratschläge zu erteilen, egal ob verlangt oder unverlangt. Altenbergs Schwester Grete berichtet, dass er »sich anstelle der gemeinsamen Mahlzeiten bald auf eine Milchernährung, bald auf den Genuß von rohen Eiern« beschränkte, »die er in großen Mengen verzehrte, und machte Propaganda für seine Diät«. In seinem Ratgeber »Prodromos« (= Vorläufer) von 1906 fasste er seine Hauptthesen in

37 »Kaffeehaus-Literat« Peter Altenberg, 1907

seinem Lieblingsstil, dem Aphorismus, zusammen: »Ästhetik = Diätetik! Schön ist, was gesund ist.« Die spezifische Altenberg'sche Ästhetik sollte nach Wunsch des Erfinders den Namen »Physiologische Romantik« tragen. Den Traditionen des Symbolismus und des Ästhetizismus folgend, sprach Altenberg von der Verherrlichung der Schönheit und der Aufwertung des Sehens. Nicht »buchstäblich«, sondern »ästhetisch« soll der »Prodromos« gelesen werden. »Zart denken, zart empfinden wollen, aber unzart fressen wollen, das gibt es nicht«, tönte es von Altenbergs Hofhaltungstisch im Café Central. Oder, ebenfalls legendär: »Der Magen empfange ausschließlich Pürées! Den edlen, wunderbaren mysteriösen Verdauungssäften ihre Arbeit erleichtern, ist die Sache, der Wunsch

38 Abführmittel einer Bad Ischler Apotheke, die den Kaiserhof belieferte

des kultivierten Menschen!« Zum »Übermenschen« à la Altenberg gehörten außerdem der regelmäßige Gebrauch von Abführmitteln (»Keine Rückstände! Purgiert! Purgiert!«), die Einnahme von Schlafmitteln anstelle von Alkohol, »Abspritzungen des nackten Leibes mit Menthol-Franzbranntwein gegen alle möglichen Schädlichkeiten«, das Vermeiden von Fettleibigkeit bis zur Magerkeit und, ganz wichtig für die innere Ruhe – ausreichend Geld. Kein Wunder, dass Altenberg seine Monarchin über alles schätzte. Die beiden sollten recht behalten. Um 1900 wurde die Nachfrage nach Abführmitteln und anderen künstlichen Hilfsmitteln zur Gewichtsreduktion enorm angeheizt. Schieles dünne, junge Kindfrauen – heute nennt man sie »Waifs« – avancierten zum Vorbild. Schlankheitskuren wie »Pillules Apollo«, »Graziosa« oder »Tonnola-Zehrkur« kamen auf den Markt und versprachen raschen Fettverlust. In den Städten konnte man eine Verbreitung öffentlicher Waagen beobachten. Neue Krankheiten tauchten auf: Männer litten vermehrt unter Kopfschmerzen und der Modekrankheit Neurasthenie, Frauen unter der soeben entdeckten Anorexia nervosa. Hugo von Hofmannsthal beschrieb 1893 das »Zeitalter der Nervosität«:

> Heute scheinen zwei Dinge modern zu sein: die Analyse des Lebens und die Flucht vor dem Leben. Gering ist die Freude an Handlung (…). Man treibt Anatomie des eigenen Seelenlebens, oder man träumt. (…) modern ist die Zergliederung einer Laune, eines Seufzers, eines Skrupels (…).

39 Aus der Sammlung von Elisabeth-Verehrer Peter Altenberg: »Kaiserin Elisabeth. Wohin, träumerische Frau, wanderst Du rastlos?!« – »Weg von der Lüge!«

Bereits zu ihren Lebzeiten rankten sich alle möglichen Gerüchte um den »Schlankheitswahn« der Kaiserin, da sie zeitweise nur Orangen oder andere Früchte zu sich genommen haben soll. Diese Wahrnehmung wurde dadurch unterstützt, dass Elisabeth eben nicht dem gängigen, sondern dem reformerischen Körperideal entsprechen wollte. Eine traditionell »schöne« Frau um 1880 war wesentlich runder und voller. Schon allein aus diesem Grund galt Elisabeth in den Augen ihrer Umgebung als mager, was jedoch in

Relation zu den damaligen Vorstellungen von »mager« und »gesund« gesetzt werden muss: Die durchschnittliche Wienerin war fesch und füllig, nicht umsonst verkauften sich Fotos von Wiener Nacktmodels europaweit am besten. In diesem Fall hieß es sogar »Wien schlägt Paris«.

Mit zunehmendem Alter vertrug Sisi die am Hof üblichen schweren Abendmenüfolgen schlicht und einfach nicht mehr und blieb den Familiendiners fern. Ließ sich eine Teilnahme nicht vermeiden, aß sie betont wenig und schürte damit den Tratsch, sie würde gar nichts essen.

Zum Beispiel konnte ein Gala-Menü so aussehen:

Huîtres d'Ostende
Potage à la Princesse
Petites timbales à la d'Orloff
Darnes de saumon, sauce béarnaise
Pièce de bœuf et selle d'agneau
Poulardes truffées
Homards en bordure d'aspic
Sorbet
Faisans à la broche, salade, compote
Asperges en branches
Bombe au chocolat
Glace au framboises et au café
Dessert

Als Franz Joseph seine Frau im Sommer 1898 wieder einmal entschuldigen musste, da sie nicht daran dachte, die geplanten Feierlichkeiten zu seinem 50-jährigen Regierungsjubiläum mitzumachen, wurden vom kaiserlichen Leibarzt Hermann Widerhofer in einer amtlichen Mitteilung zum Gesundheitszustand der »allerhöchsten Frau« schwere Geschütze ins Treffen geführt. Die 60-Jährige leide an »Anämie, Nervenentzündung, Schlaflosigkeit und einem mäßigen Grad von Herzerweiterung«. Zur Bekämpfung solcher Symptome, vor allem gegen Nervenleiden und Blutarmut, empfahlen nicht wenige Mediziner und Gesundheitsapostel die Konsumation von Blut.

Europas Schlachthäuser begannen, sogenannte »Bluttrinker« anzuziehen, und es spielten sich Szenen ab, wie sie Joseph Ferdinand Gueldry in seinem damals sensationellen und viel diskutierten Gemälde festgehalten hat: Das warme Blut der frisch geschlachteten Ochsen wird sofort in Gläser abgefüllt und schwarz gekleideten, zitternden, teilweise sich mit Grauen abwendenden jungen Frauen zu trinken angeboten. Es waren jene Jahre, in denen Edvard Munch von seinen berühmten rothaarigen Frauen träumte und sie als »Vampire« malte ... Anämie galt als grundsätzliches Problem melancholischer Frauen ohne Tatkraft und Kinderreichtum, aber auch als Krankheit sogenannter effeminierter, neurasthenischer Männer. Zur Genesung musste jedenfalls das Blut von als besonders

40 »Blutpillen« aus einer Bad Ischler Apotheke

stark angesehenen Tieren genossen werden, und zwar so frisch wie nur möglich. Zweifellos kannte Elisabeth diese damals besonders gehypte »Diät«, praktizierte sie aber nur als »Light«-Version: Sie ließ mit Hilfe einer Entenpresse aus Frankreich rohes Ochsenfleisch auspressen und trank den Fleischsaft. Diese Art von Fasttagen wechselte mit anderen Modekuren der 1880er- und 1890er-Jahre.

Nicht immer ging es den Vorkämpfern der zahllosen »Naturdiäten« nur um Fleischverzicht. Auch die »Reizmittel« schwarzer Tee, Kaffee, selbstverständlich Alkohol, aber auch Milch, da tierischer Herkunft, wurden im Allgemeinen abgelehnt. Elisabeth jedoch

41 Milchtrinkglas und Eierbecher aus Elisabeths Besitz, um 1890

verteidigte, ähnlich wie ihr schreibender Untertan Altenberg, entschlossen die (Roh-)Milchdiät. Sie suchte selbst Tiere aus und ließ diese nach Wien bringen. In der Kammermeierei des Schönbrunner Schlossparks gab es Inntaler, Pinzgauer, Montafoner, ungarische und selbst griechische Kühe aus Korfu. Obwohl Elisabeth dort und grundsätzlich auf Reisen lieber frische Ziegenmilch trank. Heute ist erwiesen, dass Ziegenmilch über einen geringeren Fettanteil verfügt als Kuhmilch und dadurch sehr bekömmlich und leicht verdaulich ist. Es war unumgänglich, dass zwei Malteserziegen das Schiff Ihrer Majestät bevölkerten. Die Ziegenmilchprodukte wirkten durch die Stärkung des Immunsystems wie »Anti-Ageing vom Feinsten«. Auf Elisabeths Speiseplan stand bevorzugt »Schabziger«, eine alte Schweizer Spezialität, die hauptsächlich aus Ziegenfrischkäse hergestellt wird. Zu ihrem Griechischlehrer Christomanos sagte sie mit der ihr eigenen Selbstironie: »Sie (die Ziege) macht die Reise ohne jede Begeisterung für das Schöne. Aber sie hat Pflichtgefühl, denn sie ist eine Engländerin ... Es gibt keine besseren Nurses als die Engländerinnen.« Und Christomanos berichtete später, wie sich die »Milchtrinkzeremonie« abspielte, wenn man gerade nicht auf See unterwegs war:

> Um drei Uhr nachmittags brachte man ihr ihre Milch von einer Ziege (...), die aus Wien mitgeführt wurde. Wenn sie ihre Milch trinkt, deren Zubereitung und Verwahrung sie mit einem fast religiösen Zeremoniell vornehmen lässt, wirft sie den Kopf zurück wie unter einem geistigen Raptus oder infolge der Intensität einer seelischen Berührung.

Diese Beschreibung passt zur bei vielen Lebensreformern wahrnehmbaren Spiritualisierung der jeweils aktuellen Speise, erinnert aber auch an die kanonisierten Hungerkünstlerinnen (»Anorexia mirabilis«) des katholischen Glaubens (unter anderen Katharina von Siena, Columba von Rieti, besonders interessant die »falsche Heilige« Anna Laminit). Die selbstverordneten »Curen« zusammen mit der Disziplin des Hungerns förderten die »tiefen Gedanken«. Wer hungert, wählt den asketischen Weg der Selbsterkenntnis. Entsagung und Wissen, Fasten und Vision gehörten im Mittelalter zu den gängigen mönchischen Tugenden.

Im Namen einer subjektiv empfundenen »hygienischen Schönheit« war ein Milchtrinkglas immer dabei, auch auf den ausgedehnten Wanderungen, die die Kaiserin von der Hermesvilla aus unternahm. So ist in Gablitz im Wienerwald ein Stein mit folgender Aufschrift zu sehen: »Hier hat Kaiserin Elisabeth ihre Milch getrunken.«

Wasser, Licht und Luft

»Propheten« und »Heilsbringer« unterschiedlichster Art versuchten, unter den interessierten Adeligen und Großbürgern publicityträchtige Jünger zu rekrutieren. Die österreichische Kaiserin hatte zeit ihres Lebens eine misstrauische bis ablehnende Einstellung gegenüber Ärzten und ihren Verschreibungen. Keiner der vielen Mediziner, die konsultiert wurden und sie mit ihren Diagnosen verwirrten, begriff den inneren Zusammenhang ihrer physischen Anfälligkeit mit ihrem psychischen Leiden. Dass sie kein Vertrauen in die medizinische Kunst hatte, bekam auch Professor Widerhofer öfter zu spüren, wenn er Elisabeth wegen ihrer »gastritischen Fieber« und »Nervenzustände« auf Befehl ihres Ehemannes, der darob sehr beunruhigt war, aufsuchen musste. Im Juli 1886 wurde Widerhofer wegen der »Hysterie« der Kaiserin sogar grob und fuhr sie an: »So gehen S' halt nach Ischl, Majestät, oder kommen S' im August wieder oder wann S' sonst wollen.« Auf jeden Fall folgte Majestät brav und fuhr zur Erholung nach Bad Ischl. En vogue waren aber vor allem »natürliche Heilmethoden«. So suchte auch die Kaiserin Hilfe bei »Wunderdoktoren« wie der »Zigeunerin« Amalie Hohenester, von der sie allerlei nicht näher definierte Heilmittel bezog.

Die bayrische Bauerntochter war als sogenannte Doktorbäuerin bekannt. Ihrer ungarischen Mutter – daher die Andichtung »Zigeunerin« – wurde »Wettermachen« nachgesagt, doch ging es bei solchen »Beratungstätigkeiten« eher um handfeste Dinge wie Verhütung und Abtreibung. Sie besaß ausgezeichnete Kenntnisse im Umgang mit Kräutern und gab ihr Wissen an die Tochter weiter. Der Vater handelte mit Pferden, die Brüder gehörten der »Haberl-Bande« an, die für zahlreiche Delikte von Raub bis Wilderei verantwortlich gemacht wurde. Mit 14 riss die junge »Mali« amtliche Siegel ab, später fiel sie durch Herumstreunen und kleine Diebereien auf. Schließlich nahm eine Gräfin sie in Dienst und brachte ihr Manieren und den Umgang in Gesellschaft bei, Fertigkeiten, die ihr später zugutekommen sollten. Das Beschäftigungsverhältnis bei der Gräfin endete eines Tages ziemlich abrupt. Als bereits 32-Jährige kam sie wegen »Pfuscherei« in Polizeiarrest, obwohl das »Pfuschen« damals üblich war und keine negative Konnotation hatte. Es bedeutete lediglich, dass die behandelnde Person keine ärztliche Ausbildung besaß. Nach ihrer Hochzeit eröffnete Amalie eine gut gehende »Praxis« auf dem Bauernhof des Ehemannes. Sie verordnete meist strenge, karge Diäten und verkaufte ihre Tinkturen, Tees und Salben. Einfache Leute ohne Geld behandelte sie kostenlos, was sich bald herumsprach und die Münchner Zeitungen auf den Plan rief. Ihre Erfolgsgeschichte lockte nun auch Städter an. 1863 übersiedelte die Kurpfuscherin in den alten Wallfahrtsort Mariabrunn, dessen klingenden Namen sie für ihre Therapien ausnutzte. Durch die Lehren anderer »Wasserhähne« waren Bäder und Güsse bereits hochmodern. Die Wasserkuren der Hohenester brachten den Patienten Linderung der Beschwerden und bisweilen sogar Heilung, jedenfalls wurde ihr Name auch in der High Society bekannt. Das »Heilbad« der Bauerntochter florierte. Großfürst Nikolai Nikolajewitsch von Russland, Großfürstin Vera, verschiedene Mitglieder der Familie Rothschild und andere Hocharistokraten: Sie kamen aus ganz Europa, unterzeichneten in den Gästebüchern und vergrößerten den Besitz der »Baderin«. Auch Kaiserin Elisabeth war »Gast« der geheimnisumwitterten Landsfrau und ihrer etwa 80 Angestellten, unter denen sich sogar ein Badearzt befand, der als Strohmann fungierte. Amalie Hohenester starb mit 50 Jahren an Brustkrebs. Die große Zeit von Mariabrunn war damit vorbei. Eine Straße im Münchner Stadtteil Aubing erinnert seit 1956 an die einst hochgeehrte, von den Ärzten stark angefeindete »Naturheilerin«.

Zu den langfristig weitaus erfolgreicheren Vertretern der Zunft gehörten der schwäbische »Wasserpfarrer« Sebastian Kneipp sowie sein Vorbild, der Schlesier Vincenz Prießnitz (bis heute ist »Prysznic« das polnische Wort für Dusche), die amerikanischen Adventistenbrüder Kellogg – man vergisst leicht, dass die beliebten Rice-Krispies ihren 100. Geburtstag schon hinter sich haben – oder der Schweizer Vollwertfan Dr. med. Maximilian Oskar Bircher-Benner. Ihm ging es um das Potenzial an Sonnenenergie in den Pflanzen. Nur mit pflanzlicher Ernährung könne man dem Menschen reine »Sonnenkost« zuführen und so Krankheiten heilen. Auch der Aufschwung der Fruchtsaft- (sonnengereiftes Obst!) und der Margarine- (»gesunde Pflanzenkraft!«) Industrie ging nicht zuletzt auf das Konto der immer erfolgreicheren Lebensreformbewegung. Wobei die Erfindung der Margarine – wie so vieles – auf militärische Notwendigkeiten zurückzuführen war: Kaiser Napoleon III. benötigte billiges Fett, um seine Soldaten fit zu halten. Die Ersatzbutter, die vom Chemiker Hippolyte Mège-Mouriès erfunden wurde, bestand ursprünglich aus Rindertalg, Magermilch und gehäckseltem Kuheuter – also noch weit entfernt von den Empfehlungen der Reformer. Da das neue Produkt stark glänzte, erhielt es seinen Namen nach dem griechischen Wort für Perle: margaron.

Bis heute kein Unbekannter ist der Schweizer »Sonnendoktor« Arnold Rikli, der den Menschen als »Licht-Luft-Geschöpf« definierte. Schon 1855 hatte er die erste »Sonnenbadeanstalt« in Bled (Veldes) eröffnet. Die Patienten in der Rikli'schen Anstalt erhielten Luftbadschürzen und Luftbadhemden. »Wasser tut's freilich, höher steht jedoch die Luft und am höchsten das Licht«, lautete Riklis Credo. Auch Franz Kafka hing diesen Lehren an, unterzog er sich doch einer »Licht-Luft-Therapie« in einer Naturheilanstalt namens »Jungborn«, deren Leiter davon überzeugt war, dass »Licht und Luft besonders für den Menschen, welcher das höchste Lichtluftgeschöpf ist, die wahren Lebenselemente (sind), in denen sich der Mensch nach Absicht der Natur Tag und Nacht, Winter und Sommer, nackend bewegen soll«. Im »Jungborn« verbrachte man den Tag unter freiem Himmel, nachts schlief man in »Lichtlufthütten«.

Langhaarige, in härene Kittel bzw. Lendenschurze gehüllte Querschläger wie der »Kokovore« August Engelhardt oder der Kommunengründer und Maler Karl Wilhelm Diefenbach waren VIPs ihrer Epoche und füllten mit ihren »Absonderlichkeiten« die Spalten der Zeitungen. So war zum Beispiel der aus Nürnberg stammende Engelhardt in das damals deutsche Neupommern (Papua Neuguinea) ausgewandert, um dort eine Aussteigerkolonie zu begründen, die sich ausschließlich dem Essen von Kokosnüssen und der Anbetung der Sonne verschworen hatte. Der Schweizer Autor Christian Kracht beschreibt in seinem Roman »Imperium«, dass

Kolonialwarenhändler in der Heimat angehalten (wurden), doch bitte frische Kokosnüsse in ihr Sortiment aufzunehmen. Kurze Zeit geisterte auch ein Gassenhauer durch Berlin, in dem eine pfiffige Melodie von witzigem Text begleitet wurde – Kinder und Jugendliche sangen von Kokosnüssen, Menschenfressern und nackten Deutschen (…).

Seit Neuestem ist Abnehmen und Jungbleiben mit Kokosnusswasser bei Stars und Sternchen (wieder) angesagt. Ob das In-Getränk heilende Wirkung und Anti-Ageing-Effekte hat? Bewiesen ist nichts.

Wie viele andere Gesinnungsgenossen predigte der »Kohlrabi- und Barfußapostel« Diefenbach aus Hadamar in Hessen das einfache Leben, residierte jedoch recht gern in hochherrschaftlichen Häusern. Er war 1888 in den ersten Nudistenprozess der deutschen Geschichte verwickelt und musste ins Gefängnis. Von ihm stammt das Bild »Du sollst nicht töten«, das einzige Vegetarismus-Manifest in Form eines Gemäldes. Für Diefenbach war seine Kunst in erster Linie Mittel zum Zweck und sollte der Vermarktung seiner Ideen dienen. Zu seinen zahlreichen und oft rasch wechselnden Schülern zählte Hugo Höppener, der als »Fidus« (der Getreue) bekannt wurde. Später dienerte er sich den Nationalsozialisten an, mit eher geringem Erfolg. Sein bekanntestes Werk, »Lichtgebet«, schmückte in den 1920er-Jahren jeden zehnten Haushalt der Weimarer Republik. Der nackte junge Mann mit den zum Himmel erhobenen Armen ist *die* Ikone der Lebensreformbewegung.

Dem beständigen Kommen und Gehen von Trends entgingen auch die Reformideen und deren Protagonisten nicht: Nach Engelhardts Kokosnuss kam der aufgepustete Puffmais der Kelloggs, genannt Popcorn, in Mode. Es folgte der ausufernde Konsum von Kokain. Sigmund Freud hatte 1884 seine Forschungsergebnisse über intravenös oder intranasal zugeführtes »Cocain« publiziert und empfahl es »bei körperlichen und geistigen Erschöpfungszuständen« sowie bei »melancholischen Verstimmungen«. In sozial höher gestellten Schichten, die für neumodische Mittelchen das nötige Interesse und Kleingeld aufwenden konnten, wurde Kokain ziemlich beliebt, ein unbedenkliches, vielseitig einsetzbares »Wundermittel«. Mit offenem Mund starren viele noch heute auf Kronprinz Rudolfs angeblichen Rauschgiftkonsum. Immerhin war er ja oft »geistig erschöpft« und »melancholisch verstimmt«, vor allem Letzteres eine Befindlichkeit, die auch Maman schwer zu schaffen machte. Vor einigen Jahren wurde »Kaiserin Elisabeths Cocainspritze« im Wiener »Sisi-Museum« präsentiert. Es handelt sich dabei um einen Bestandteil jener Reisehandapotheke, die sie auch auf ihrer letzten Reise nach Genf bei sich hatte. Narkotika waren zu Elisabeths Zeit gängige Arzneimittel. In Amerika gab man zahnenden Kindern Kokainbonbons. Es wurden erhebliche Mengen an Brom, Morphium, Codein, Opium, Cannabis und diversen anderen Zubereitungen verabreicht. Ex-Kaiser Karl bekam noch 1919 eine Mixtur aus Codein und blausäurehaltigem Kirschlorbeerwasser. Franz Ferdinand nahm Heroin, es galt als ausgezeichnetes Mittel gegen Hustenreiz. Onkel Franz Joseph blieb beim Codein gegen den Husten, er verwendete es viele Jahrzehnte lang. Queen Victoria erhielt Cannabis gegen Menstruationsbeschwerden – gerade von Homöopathen wurde Cannabis gegen verschiedene Leiden gern empfohlen.

Gerüchte von Wunderheilungen unterhielten beständig das sensationslüsterne Lesepublikum des 19. Jahrhunderts. Laienbehandler, oft Analphabeten ohne medizinische Kenntnisse, kamen zu Scharen von Patienten. Man schwor auf den sogenannten Vitalismus, eine etwas obskure »Naturheil- und Lebenskraft«, die bereits Paracelsus den »inneren Arzt« nannte. Diese Selbstheilkraft, die angeblich jedem Menschen innewohne, könne – je nach Vorliebe der Heilsuchenden – mithilfe korrekter Ernährung oder Kaltwassergüssen oder »Lichtkuren« aktiviert werden. Die Ärzteschaft klagte, dass die von der Gewerbeordnung zugelassene »Kurierfreiheit« einer wahren Flut von Pfuschern das Heilgewerbe eröffnet habe. In der Regel jedoch endeten die von der »Deutschen Gesellschaft zur Bekämpfung des Kurpfuschertums« angestrengten Prozesse mit einem Freispruch der Angeklagten. Der Popularität der Naturheilkundigen taten die Beschuldigungen keinen Abbruch. Naturheilanstalten und -sanatorien schossen wie Pilze aus dem Boden. Die Schulmedizin war sich nicht immer einig. Ärzte gab es beispielsweise pro und kontra Kneipp. Einige auf Universitäten ausgebildete Mediziner bedauerten, dass Ärzte zu »Helfershelfern des Kneippschen Hokuspokus« wurden: »Wir weisen solche Afterärzte von der Schwelle der geheiligten Wissenschaft.« Zu Beginn des 20. Jahrhunderts fand die Naturheilkunde auch über den engen Kreis der Lebensreformer hinaus eine starke Resonanz. Und während der NS-Zeit wurden im Rahmen der »Neuen Deutschen Heilkunde« Naturheilverfahren jeglicher Art staatlich gefördert. »Neu« war daran freilich kaum etwas. Im Jahr 1890 hatte der reaktionäre Kulturkritiker Julius Langbehn festgestellt: »Wenn es statt der 50 000 Schenklokale, die es im jetzigen Preußen giebt, dort 50 000 öffentliche Badeanstalten geben würde, so würde es um die physische, geistige und sogar sittliche Gesundheit seiner Staatsbürger besser stehen als jetzt.«

Nun, da war noch viel tun. Ein Jahr später wurden 131 Naturheil- und Badeanstalten gezählt. Eine bekannte »Badeanstalt« der noblen Gesellschaft war das altehrwürdige »Wildbad-Gastein«, heute Badgastein. Sechs mehrwöchige Bäderkuren absolvierte Elisabeth im Schatten des Wasserfalls, um ihr Ischiasleiden zu kurieren:

> Brausende Wasser, tosender Fall,
> Einförmig doch so melodischer Schall,
> Müde der Körper, lauscht noch das Ohr (…)

In der Villa Meran, die einst der »grüne« Erzherzog Johann für sich und seine Anna Plochl, nachmalige Gräfin Meran, hatte erbauen lassen, stieg sie gerne ab, erstmals 1886. Auch die freier gelegene

Villa Helenenburg diente als Unterkunft des öffentlichkeitsscheuen hohen Gastes. Es gab zu dieser Zeit noch keine Bahnverbindung in das enge Gasteinertal, dennoch besuchten zwischen 1885 und 1895 jährlich 7000 Touristen Badgastein, darunter Franz Joseph, Kaiser Wilhelm, Graf Andrássy, König Leopold II. von Belgien, Fürst Bismarck, aber auch bürgerliche Celebrities kamen gern: Franz Schubert, Franz Grillparzer, Arthur Schopenhauer oder Adolph Menzel genossen das warme Wasser und die gute Luft. Das »Wildbad« stieg zum »Weltbad« auf. Der alte deutsche Kaiser war überzeugt von der »wundertthätigen Wirkung« der Gasteiner Heilquellen. Er wollte anlässlich politischer Verhandlungen zur Balkankrise (1886) unbedingt auch Kaiserin Elisabeth treffen und ließ anfragen, »ob sie nicht vergessen habe, dass sie zum Thee (sein) Gast sei«. Offenbar war sie am betreffenden Tag – ganz gegen ihre Art – um eine Ausrede verlegen und erschien in einem taupefarbenen Seidenkleid mit Brillanten im Haar, wie die Lokalpresse mit Begeisterung verlautbaren durfte. Die abendliche Illumination des Ortes fand jedoch schon ohne Kaiserin statt, da diese nach dem »Thee« in ihre Appartements entschwunden war.

Gehen, laufen, rennen

Am nächsten Tag unternahm Sisi zusammen mit der Hofdame Sarolta von Majlath eine Wanderung nach Böckstein und in Richtung Naßfeld (heute Sportgastein). Das Hotel hatte sie in möglichst unauffälliger »Touristenkleidung« durch einen Seitenausgang verlassen, um nicht erkannt zu werden. Da sie ihre Märsche durch die ländliche Umgebung bereits um sechs Uhr früh begann und auch bei Schnee auf den Bergen nicht an eine Unterbrechung dachte, wurden ihre Bäder auf ein Uhr mittags angesetzt – wenn sie gerade von den Ausflügen zurückkehrte. Das viel gepriesene heilende Thermalwasser wurde täglich in hölzernen Bottichen mittels Pferdefuhrwerken in ihre Unterkunft gebracht. Auch die Rast in den

Friedrich Dürck: Die Kaiserbraut, 1854. Dürck malte die junge Elisabeth zweimal, als ganze Figur und – wie hier gezeigt – als Brustbild. Es waren die einzigen Porträts, die Gnade in den Augen Franz Josephs fanden.

II Johann Heinrich Füssli: Titania liebkost Zettel mit dem Eselskopf, 1793/94. – Liebste Identifikationsfigur Elisabeths: Die Feenkönigin Titania.
© Kunsthaus Zürich

III Franz Matsch: Achilles schleift Hektors Leiche um die Mauern Trojas, 1891/92.

Elisabeths Schlafzimmer in der Hermesvilla.
Das Bett blieb unbenutzt.

Elisabeths Turnzimmer in der Hermesvilla.
Heute ist hier ihre Antikensammlung zu sehen.

VI Adolf Hirschl-Hirémy: Die Seelen am Acheron, 1898. – Elisabeths Lieblingsgott als Führer der toten Seelen in die Unterwelt, entstanden in ihrem Todesjahr. © Belvedere

VII Ein Fächer für die Zeit der Halbtrauer in Schwarz, Weiß und der Trendfarbe Mauve, um 18

I Auf diesem Kissen starb Elisabeth am . September 1898.

IX Schaulustige versammeln sich vor dem Hotel Beau Rivage und warten auf die Verlautbarung von Neuigkeiten, 10. September 1898.

ie Menschenmenge reichte vom Quai bis zum Hotel Beau Rivage, 10. September 1898.

XI Aufbahrung Elisabeths im Hotel Beau Rivage, 13./14. September 1898

XII Der Leichenwagen erreicht den Genfer Bahnhof, 14. September 1898.

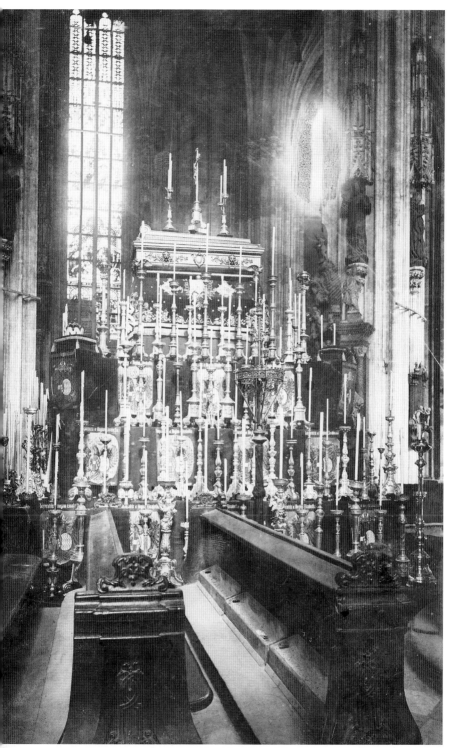

Offizielles Totengerüst der Kaiserin in der Hofburgkapelle, 16./17. September 1898

XIV Der Trauerzug in der Augustinerstraße (Ecke Tegetthoffstraße),
17. September 1898

XV Der letzte Akt: Elisabeths Sarg wird in die Kapuzinergruft getragen,
17. September 1898.

Berghütten musste mit strengstem Inkognito einhergehen, niemand durfte die Kaiserin als solche begrüßen. Der Hofdame Majlath wurde vom Senner der hüttenübliche »Schmarn« vorgesetzt, während Elisabeth auch in der Bergwelt ihrer Eier- und Milchdiät frönte. In den folgenden Tagen marschierte sie bis an den Rand der Gletscher und erklomm auch den Gamskarkogel (2467 m), den Skitouristen der 1980er-Jahre vielleicht noch mit der alten Graukogel-Sesselbahn verbinden. Auf dem Weg zur Bergstation konnte man dort lesen: »Blickst nach links du jetzt zurück, den Gamskarkogel trifft dein Blick.«

Das gesamte Gemeindegebiet des Wildbads wurde vor hohen Besuchen genauestens kontrolliert. Gerade Elisabeth war gefürchtet, mussten doch nicht nur die Straßen in Ordnung sein. Rauschte die kaiserliche Wanderkameradin an, achteten der Stadtbaumeister und sein Stab besonders auf »Wege, Brücken und Stege«, da jeder wusste, dass sie »erfahrungsgemäß auch größere Ausflüge zu Fuß unternimmt und auch Einschichten wie Alpen besucht«. Problemlos überwand sie Höhen bis zu 3000 Metern. Zum Leidwesen der ortsansässigen Bevölkerung musste »über Allerhöchsten Befehl (...) jederart Empfang oder Aufwartung unterbleiben«.

Ihrem Badgasteiner Bergführer Rupert Hacksteiner blieb die Kaiserin treu und buchte ihn alle Jahre wieder. Die Dienste der autorisierten »Bergfexe« wurden damals fürstlich entlohnt, da es noch keine Wegmarkierungen im Gebirge gab. Um 1890 kostete eine Tour zum Ankogel und zur Tischlerspitze 30 Gulden, einige Hundert Euro. Hacksteiner ließ mit seinen Einnahmen ein Hotel errichten, bereits 1894 konnte er sich diese Investition leisten. Die furchtlose und konditionsstarke österreichische Kaiserin zahlreiche Male durch den Gasteiner Alpengarten geführt zu haben, war ein beispielloses Renommée. Des Bergführers »Villa Alpenrose« lag damals noch mitten im Fichtenwald, wo später der Gasteiner Bahnhof errichtet wurde. Die verkehrsgünstige Lage wirkte sich positiv auf die Einkünfte aus. Hacksteiner führte das Haus bis zu seinem Tod 1935. Am 27. Juli 1888 verewigte sich Elisabeth samt Tochter Valerie mit Autogramm in seinem Bergführerbuch: »Bei unserem jedesmaligen Aufenthalt in Gastein war der Führer Hacksteiner stets unser treuer zuverlässiger Begleiter. Elisabeth | Marie Valerie | Gastein 7.27.1888.«

Ein Jahr später kam sie wieder, allerdings wegen Rudolfs Tod in Mayerling in so schlechter psychischer Verfassung, dass die älteste Tochter Gisela ihre Schwester Marie Valerie beim Abschied in Bayern noch gewarnt hatte: »Gib acht auf Mama – auf den Wasserfall in Gastein.« Die Mutter geisterte in Schwarz durch den Kurort und wünschte nur, »sich ganz in die Wildnis und Einsamkeit zurückzuziehen«. Denn auch »im Urlaub« wurde das Kaiserpaar ständig beobachtet: »Wer um 7 Uhr morgens (…) promenirt, begegnet daselbst einer dunkelgekleideten Dame, öfter mit einem Buche in der Hand, stets aber ohne Begleitung. Das ist die Kaiserin von Oesterreich«, spionierte das »Salzburger Volksblatt«. Die Zeitung kritisierte dennoch, dass Leute, »die sich sonst mit Vorliebe zu den gebildeten Kreisen rechneten«, die Kaiserin »selbst in nächster Nähe mit Opernguckern oder Feldstechern zu betrachten« suchten. Anstrengende Bergpartien waren für Elisabeth wohl eine Flucht in die so oft ersehnte Ruhe, denn auf der Kurpromenade war sie praktisch Freiwild. Es konnte allerdings passieren, dass sie samt Entourage, also Hofdame und sogar dem griechischen Vorleser Christomanos, im Gebirge von einem Schlechtwettereinbruch überrascht wurde und das Ende des Gewitters »auf dem Heu« in einer Alpenhütte abwarten musste. »Als Nahrung hatten sie den ganzen Tag nur Milch«, wie der Kaiser detailgetreu seiner Kathi zu berichten wusste. Er begleitete Elisabeth einmal bis nach Böckstein »bei unausgesetztem Regen zu Fuß«, eine Entfernung von etwa 15 Kilometern.

Im Mondenschein, in Sonnenhitz
Bis zur höchsten Felsenspitz
Steig' täglich ich hinan.

Ob's donnert auch und stürmt und blitzt,
Ob droben grauer Nebel sitzt,
Was liegt mir wohl daran!

Eine Böcksteinerin erinnerte sich an die wandernde Kaiserin: »Der Hüttenpächter sprach sie immer mit ›Kaisermutter‹ an. Immer trug Elisabeth schwarze Kleider, nur einmal, als sie vom Bochkarsee kam, hatte sie ein gelbes Leinenkleid an, das sie aufgeschürzt trug. An den Füßen hatte sie feste Bergschuhe und in der Hand einen Bergstock, an dem ein Büschel Alpenrosen hing.«

Auch nach Elisabeths Ermordung kamen ihre Angehörigen, vor allem Marie Valerie mit Ehemann und zahlreichen Kindern, weiterhin nach Gastein und nahmen die Erfahrung und Geduld des Bergführers Hacksteiner gern in Anspruch. Sein legendärer Ruf lockte viele zahlungskräftige Gäste ins Gasteinertal, nicht nur solche aus der Donaumonarchie. Eine Anekdote wird noch heute erzählt: Als sich während eines Aufstiegs Schlechtwetter zusammenbraute, meinte Sisi seufzend: »Schauen Sie, von Bayern her ziehen Regenwolken auf.« Worauf Hacksteiner konterte: »Jaja, von Bayern is für uns noch nie nix Gutes her kemma.« Die geborene Herzogin in Bayern mag etwas entgeistert geschaut haben, doch lachte sie herzlich, als ihr klar wurde, dass der arglose Bergführer tatsächlich nur die Unbilden der Witterung gemeint hatte …

Bergtouren und Thermalquellen linderten Elisabeths starke Ischias- und Rheumaschmerzen nur kurzfristig. Schon als junge Frau war sie ins Heilbad Kissingen geschickt worden und ihr Münchner Hausarzt hatte damals den Erfolg der Kur bestätigt. Er empfahl den »wiederholten Gebrauch von Kissingen«, welchem die Kaiserin in höherem Alter erneut nachkam. Bad Kissingen, wie der fränkische Kurort seit 1883 genannt wurde, war ein Hotspot des Adels und der internationalen Prominenz. Elisabeth traf dort ihren Lieblingscousin, den König von Bayern, das russische Zarenpaar war ebenfalls auf der Brunnenpromenade zu bewundern und einmal ließ Sisi ihren irischen Wolfshund Houseguard nachkom-

42 Johann Maar: Die »Haute-Volée« in Kissingen, 1864. Im Vordergrund mit hellem Umhang Elisabeth, rechts dahinter Ludwig II. mit Zylinder

men, damit sie sich nicht so einsam fühlte inmitten der Schönen und Reichen. Um diesen zu entkommen, suchte sie die Gesellschaft von »Außenseitern«: So begleitete sie gern den blinden Herzog von Mecklenburg oder befasste sich mit dem gelähmten Engländer John Collett, der täglich im Rollwagen über die Promenade gefahren wurde. Von einem offenbar halbwegs genehmen Kuraufenthalt schrieb sie an Marie Valerie: »Es ist nicht großartig schön, aber so liebenswert, so gut und ruhig.« (1897) An der Stelle des »Königlichen Kurhauses«, das sie bewohnt hatte, steht heute ein Steigenberger Hotel. Auch im Fränkischen konnte sie das Bergklettern nicht lassen. Immer wieder stieg sie hinauf auf den Altenberg, wo heute ein Denkmal an die blaublütige Kraxlerin erinnert. Eines ihrer letzten Fotos entstand ebenfalls in Bad Kissingen, es zeigt Kaiser und Kaiserin im Kurpark im April 1898. Elisabeth kerzengerade, als habe sie einen Besen verschluckt. Der Kaiser in etwas erschöpfter Haltung neben ihr. Auf den ersten Blick erkennt man den sportlichen Gang und die perfekte Haltung der 60-Jährigen. »Man muß auch das Gehen lernen«, hatte Elisabeth ihren Vater zitiert, den eigenwilligen Herzog Max in Bayern, der den Bergen genauso zugeneigt war wie die Tochter.

> Man muß bei jedem Schritt, den man tut, von dem früheren sich ausruhen können, sowenig wie möglich über die Erde schleifen. Nur ein Beispiel sollten wir uns vor Augen halten: Die Schmetterlinge. Meine Schwester Alençon (Sophie – Anm. M. L.) und die Königin von Neapel (Elisabeths Schwester Marie – Anm. M. L.) sind berühmt wegen ihres Ganges in Paris.

Ihr Tanzlehrer, der vielleicht mehr Energie in die Marschier- als in die Tanzkunst der herzoglichen Kinder investierte, lehrte die freie Bewegung der Schmetterlinge. Nicht mehr den künstlichen Schritt des Zeremoniells aus der Zeit des Absolutismus, sondern eine natürliche Grazie, wie sie den Ideen der Lebensreform näher nicht sein könnte. Schritte ins Freie waren es, die die österreichische Kaiserin mit den vegetabilen Frauengestalten des Jugendstils verbanden: körperlos, hingehaucht, biegsam und flüchtig. Mit den erlernten Bewegungen glänzte sie nicht bei Hof, sondern benützte diese vielmehr, um den Hof zu meiden und die Freiheit außerhalb seiner Mauern zu suchen. Erstaunliche Stundengeschwindigkeiten konnten bei Elisabeth festgestellt werden. Distanzen gab es nicht nur formell zwischen Monarchin und Hofstaat/Volk, sondern schon räumlich durch die zurückgelegten Laufkilometer. »Wer schnell ist und nur von weitem zu sehen, will der herrscherlichen Tugend der ›Presenza‹ nicht genügen«, schreibt Juliane Vogel.

Da eine Kaiserin nicht alleine losmarschieren durfte, mussten auch die sie begleitenden Damen in Hinblick auf körperliche Fitness ausgewählt werden. Vor allem gesunde Füße und eine »ausgezeichnete gesundheitliche und seelische Konstitution« waren Voraussetzungen für die Aufnahme in den Begleitdienst Elisabeths. Nach einem der exzessiven Gewaltmärsche fragte Franz Joseph die korpulente Hofdame Festetics: »Leben Sie denn noch, Gräfin? Das hat ja schon keinen Namen.« Im Jahr 1882 hatte die leidgeprüfte Freundin aus der ungarischen Tiefebene ihrem Tagebuch anvertraut: »Ich bin totgegangen.« Die Route hatte von Neuwaldegg auf die Sophienalpe geführt, von da nach Hainbach, Weidlingau und Gablitz, vier Stunden im Renntempo. Marie Valerie (damals 15) hielt noch gut mit der Mutter Schritt und kommentierte: »Wir rannten wie die Wiesel / hinauf bis auf die Zwiesel.« Zu den Langbathseen ging Elisabeth einmal 8 ¾ Stunden, eine Wanderung zum Ammersee dauerte ebenso lang. Die weibliche Begleitung wurde in Tragsesseln hinterhergetragen. Als ein aufmerksamer Wiener Ordnungshüter eines Tages zwei Damen im Laufschritt dahineilen sah, kombinierte er scharfsinnig, dass die beiden auf der Flucht vor Verbrechern wären. Als er über die Identität der Dauerläuferin aufgeklärt wurde, begleitete er freudig überrascht die Kaiserin und ihre Hofdame bis nach Schönbrunn.

»Sie lief wirklich«, bestätigte der Kammerdiener Franz Josephs, Eugen Ketterl:

Neben ihr her keuchte ihre Hofdame, hinterdrein ein Lakai. Wenn die Kaiserin ihr rasendes Tempo einschlug, warf sie alle Augenblicke bald den Mantel, bald die Jacke, dann den Shawl oder den Pelz ab, und der Lakai mußte die einzelnen Kleidungsstücke, wie sie die Kaiserin auf die Erde fallen ließ, aufheben und ihr nachschleppen.

In Zell am See bestand Elisabeth darauf, eine Wanderung bei Nacht zu unternehmen. Untertags waren ihr die Touristen und Schaulustigen zu sehr auf den Nerv gegangen. Möglicherweise dachte sie auch an König Ludwig, der den Tag verschlafen und Ausflüge bevorzugt bei völliger Dunkelheit unternommen hatte. Laternen wiesen der geisterhaften Wanderkarawane, bestehend aus Bergführer, Kaiserin und Hofdame, den Weg zum Gipfel. Einem ihrer Bergführer widmete die unermüdliche Wanderin sogar ein Gedicht. Es heißt »Der längste Tag« und schildert die durchaus beachtliche touristische Leistung einer zehnstündigen Überquerung des Toten Gebirges im Juni 1888. Elisabeth war 51 Jahre alt. Der Bergführer nannte sich »Kriag Stefl« (Stefan Hopfer, Bauer aus Grundlsee), ein »Kriegsveteran«, der in Italien verwundet und in französische Kriegsgefangenschaft geraten war. Der »Stefl« war allerdings ein ordentlicher Flunkerer vor dem Herrn und auch im Angesicht seiner Kaiserin, denn »Kriag« bezog sich keinesfalls auf irgendwelche militärischen Heldentaten, sondern es handelte sich dabei bloß um den Hausnamen des Hopfer'schen Anwesens – doch das konnte Sisi nicht wissen ... Das »Bergepos« für den »Stefl« stand der aufwändigen Wanderroute um nichts nach, es umfasst beinahe 50 Strophen! Eine Kostprobe:

Titania sitzt auf hölz'ner Bank,
Die Ander'n ruh'n im Kreise,
Idyllisch webt des Mists Gestank,
Und stört in keiner Weise.

Welche Persönlichkeitsmerkmale Elisabeth tatsächlich in die Einsamkeit der Bergwelten trieben, nämlich Allmachtsfantasien und Soziopathie, nicht zu vergessen ihr unkontrollierter Bewegungsdrang und ihre Sorgen um die Erhaltung der Figur, erschließt sich dem Leser recht gut bei der Lektüre des Gedichts »Ja, wenn ich ...«:

Ja, wenn ich der Dachstein wäre,
O der großen Herrlichkeit!
Schaute stolz auf alle Meere,
Trotzte Zeit und Ewigkeit.

Sinnverwirrend, schön und blendend
Säss' ich da in hehrer Pracht,
Donnernde Lawinen sendend,
Boten meiner wilden Macht.

Liess den Blick auch abwärts gleiten
Auf die Seen, klein und gross,
Die sich um die Ehre streiten
Meines Bilds in ihrem Schoss.

(...)

Und trotz allen heissen Küssen
Bleibt mein Eisherz starr und kalt;
Machtlos wird sie (die Sonne, Anm.) weichen müssen
Meines Frostes Allgewalt.

(...)

Doch die grösste aller Wonnen,
Könnte ich der Dachstein sein,
den Verwandten wär' entronnen
Ich sammt ihrer ganzen Pein.

(...)

Ja, wenn ich der Dachstein wäre,
O der grössten Herrlichkeit!
Scherte mich, auf meine Ehre,
Nie mehr um gewisse Leut'.

Elisabeth war im alpinen Hochgebirge keineswegs allein unterwegs. Sie mag ihre Bergführer angewiesen haben, sie auf möglichst unwegsamen Routen zu führen, doch insgesamt gesehen erlebten die Alpen einen regelrechten Ansturm an Erholungsuchenden. Luxushotels wurden gebaut. Das Wandern als Freizeitbeschäftigung in Schrittgeschwindigkeit mit Möglichkeiten der Naturerfahrung galt als äußerst gesund. Die angeblich so unberührte und ursprüngliche Gegenwelt zur Zivilisation, weit entfernt von den

43 Aus einem persönlichen Reisealbum Elisabeths: Berghotels in der Schweiz, 1890er-Jahre

schädlichen Auswirkungen des Großstadtlebens, befriedigte vorerst die Sehnsüchte jener Bevölkerungsschichten, die »Freizeit« zur Verfügung hatten, also der Adeligen, Großbürger und Industriellen auf der Suche nach einem »einfachen Leben im Einklang mit der Natur«.

Bodystyling und Körperkult

Nicht erst seit der Romantik des frühen 19. Jahrhunderts war dieser Trend feststellbar, sondern schon im Zeitalter der Aufklärung hatte es eine »Zurück-zur-Natur«-Bewegung gegeben, die sich gegen die althergebrachten ständisch-hierarchischen Tugenden des Adels wandte und den egalitär-natürlichen Körper des »Bürgers« in den Vordergrund rückte. Das Resultat des (Sozial-)Darwinismus war schließlich die Vorstellung vom ästhetischen und vor allem gestaltbaren Körper. Die Körpereigenschaften des Menschen waren nicht »gottgegeben«, sondern konnten verändert/verbessert werden – durch Anstrengung, Züchtigung, Zurichtung, kurz: Bodybuilding. Verschiedene Ideologien machten sich diese Erkenntnis zunutze: die sozialistische Entwicklungsidee, der kapitalistische Fortschrittsglauben, die völkische Rassenlehre.

Der eigene Körper wurde als selbst gestaltbares Zentrum wahrgenommen, physische und psychische Fitness sowie Selbstfindung gehen von ihm aus. Einfach zu praktizierende Körperübungen ließen sich individuell und rational gestalten. Eine ausgleichende körperliche Betätigung führte zu einer Formung des Körpers und zeitigte sichtbare und vielversprechende Resultate auf dem Weg zur Selbstreform.

Sportliche Betätigung lag nun auch für Frauen im Bereich des Möglichen. Ballspiele, gymnastische Übungen am Boden und Hanteltraining wurden zusehends beliebter. Die Reformbewegungen schrieben vor, Sport unbekleidet und an der frischen Luft zu betreiben. Dies war für eine Kaiserin nicht immer möglich, doch waren ihr die Regeln durchaus bekannt. So wurden beispielsweise Elisabeths Fechtstunden ins Freie verlegt, wenn es das Wetter erlaubte. Sie hatte eigene Fechtlehrer mit laufendem Gehalt und trainierte auch mit dem bekannten Heidelberger Universitäts-Fechtmeister Schultze. Ein Zimmer in ihrem Hotel in der Studentenstadt Heidelberg wurde als Fechtraum eingerichtet. Sie war mit Eifer und Ernst bei der Sache und machte in kurzer Zeit »die größten Fortschritte in dieser Kunst« (Egon Cäsar Conte Corti).

»Der kleine Panzer, die Fechthandschuhe und der kurze, graue, ganz moderne Rock, den sie dazu trägt, stehen ihr ausgezeichnet, und in Kürze müssen die Lehrer ihre ganze Kunst zusammennehmen, wollen sie die kleinen Gefechte siegreich bestehen«, vermeldete Corti weiter in seiner Elisabeth-Biografie (erstmals erschienen 1934). Fechttraining war äußerst ungewöhnlich für Frauen, ganz zu schweigen für eine Kaisergattin. Die Sportart schrie geradezu »Republik, Demokratie, 1848«. Eine Provokation sondergleichen, ganz nach dem Geschmack der Kaiserin. Die Jahre des Fechtens verarbeitete Elisabeth später in einem Gedicht, das den passenden Titel »Aus meiner Burschenzeit« trägt – in Anspielung auf das Fechten als Studentensport, der hauptsächlich von für die Republik demonstrierenden Burschenschafts-Mitgliedern ausgeübt wurde (»Pauken«). Ihre Trainer und »Gurus« schätzte Elisabeth bereits als »Lebensstilberater«, zuständig für Bodystyling und Kosmetik. Als es mit dem Fechten aus gesundheitlichen Gründen vorbei war, nahm Sisi die Dienste des in der Society viel gerühmten »In-Masseurs« Dr. Me(t)zger in Amsterdam in Anspruch. Die Massagekuren sollen äußerst fordernd gewesen sein. Bei seiner Methode bekäme man beinahe Arme und Beine ausgerissen, erinnerte sich Marie Larisch, die vermutlich übertrieb. Doch traf der ruppige Me(t)zger den richtigen Ton, erklärte er der schwierigen Patientin doch rundheraus, dass sie »in zwei Jahren alt und runzlig« sein werde, wenn die fortgesetzten Gewalttouren und Hungerkuren nicht eingeschränkt würden. Elisabeth kümmerte sich daraufhin mehr um die Pflege ihrer strapazierten Haut, doch turnte sie weiterhin in jeder freien Minute. Um Leerläufe zu vermeiden, absolvierte sie sogar vor Bällen oder Empfängen ihr Ertüchtigungsprogramm. Christomanos war zu Neujahr 1892 als Augenzeuge dabei:

> (…) zwischen dem Salon und ihrem Boudoir waren Seile, Turn- und Hängeapparate angebracht. Ich traf sie gerade, wie sie sich an den Handringen erhob. Sie trug ein schwarzes Seidenkleid mit langer Schleppe von herrlichen schwarzen Straußfedern umsäumt. Ich hatte sie noch nie so pompös gekleidet gesehen. An den Stricken hängend, machte sie einen phantastischen Eindruck wie ein Wesen zwischen Schlange und Vogel.

Auch im Alter liebte Elisabeth es noch, Ahnungslose mit ihrer Gymnastik, die in Adelskreisen noch immer ausschließlich jungen Männern im Rahmen der militärischen Ausbildung vorbehalten war, zu schockieren. Es galt als skandalös, wenn eine Frau oder gar die Kaiserin an Geräten turnte. So vergaß sie nicht, schadenfroh hinzuzufügen: »Wenn die Erzherzoginnen« – die sie zu empfangen hatte – »wüssten, dass ich in diesem Kleid geturnt habe, sie würden erstarren.«

Zweifelsohne findet man in allen Ausprägungen der Lebensreform problematische Ansätze wie die Mystifikation von Blut und Rasse, »faustisches Grübeln«, rückwärtsgewandte Zivilisationskritik. Gleichzeitig hätte es die künstlerische Moderne, einen großen Teil der innovativen Kunst um 1900 ohne Schlagworte wie Natur, Beseelung, Geistgläubigkeit nicht geben können, entstanden doch diese Werke geradezu in Opposition zur aufgeklärten Vernunft.

Auch kann der Bewegung aufgrund ihrer Ausrichtung auf ein naturnahes und einfaches Leben und durch ihre Forderung nach entsprechenden Freizeitbetätigungen für alle Schichten ein wesentlicher Beitrag zur Demokratisierung der Freizeit nicht abgesprochen werden.

VIII Unter Geistern: In Sisis Schlafzimmer

Sisis Chronist Christomanos erinnert sich an eine Unterhaltung mit der Kaiserin, sie sprachen über das Theater: »Wissen Sie, welches mein liebstes Shakespeare-Stück ist? frug sie mich, nach einer Weile, ganz plötzlich: – Hamlet, Majestät? – Nein, der ›Sommernachtstraum‹. Haben Sie das Bild in Ihrem Zimmer in Lainz nicht gesehen? (...) Ich habe in jedem Schlosse ein solches Bild.«

Die erwähnte Darstellung ist ein Entwurf, der in der Hermesvilla in einer Nebenkammer hing und sich heute in den Beständen des Belvedere befindet. Er zeigt jene Figur, mit der sich Elisabeth identifizierte wie mit keiner anderen und deren Namen sie als ihr Alter Ego annahm: die Feenkönigin Titania.

44 »Titania mit dem Esel«, Wandgemälde in Elisabeths Schlafzimmer in der Hermesvilla

»Titania«

Szenen aus dem »Sommernachtstraum« bilden den Rahmen für den »Höhepunkt künstlerischer Innendekoration« in der Hermesvilla, das Schlafzimmer von Kaiserin Elisabeth. Hans Makart, der »leuchtende Stern am damaligen Kunsthimmel«, auf jeden Fall ein Ausstattungskünstler mit besten Referenzen, war mit der Gestaltung des Raumes beauftragt worden, doch 1884 bereits gestorben. Er hatte noch eine Ölskizze mit den wichtigsten Motiven entwerfen können. Der Kunsthistoriker und einstige Direktor im Kunsthistorischen »Hofmuseum«, Albert Ilg, beschrieb 1897 den »zauberischen, prachtüberladenen« Raum:

> Makart ersann eine leichte, bunte und phantastische Renaissancearchitektur (…). Tiefpurpurne Draperien, schwere Blumengehänge und sonstiger Schmuck umgibt die graziösen Formen der Bauglieder und Ornamente in üppigster Fülle, zwischen dieser sinnbestrickenden Farbenpracht aber öffnen sich Felder, in welchen drei Szenen aus der Hauptfabel des Sommernachtstraums in mächtiger, mondheller Landschaft sich zeigen: »Titania, in ihrer wunderlichen Täuschung begriffen«, dann die beiden anderen Liebespaare (Hermia und Lysander sowie Helena und Demetrius, Anm.). Man hat den Fernblick in die lauschigen Waldesgründe, auf deren Dunkel die Gestalten der wundersamen Dichtung die Staffage bilden. Über den Wänden zieht dann ein Fries dahin, dessen Gruppen »Zettel und seine drolligen Genossen« zeigen; die reichgezierte Decke enthält in Medaillons »Puck mit Seinesgleichen« und im Hauptfelde den »Wagen Oberons und Titanias«.

Das »traumtrunkene Zaubermärchen der Kunst« wurde schließlich von Makarts »Nachlassverwaltern« mit einigen Veränderungen ausgeführt. Pietro Isella, ein auf dekorative Elemente spezialisierter Maler, schuf die ornamentierten Felder, Rudolf Carl Huber die Wandgemälde, Franz Matsch fertigte nach Entwürfen von Julius Berger die Malereien in den Hohlkehlen an.

Die Arbeiten für den Plafond sind Hugo Charlemont zuzuordnen und zitieren ein früheres Werk Makarts, den kurz vor der Vollendung zerstörten Vorhang für das Wiener Stadttheater (1871/72). Mit dem Deckengemälde, in dem Titania vor Oberons Wagen erscheint, variierte Charlemont Christoph Martin Wielands Auffassung vom König der Elfen (Versepos »Oberon«, 1784): »Da kam ein wunderschöner Zwerg | In einem Faeton, den junge Löwen zogen | Der Zwerg in seiner kleinen Hand | Hielt einen blüh'nden Lilienstängel.«

Die weiße Lilie, schon in der Antike mit der Göttermutter Hera verbunden, gilt als Symbol der Reinheit und Unschuld. Sie erblühte, dem griechischen Mythos zufolge, aus versprengten Tropfen von Heras Muttermilch. Im späteren Mittelalter wurde die Blume Maria zugeordnet und als »Madonnenlilie« ein wichtiges Attribut christlicher Märtyrer und Heiliger. Die strahlende Farbe und der betäubende Duft trugen auch dazu bei, dass die Lilie als Zeichen für Tod

45 »Titania schwebt vor Oberons Wagen durch die Lüfte«, Deckengemälde in Elisabeths Schlafzimmer in der Hermesvilla

und Trauer gilt und somit der Pracht des Schlafraumes einen düsteren Ton verleiht. Vor allem in Zusammenhang mit dem geheimnisumwitterten Ende des »dämonischen Märchenprinzen« Ludwig II., dessen Totenporträt ebenfalls in diesem Schlafzimmer hing, erwähnte Elisabeth in ihren Dichtungen oft ein »Lilienszepter« oder einen »Lilienthron«. Abgesehen von der heraldischen Bedeutung, die die Lilie für die französischen Könige seit den Merowingern hatte – der Wittelsbacher Ludwig bewunderte seinen Namensvetter Ludwig XIV. über alle Maßen, wie in Herrenchiemsee überdeutlich zu sehen ist – vermeinte Elisabeth in ihrem Großcousin den idealen Elfenkönig zu erkennen, zumindest posthum. Selbstverständlich war ihr auch die metaphorische Übereinstimmung der Seelen der Toten mit den Luftgeistern geläufig, zu denen als Sylph und Sylphide auch Oberon und Titania gehören.

46 Joszi Arpád Koppay: Ludwig II. auf dem Totenbett, 1886

Auf einer Staffelei vor dem barocken Prunkbett Elisabeths erhebt sich aus den dunklen Wassern des Starnberger Sees ein geflügelter weiblicher Totengeist mit einer sich ins Nichts auflösenden Königskrone in der Hand. Die transparente Erscheinung legt einen Finger an den Mund und verordnet somit Verschwiegenheit. »Ein ewiges Geheimnis« sollte der Tod des Bayernkönigs bleiben. Die Arbeit hält das Sterbedatum fest: 13. Juni 1886. Dieses Gedenkblatt von Angelo de Courten, der auch an der malerischen Ausgestaltung der bayrischen Königsschlösser mitgewirkt hatte, erregte damals erhebliches Aufsehen. Es war typisch für Elisabeth, dass sie eine Kopie des »Skandalblatts« als Erinnerung in ihrem Schlafzimmer aufbewahrte. Die an die sinistren Frauengestalten des Gothic Horror gemahnende Figur kam Elisabeths Weiblichkeitsideal nahe und kann als Selbstreflexion interpretiert werden.

Eine der berühmtesten Darstellungen des »Sommernachtstraums« stammt vom Schweizer Maler Johann Heinrich Füssli. Seine Figurengruppen waren maßgeblich für spätere Illustrationen. Füssli, der in England als Henry Fuseli reüssierte, nahm sich in seinen verstörenden Werken immer wieder die Welt der Träume und Visionen vor, wobei die Gespenstergeschichten seiner britischen Wahlheimat wichtige Inspirationen lieferten. Den Beinamen »the wild Swiss« hatte er sich hart erarbeitet: Abends esse er blutiges Schweinefleisch und er nehme Drogen, um seine Fantasie anzuregen, hieß es. Besuchern mit »schwachen Nerven« riet man von der Betrachtung seiner Werke ab – eine noch wirkungsvollere Öffentlichkeitsarbeit hätte selbst der »Genius of Horror« kaum mehr verkraften können ... Füssli illustrierte unter anderem Miltons »Verlorenes Paradies« und lieferte mit seinem Gemäldeklassiker »Der Alp« (als Model soll er die skandal-

47 Angelo de Courten: »Ein ewiges Geheimnis«. Diese Allegorie auf den Tod des »Märchenkönigs« bezieht sich auf sein Zitat »Ein ewig Rätsel will ich bleiben mir und anderen.«

umwitterte Emma Hamilton eingesetzt haben) das Vorbild für zahlreiche Filme des »Mystery«-Genres im weiteren Sinn, von Nosferatu (1922, Fritz Murnau) bis Frankenstein (1931, James Whale), von der Marquise von O. (1976, Eric Rohmer) bis Gothic (1986, Ken Russell). Sigmund Freud hatte eine Reproduktion des »Alp« am Eingang zu seinem Ordinationszimmer hängen. Der Meister der »Gothic Nightmares« – so nannte die Tate Gallery 2006 eine Ausstellung über den Einfluss Füsslis auf seine Zeitgenossen und Nachfolger – war bekannt als Maler der Feen, wobei die sexuelle Komponente der weiblichen Feen im Vordergrund steht. Füsslis Feen sind starke Charaktere, von schöner Gestalt, langgliedrig und perfekt, im

Gegensatz zu seinen unförmig-grotesk dargestellten männlichen Wesen. Titania erscheint in seinem »Sommernachtstraum« als Femme fatale, sie dominiert den einfachen arglosen Zettel, der als Dummkopf vorgeführt wird. Privat zeichnete Füssli gern pornografische Szenen, in denen es um Sex, Macht und Tod geht. Aufreizende Frauen foltern Knaben oder ersticken Männer unter ihren Körpern. Seine »Titania, die Zettel mit dem Eselskopf liebkost« (1793/94) ist eine blonde, leicht bekleidete Königin der Anderswelt, Zettel wirkt in seiner plumpen Verzauberung eingeschlossen und gehemmt, gleichgültig gegenüber Titanias Zuwendungen.

Schon die Zeitgenossen wussten, dass es sich beim »Sommernachtstraum« um das Lieblingsstück Elisabeths handelte, und es war daher begreiflich, dass der »edle Spender« Franz Joseph dieses Thema für den prominentesten Raum der Hermesvilla vorgegeben hatte. Allerdings blieb ihm die Ironie hinter der Vorliebe seiner Frau für die Komödie verborgen. Ihr gefielen hauptsächlich das Thema des Machtkampfes zwischen Oberon und Titania, deren Eifersucht aufeinander und die Beziehung Titanias zu ihrem Liebhaber, dem Esel.

Sisi legte Wert darauf, an all ihren Wohnsitzen ein Bild der Feenkönigin mit dem Esel zu besitzen, weil sie sich, wie sie zu Christomanos sagte, am »Eselskopf unserer Illusionen, den wir unaufhörlich liebkosen, (…) nicht satt sehen« konnte. Aus diesem Grund ist auch im künstlerisch interessantesten Raum der Hermesvilla Titania mit ihrem eselsköpfigen Gefährten an prominenter Stelle zu sehen. »Glück lebt nur in Phantasien«, hatte Elisabeth geschrieben. Nun, im Alter, stilisierte sie ihre negativen Lebenserfahrungen, insbesondere ihre gescheiterte Ehe, zu philosophischen Betrachtungen über die ihrer Auffassung nach hässliche Wirklichkeit, den »Eselskopf« schöner Illusionen, welche sie längst als Fehleinschätzungen erkannt hatte. Von tiefer Wehmut war sie erfasst worden, als sie – nach der Hochzeit – »beim Morgengrauen (…) Den Eselskopf im Arm« entdeckt hatte.

Diesen trägt in Shakespeares Theaterstück nicht Elfenkönig Oberon, von dem Titania getrennt lebt, sondern eben der verzauberte Handwerker Zettel, in den sich die Königin »in ihrer wunderlichen Täuschung begriffen«, weil nämlich ebenfalls durch Zauber geblendet, verliebt. Oberon verdächtigt seine Königin der Untreue und vice versa. Als Titania ihren Irrtum erkennt, ist sie bei Shakespeare zur Versöhnung mit Oberon bereit. Kaiserin Elisabeth interpretierte die Geschichte anders: Bei ihr gibt es kein Happy End. Oberon geht nicht als Sieger aus dem ehelichen Machtkampf hervor, sondern als Esel. Freimütig und offenherzig informierte Sisi die »Zukunfts-Seele«, also uns alle, über ihre Ehe mit dem »Vollblut-Eselein voll Eigensinn und Laun'«:

> Zog ich ihn an dem grauen Schopf
> Ward steifer nur's Genick.
>
> Wie oft hat er mich abgebockt,
> Wenn ich mich fest gewähnt!
> Nachgiebigkeit nur abgelockt,
> Wenn ich ihn hübsch versöhnt.

Oder:

> Urplötzlich in Schrecken verloren,
> Erblicket Titania Ohren
> Von schaudererregender Länge,
> Die drohen so vorwurfsvoll strenge.
>
> Entsetzenvoll stürzt sie von dannen,
> Verschwindend im Dunkel der Tannen.

Bald ersetzte sie Männer durch Tote. Ihre unerreichbar-perfekten Seelengefährten aus dem Reich der Schatten wie Achilles (»der Herrliche«) oder Heinrich Heine (»der Meister«) konnten mit den zeitgenössischen Verehrern der Kaiserin, den »Eselshäuten«, wie sie sie nannte, nicht konkurrieren. Sie hatten auch den entscheidenden Vorteil, keine Forderungen an »Titania« zu stellen.

»Melancolia«

Im Schlafzimmer der Hermesvilla befinden sich auch einige Ausstattungsgegenstände, die Elisabeth selbst für diesen Raum erworben hat. Ihren am Symbolismus orientierten Kunstgeschmack repräsentiert ein Gemälde des französischen Historien- und Porträtmalers Fernand Jacques François Fernand Lematte, »Madonna mit Kind« (1890er-Jahre). Der fromm wirkende Bildtitel wird dem Werk in keiner Weise gerecht, da es nicht um eine religiöse Darstellung ging, sondern um ein Selbstbild der Kaiserin, in dem sie sich wiederfinden konnte. Die Grenze zum Morbiden wird in diesem manieristisch anmutenden Schaustück zumindest gestreift: Es handelt sich um eine schwarz gekleidete, distanziert blickende Frauengestalt mit hellem Halo und einem wie tot wirkenden Kind im Arm, das sie einer unsichtbaren grausamen Gottheit zu präsentieren scheint. Die Frau trägt nicht zufällig Gesichtszüge, die denen der jungen Kaiserin sehr ähnlich sind. Im Hintergrund verstärken die felsige Flusslandschaft und die knorrigen Bäume den eher beängstigenden Gesamteindruck der Komposition. Vergleichbar der bereits besprochenen Darstellung der Peri blickte die Kaiserin auch hier ihrem jüngeren Selbst ins Gesicht, um nach der Heirat Marie Valeries den »Verlust« der jüngsten Tochter zu beklagen. Auch Titania sorgt im »Sommernachtstraum« für ein ihr anvertrautes Kind, wird jedoch nie selbst Mutter. Peri und Titania: Die beiden Zauberwesen, übersinnliche mädchenhafte Gestalten, sind Kind-Frauen im eigentlichen Sinn des Wortes und trotz weiblicher Attribute eher

48 Lemattes schwarze Madonna mit den Zügen der jungen Elisabeth in deren Schlafzimmer in der Hermesvilla

geschlechtsneutrale Symbole ewiger Jugend und Schönheit. Im Ideal dieser ephebenhaften Kreaturen manifestiert sich Elisabeths persönlicher Ästhetizismus, vor allem ihre grundsätzlich negative Einstellung gegenüber dem reichen Kindersegen, wie er im Haus Habsburg üblich war. Die androgyne, überschlanke Erscheinung der Kaiserin, elegant, mit wenig Schmuck, jugendlich-natürlich, signalisierte im Einklang mit den fortschrittlichen neuen Ideen vom gesunden Leben Sensibilität und Energie: gewissermaßen die hervorragendsten Aspekte von Peri/Titania und Achilles, vereinigt in der Gestalt Elisabeths.

Fünf Jahre nach dem Tod des Thronfolgers Rudolf, 1894, gelangte ein weiteres Kunstobjekt ins Schlafzimmer, das typisch war für die Epoche des ausgehenden 19. Jahrhunderts: eine lebensgroße bronzierte Frauenfigur aus Gips mit dem bezeichnenden Titel »Melancholie«. Wohl kaum ein anderes Kunstwerk kommt den Inszenierungen der selbst ernannten Mater dolorosa so nahe. Reglosigkeit, steinerne Starre sollte das Erscheinungsbild Elisabeths prägen. Die

49 Die von Elisabeth angekaufte »Melancholie« im Schlafzimmer der Hermesvilla

Frau wird zum Standbild. Eine schwarz verhüllte Gestalt mit gesenktem Blick, statt des Fächers hält sie einen geknickten Lorbeerzweig. Die »Melancholie« ähnelt jenem Gedenkporträt der »schwarzen« Kaiserin, das Leopold Horowitz 1899, ein Jahr nach ihrer Ermordung, anfertigen sollte. Das Bild erschien reproduziert in vielen Medien und zeigt die (imaginierte) ältere Elisabeth.

Diese wurde in ihrem Lainzer Schlafzimmer zu jeder Tages- und Nachtzeit an den eigenen traurigen Zustand in Form der makabren Statue erinnert. Sie hatte die Figur auf einer Reise in Lugano erworben. Trotz des allegorischen Titels erkannte der Buchautor Gunther

Martin in der Plastik »einen unheimlichen, beklemmenden Akzent«, er bezeichnete sie als »Mittelding zwischen einer Grabskulptur und einer Panoptikumsfigur«. Jacques de la Faye sprach in seiner Elisabeth-Biografie (1914) einfach von einer »Statue einer verschleierten Frauengestalt«, wobei für ihn der Schleier auf die Verweigerungsgewohnheiten der Käuferin hindeutete. Die norwegische Biografin Clara Tschudi, die ihre Laufbahn im Übrigen mit einem Werk über die Frauenbewegung begonnen hat, will von einer Darstellung der Niobe gehört haben (1900). Niobe, Königin von Theben und in der Antike Inbegriff der trauernden Mutter, verlor alle ihre 14 Kinder, nachdem sie die Titanin Leto verspottet hatte, weil diese nur zwei Kinder, die Zwillinge Artemis und Apollon, geboren hatte.

> In einer anderen Ecke (des Schlafzimmers – Anm. M. L.) hatte sie eine Bronzestatue der Niobe angebracht, die, von Grün umgeben, einen eigentümlichen, fast unheimlichen Eindruck hervorbrachte. In der entgegengesetzten Ecke hingen grüne Glühlampen. Wenn die Kaiserin im Bette lag, konnte sie das elektrische Licht anschalten und so drehen, dass sie kein weiteres Licht sah als den grünen Schein, der auf Niobe fiel.

Theaterhafte Inszenierungen und neue Möglichkeiten der Lichtregie faszinierten Künstler und Bauherren im 19. Jahrhundert. Die nackten Damen hätten Hans Makart bestenfalls halb so berühmt gemacht, wenn er ihren weißen Körpern nicht jene »pseudosakrale Illuminierungstechnik« (Juliane Vogel) hätte angedeihen lassen, die auch König Ludwigs bayrische Schlösserwelten so eindrucksvoll erstrahlen ließen. Die Ausleuchtung bestimmter Gegenstände in dunklen Räumen nach den Maßgaben der zeitgenössischen Ausstellungstechnik bewährte sich in jedem besseren Interieur der »Ringstraßenepoche«. Trotz aller profanen Beleuchtungstechnik, die Sisi bestimmt genutzt hat, ging es in diesem Schlafzimmer weder um christliche Marien noch um weinende Mütter der griechischen Sage. Die alleinige Heilige des Raumes war Elisabeth, ihrem höchstpersönlichen Trauerkult war das Zimmer gewidmet. Das Bett aus der mariatheresianischen »Zopfzeit«, wie sie das Barock nannte, dürfte sie nie benutzt haben. Sie schlief, wenn überhaupt, in einem schmalen Eisenbett, das sie direkt unter dem immer offenen Fenster platziert hatte. Gemäß den Vorgaben der Reformbewegungen hielt sie den Luftaustausch im Raum für lebensnotwendig. Im Zeitalter der schweren Vorhänge, plüschigen Salons und parfümierten Haarteile folgte sie den Ratschlägen des populären deutschen Chirurgen, Virchow-Assistenten und Schriftstellers Carl Ludwig Schleich: »Unreine Luft dulden ist eine Gleichgültigkeit gegen den Kampf ums Dasein. Nichts ist dem Himmlischen näher, als reine Luft. Dumpfe Stuben sind nicht Wohnungen, sondern Ställe.«

Frische Luft war ihr zweifelsohne wichtiger als regelmäßige Nachtruhe. Statt zu schlafen, betete sie lieber ihr eigenes Bild in verschiedenen Varianten an.

Heutige Besucher denken beim Erstkontakt mit der Statue der »Melancholie« an eine Mumie. Da Elisabeth mit Vorliebe Orte bereiste, die außergewöhnliche Friedhöfe aufweisen konnten, hätte sie dafür wohl Verständnis gehabt.

Bis heute wirft der »Mumientourismus« viel Geld ab. Zum Beispiel ist der Eintritt in jenen vollklimatisierten, von den restlichen Sälen abgetrennten Ausstellungsraum der Pharaonenmumien im Ägyptischen Museum in Kairo mehr als doppelt so teuer wie das Ticket für das gesamte Museum mit Tausenden erstklassigen Artefakten. Nicht viel anders verhielt es sich im 19. Jahrhundert, als der moderne Massentourismus begann, die Eisenbahnen ganze Kontinente eroberten und die Dampfschiffe bis in die Eismeere vordrangen.

Auf europäischem Gebiet zog vor allem Italien jene Reisenden an, die an Skurrilem Interesse hatten und das Gefühl zwischen Schauder und Anregung schätzten. 1890 unternahm Elisabeth eine ihrer zahlreichen Schiffsreisen und kreuzte auch vor den geschichtsträchtigen Häfen rund um Neapel und Pozzuoli. Von dort ist es nur ein Katzensprung zur kleinen Insel Ischia, die bis heute mit einer besonderen Attraktion aufwartet, dem Cimitero delle monache (Friedhof der Nonnen). Gleich Dutzende Gespenster sollen dort im Castello Aragonese umgehen: die leise weinenden Geister der Klarissen, denen ihr unheimlicher Friedhof 1810 genommen wurde. Mehrere Jahrhunderte lang erhielten die verstorbenen Schwestern, Angehörige eines der strengsten Schweigeorden, kein kühles Grab. In Erwartung der Ewigkeit saßen sie auch als Tote noch auf ihren harten, aus dem Fels geschlagenen Stühlen. Täglich kamen die Mitschwestern in die unterirdische Kammer und beteten inmitten der Leichen, die langsam austrockneten und zu Mumien erstarrten. Man sieht die Aushöhlungen in den Steinsesseln, durch die die Verwesungsflüssigkeiten ins Meer rinnen konnten. Der Gesundheit der Klarissen, die in der Gruft über den Tod und die Endlichkeit des Erdenlebens meditierten, war dies nur wenig zuträglich. Die Plätze unter Tage waren zwar immer wohl besetzt, doch diejenigen in der Kirche blieben immer öfter leer, sodass der Konvent im Jahr 1810 aufgelassen wurde.

Viele Stiche und später ganze Fotoserien bedeutender Fotografen des 19. Jahrhunderts bewarben den größten damals bekannten Mumienfriedhof, die Katakomben von Palermo. In diesem einzigartigen Totenreich ruhen gegenwärtig noch über 2000 Mumien, früher waren es um einige mehr. Zerfall, vor allem aber Souvenirjäger haben das Ihrige dazu beigetragen, dass die Anzahl der Leichname im 20. Jahrhundert deutlich abnahm. Der älteste Tote in der Gruft verstarb 1599. Bis 1881 fanden offizielle Bestattungen statt, doch kamen auch im 20. Jahrhundert noch Neuankömmlinge hinzu, so zum Beispiel die heute berühmteste Mumie, das zweijährige Mädchen Rosalia Lombardo (gestorben 1920). Die ausgezeichnet erhaltene Leiche wurde vom berühmten Balsamierer Alfredo Salafia präpariert, der mit neuartigen Mixturen experimentierte, die vor allem Glyzerin und Formalin enthielten. Rosalia gilt als »schönste Mumie der Welt«. Diese konnte Elisabeth zwar noch

50 Die Katakomben der Kapuziner in Palermo

nicht sehen, als sie ihre Spaziergänge durch die rechts, links und oberhalb mit ausgestellten Toten befüllten Regale und Gänge der Kapuzinernekropole unternahm. Doch mit einiger Sicherheit beobachtete sie sizilianische Großfamilien, die mit Kind und Kegel und in bester Sonntagskluft die verstorbene Verwandtschaft besuchten, dem Ururopa respektvoll die Hand schüttelten, der Uroma den von frechen Touristen gestohlenen Rosenkranz ersetzten oder der unverheiratet gebliebenen Großtante die Totenkrone gerade richteten. Vor allem an den katholischen Totengedenktagen Anfang November kamen die Angehörigen, um die Mumien neu einzukleiden. Aber auch an allen anderen Tagen waren (und sind) die Anlagen gut besucht. Der französische Schriftsteller Guy de Maupassant kam 1885 nach Palermo, also in etwa zur selben Zeit wie Elisabeth. Bei seinen Streifzügen durch die Stadt fiel

das Auge auf eine sonderbare Aufnahme, die ein unterirdisches Gewölbe voller Leichen, bizarr gekleideter, grimassierender Skelette darstellt. (…) Um den Hals tragen sie eine Art Blindentafel mit ihrem Namen und ihrem Todestag. Diese Daten lassen einen bis in die Knochen erschauern: 1880, 1881, 1882 … Schier ins Unendliche scheint sich dieser unterirdische Friedhof auszudehnen. (Die Mütter) kommen immer wieder, um ihre (toten) Kinder zu sehen! Häufig hängt neben dem Leichnam ein Photo, das ihn so zeigt, wie er früher aussah (…). Es ist ein Karneval des Todes (…). Von Zeit zu Zeit rollt wohl ein Kopf zu Boden, wenn die Mäuse die Gelenkbänder des Halses durchfressen haben. Es leben ja Tausende von Mäusen in dieser Kühlkammer für Menschenfleisch.
Man zeigt mir einen Mann, der 1882 gestorben ist. Ein paar Monate zuvor war er (…) hier gewesen, um sich seinen Platz für später auszusuchen.»Hier soll es sein«, sagte er lachend.

In der viktorianischen Zeit sehr beliebt war auch ein Ausflug nach Dublin zur Besichtigung der St. Michan's Church. Es ist anzunehmen, dass sich Elisabeth während ihrer Reitferien auf der grünen Insel der Totenfeen (Banshees) den Nervenkitzel wohl kaum entgehen hat lassen. In den unterirdischen Gewölben liegen in offenen Särgen mehrere mumifizierte Körper, alle aus dem 18. Jahrhundert. Die Legende, dass es sich bei einem der männlichen Toten um einen Kreuzfahrer (»The Crusader«), zu allem Überfluss auch noch um einen Angehörigen des elitären Templerordens handeln soll, kann nicht bewiesen werden. Seine Beine sind zwar gekreuzt, wie es bei der Bestattung eines Tempelritters üblich war. Wissenschaftliche Untersuchungen neueren Datums sind jedoch zu dem Resultat gekommen, dass keine der Mumien von St. Michan's älter sein kann als etwa 250 Jahre. Die Kreuzrittergeschichten stammen sämtlich von fantasievollen Besuchern des 19. Jahrhunderts – wer weiß, vielleicht vom berühmten Bram Stoker höchstpersönlich? Denn auch er war gekommen, in Begleitung seiner Familie, lange bevor seine melancholische Schauergestalt »Dracula« 1897 das Licht der Buchwelt erblickte. Der ewige Schlaf und die Wiederauferstehung der Toten – die zentralen Themen von »Dracula« – waren schon allein deswegen von so großer Bedeutung für den irischen Autor, da er als Kind weder alleine stehen noch gehen konnte. Seine Krankheit war für die Ärzte ein Rätsel, seine plötzliche Genesung geradezu ein »Wunder« ...

Besuch bei Toten

Der Kaiserin war der Umgang mit Toten nicht fremd, sie suchte ihn sogar. Damit lag sie durchaus im Trend der Zeit.

Ab der Mitte des 19. Jahrhunderts war es zuerst in Amerika, später auch in Europa nicht ungewöhnlich, sich mit immer wieder berichteten und genauso häufig angezweifelten Phänomenen und Vorgängen wie Spuk- und Geistererscheinungen, Visionen oder der Kommunikation mit Verstorbenen zu befassen. Es gab eigene Gesellschaften, die sich der Erforschung des Spiritismus und des »Okkulten« widmeten (z. B. die 1886 gegründete »Psychologische Gesellschaft«) – heute existiert dafür der begriff »Channeln«. Man veranstaltete Enqueten und veröffentlichte Periodika wie Justinus Kerners »Magikon. Archiv für Beobachtungen aus dem Gebiete der Geisterkunde« (schon ab 1840), »Psychische Studien« oder eine »Wissenschaftliche Zeitschrift für Okkultismus«. Die führenden Proponenten im deutschsprachigen Raum galten als ernst zu nehmende Wissenschafter und Spezialisten in Sachen Hypnose und Telekinese: Carl Freiherr du Prel, Albert Freiherr von Schrenck-Notzing, Wilhelm Hübbe-Schleiden oder Albert Moll – sie alle leisteten im 19. und frühen 20. Jahrhundert wertvolle Beiträge zur Wissenschafts- und Kulturgeschichte der spiritistischen Bewegung. Allgemein bekannte Medien waren beispielsweise die amerikanischen »Fox-Sisters«. In Zusammenhang mit der verschollenen Franklin-Expedition, die 1845 mit zwei modern ausgestatteten Schiffen und 133 Männern auf der Suche nach der Nordwest-Passage in die Arktis aufgebrochen war, wurden sie auch in Europa bekannt. Als nach drei Jahren noch immer kein Lebenszeichen aus dem Eis zur Admiralität nach London vorgedrungen war, begann die umfangreichste Rettungsaktion des 19. Jahrhunderts. Da man in unkartografiertes Gebiet vorstoßen musste, wurden sämtliche Möglichkeiten der Informationsbeschaffung in Betracht gezogen. Unter anderen behauptete Anne Coppin, eine irische Kapitänstochter mit angeblich telepathischen Fähigkeiten, zu wissen, wo sich John Franklin und seine Mannschaft befanden. Vor ihrem hellsichtigen Auge sei eine Landkarte der arktischen Zonen erschienen mit den klaren geografischen Angaben Lancaster Sound, Prince Regent Inlet, Point Victory, Victoria Channel. Der schwerfällige Admiral der Royal Navy war zu diesem Zeitpunkt längst tot. Seine unermüdliche Ehefrau Lady Jane, schwer beeindruckt von den Prophezeiungen des Mädchens aus Londonderry, ließ insbesondere die genannte Region absuchen. Tatsächlich fand der Forscher Leopold McClintock Jahrzehnte später an diesem Punkt wichtige Hinterlassenschaften der verschwundenen Expedition. Margaret Fox, die in einer Séance mithilfe von Klopfzeichen versuchen sollte, den Aufenthaltsort von Franklins Truppe festzustellen, heiratete später den Arktisforscher Elisha Kent Kane, der 1850 selbst aufbrach, um Franklin zu finden. Er kehrte erfolglos nach Hause zurück. Nichtsdestotrotz erlangten die sogenannten »spirit rappings« (Klopfphänomene, Bewegungen, Levitationen von Gegenständen) enorme Popularität und obwohl Betrugsgeständnisse und Entlarvungsversuche skeptischer Beobachter viel Medienwirbel erzeugten, waren 1855 etwa eine Million Amerikaner von der Realität der Kommunikation mit Geistern überzeugt.

In Berlin nahm der deutsche Kaiser im Haus der Familie Moltke an einer Totenbeschwörung teil und war zutiefst aus der Fassung gebracht, als das Medium dem Herrscherhaus großes Unglück prophezeite. In der Folge durften spiritistische Angelegenheiten öffentlich nicht mehr erwähnt werden. Dass Queen Victoria von den Spiritisten immer gern als überzeugte Anhängerin ins Treffen geführt wird, überrascht nicht. Sie lebte nach dem Tod des Prinzgemahls Albert sehr zurückgezogen und ihre morbide Beschäftigung mit dem Jenseits trug nicht gerade dazu bei, die Gerüchte verstummen zu lassen. John Brown, der schottische »Hochland-Diener« der britischen Queen, soll nicht nur als Geliebter (besonders findige Untertanen nannten ihre Königin »Mrs. Brown«), sondern auch als Medium fungiert haben. Erschienen sei – ausgerechnet – der Geist des früh verblichenen Albert.

Die Anziehungskraft der spiritistischen Bewegung hatte verschiedene Ursachen, vor allem ging es um zwei Dinge: den Beweis für die Unsterblichkeit der Seele und den existenziellen Trost einer fortwährenden Verbindung zwischen den Lebenden und den Toten. Frauen konnten als professionelle Medien zu hohem Ansehen gelangen, gerade dann, wenn sie dem Weiblichkeitsstereotyp des ausgehenden 19. Jahrhunderts entsprachen: Zartheit, Verletzlichkeit, eine Ausstrahlung eher kindlicher Naivität konnten hilfreich sein. In Deutschland sprach man in den 1870er-Jahren schon von einer »Tischrückepidemie«. Die »Parapsychologie« war bereits – obwohl es diesen Ausdruck erst seit 1889 gab – zur Massenbewegung geworden. Ihre Reichweite erstreckte sich von Zusammenkünften junger Ladenmädchen über die Salons des guten Bürgertums bis in die allerhöchsten Hofgesellschaften europäischer Fürstensitze. Ein Séance-Gast berichtete:

> Sicherlich amüsiert man sich in den spiritistischen Soiréen der eleganten Welt gar oft. Wenn diese Sitzungen bei Dunkelheit stattfinden und zur Verstärkung des Fluidums eine bunte Reihe gebildet wird, so kommt es nicht selten vor, dass die Herren momentan den Zweck der Sitzung vergessen und sich der Versuchung hingeben, die Kette der Hände zu unterbrechen und eine andere zu schließen. Die Damen und jungen Mädchen sind mit Vergnügen dabei, und fast niemand beklagt sich …

Sogar Thomas Mann war bereit, an einer vom Spiritismus-Guru Schrenck-Notzing veranstalteten Séance teilzunehmen. Schließlich wurde nicht jeder in dessen Münchner Palais eingeladen ... Man versetzte sich durch Hyperventilation in Trance – eine Idee, die auf den Arzt Franz Anton Mesmer zurückgeht – und dann ging es los: Gegenstände veränderten ihren Platz, Spieldosen gehorchten den Anordnungen der Sitzungs-Teilnehmer. Überhaupt war die bayrische Hauptstadt ein Zentrum der okkulten Lehren. Sisis Jugendfreundin Gräfin Irene Paumgarten, die sich als Schreibmedium bezeichnete und Botschaften von Geistern übermittelte, bestärkte die Kaiserin in ihren Neigungen zum Jenseitigen und lud sie zu ihren Ritualen ein. Aufenthalte in München benutzte Elisabeth daher wiederholt zur Teilnahme an spiritistischen Sitzungen. Sie schreckte auch nicht davor zurück, die jüngste Tochter Marie Valerie ins Haus Paumgarten mitzunehmen, doch war diese in ihrer dem Vater so ähnlichen Nüchternheit dem modischen Hokuspokus nur bedingt zugänglich. Im Gegensatz zu ihrer Mutter glaubte sie nicht wirklich an diese Art der Offenbarung, auch wenn es später hieß, sie habe im November 1898, also zwei Monate nach der Ermordung der Kaiserin, deren ehemaligen Vorleser Frederic Barker getroffen, der ihr versicherte, er habe »spiritistischen, aber durchaus wohltuenden Kontakt mit Mama gehabt«.

Für »Mama« war der Spiritismus eine Selbsttherapie gewesen. »Seit ihrem innigen seelischen Verkehr (mit Heine und König Ludwig, Anm.) ist Mama wirklich (...) ruhiger und glücklicher und hat im Sinnen und Dichten (...) eine befriedigende Lebensaufgabe gefunden«, hielt Valerie – eine der wenigen, die Gedichte Elisabeths kannte – am 18. Juni 1887 in ihrem Tagebuch fest. Der schwärmerische »Totencultus«, wie Valerie den Spiritismus nannte, besaß durchaus Züge der mystischen Erotik, insbesondere wenn es um Elisabeths Idol Heinrich Heine ging:

Es schluchzt meine Seele, sie jauchzt und sie weint,
Sie war heute Nacht mit der Deinen vereint;
Sie hielt Dich umschlungen so innig und fest,
Du hast sie an Deine mit Inbrunst gepresst.
Du hast sie befruchtet, Du hast sie beglückt,
Sie schauert und bebt noch, doch ist sie erquickt.

Als sie Valerie gegenüber sogar von Erscheinungen des Dichters sprach, war die Lieblingstochter denn doch etwas erschrocken. Einer von Sisis Brüdern, der bekannte Augenarzt Carl Theodor, stand dem »eingebildeten Seelenverkehr« vollkommen ablehnend gegenüber und meinte, man müsse aufpassen, dass die Kaiserin »ihre Nerven« nicht so sehr »überreize, dass sie am Ende noch umschnappe«. Doch war die begeisterte Verehrung der Schwester für den Düsseldorfer Störenfried eher als Zeichen ihrer geistigen Unabhängigkeit und Selbstständigkeit zu werten. Heine war damals bei Weitem nicht der anerkannte »Dichterfürst«, aber seine realistische Zeitkritik und insbesondere seine Ironie, die einem europäischen Skandal gleichkamen, zogen Sisi an. Sie bediente sich seines Stils und machte sich in ziemlich drastischer Art und Weise über die Familie Habsburg und das nervtötende Hofleben lustig. In ihrem Toilettezimmer standen nicht weniger als drei Heine-Porträts, eines davon war klappbar und somit für Reisen gedacht. Von Rudolf und Gisela gab es kein einziges Bild.

51 Heinrich Heine war immer dabei: Reisemappe mit Dichter-Porträt aus Elisabeths Besitz

52 »Rudolf im Nachthemd« (Arnulf Rainer, 1989) empfängt die ewig jugendliche Mama in Himmel.

Dem Begräbnis des einzigen Sohnes blieb Elisabeth fern. Einige Tage später verlangte sie jedoch nachts Einlass in die Kapuzinergruft und versuchte an Rudolfs Sarkophag, mit ihm Kontakt aufzunehmen. Sie habe wissen wollen, »ob er dort noch begraben sein wolle«. Valerie erkannte: »Mama wird wohl nie mehr die, die sie ehemals war; sie neidet Rudolf den Tod und ersehnt ihn Tag und Nacht.« Elisabeth selbst hielt ihre luxuriöse Menschenverachtung und Isolation in immer schwermütiger werdenden Zeilen fest:

> Nicht soll Titania unter Menschen gehen.
> In diese Welt, wo niemand sie versteht,
> Wo hunderttausend Gaffer sie umstehen,
> Neugierig flüsternd: »Seht, die Närrin, seht!«

Mitte der 1880er-Jahre war der Weg der Kaiserin in die innere Emigration schon deutlich spürbar. Für ihre Freundin Carmen Sylva im transsilvanischen Sinaia jedoch war und blieb sie »Titania«:

> Da wollten die Menschen ein Feenkind einpanzern, in die Qual der Etikette und der steifen, toten Formen, aber Feenkind lässt sich nicht einsperren, bändigen und knechten, Feenkind hat heimliche Flügel, die es immer ausbreitet und davonfliegt, wenn es die Welt unerträglich findet!

IX Der Kaiser und Katharina

Als Elisabeth 1887 in die Hermesvilla kam, um das neue Lainzer Domizil erstmals zu bewohnen, wusste sie, was zu erwarten war:

> Doch ist dies nicht wert des Lärmes;
> Glück lebt nur in Phantasien,
> Beiden sei darum verziehen;
> Denkt da draußen Schutzgott Hermes.

Viel öfter als auf die Kaiserin blickte der »Schutzgott« nämlich auf die »Seelenfreundin« herab, wie Sisi Frau Schratt bald nennen sollte. Die »beiden«, denen Hermes bzw. Elisabeth verzieh, waren die berühmte Wiener Hofschauspielerin Katharina Schratt, seit 1879 verheiratete Kiss von Ittebe, und Franz Joseph, der vereinsamte alte Kaiser.

Mit ihrem ungarischen Ehemann hatte Katharina einen Sohn, Anton. Da »die Charaktere (der Eheleute – Anm. M. L.) nicht harmonisierten« (Jean de Bourgoing), trennte sich das Paar bald, wurde aber nicht geschieden.

Elisabeth auf Brautschau

Erstmalig waren sich Katharina und ihr Kaiser 1883 begegnet, als sie in einer Audienz um Ertragsentschädigung für die nach der Revolution von 1848 konfiszierten ungarischen Güter der Familie ihres Ehemannes ersuchte. Dem Antrag war nicht entsprochen worden.

Auf dem Ball der Industrie, dem glanzvollsten aller öffentlichen Bälle in Wien, sollten sich Monarch und Schauspielerin 1885 wieder begegnen. Da Katharina Schratt Mitglied einer Hofbühne war, durfte sie an diesem Ereignis teilnehmen und wurde, was allen geladenen Gästen auffiel, vom Kaiser besonders lange ins Gespräch gezogen. Diese »Auszeichnung« einer ausführlichen Unterhaltung mochte die Auswahl der Künstler für eine Galavorstellung in Kremsier zu Ehren des Zarenpaares beeinflusst haben. In der tschechischen Stadt Kremsier (Kroměříž) traf im August 1885 Alexander III. von Russland samt 100-köpfigem Gefolge auf Franz Joseph mit Elisabeth und Rudolf. Angesichts der stetig wachsenden Konflikte auf dem Balkan sollte die österreichisch-russische Freundschaft demonstriert werden. Kaiserin und Kronprinz kritisierten die politische Zusammenkunft massiv und zweifelten an den Versprechungen des Zaren. Elisabeths Kommentar zu »Kremsier« fiel unmissverständlich aus:

53 Das Galadiner in Kremsier, 1885. Elisabeth spottete über den Zaren: »Ein grosses Tier aus Asias weitem Lande.«

> Ein ganzes Heer von decorierten Affen,
> Das gibt sich grinsend, schnatternd viel zu schaffen.
> In Frack und Uniform sind hier Makaken
> Mit Ordensband, voll Schnurren und voll Schnacken;
> Manch' Diplomaten-Eslein freut die Bande,
> Dem Doppelaar gereicht sie nur zur Schande.

Jedenfalls waren unter anderen Charlotte Wolter, Tragödiendarstellerin am Burgtheater, und Katharina Schratt »befohlen worden«, vor den Majestäten aufzutreten. Sogar der wortkarge Zar sprach Katharina an, als einzige der anwesenden Sänger und Schauspieler, da er sich an ihre Zeit am Deutschen Hoftheater in St. Petersburg erinnerte oder zumindest dahingehend gebrieft worden war. Franz Joseph beschwerte sich fortlaufend über Alexander, der Katharina Schratt 100 Rosen und eine sündhaft teure Brosche geschickt habe. Vielleicht fiel in Kremsier Elisabeths Wahl – denn es war definitiv ihre und nicht die des Kaisers – auf die junge Schauspielerin, um diese an ihrer statt als Lebensgefährtin für den Kaiser zu installieren. Der aufmerksamen Beobachterin war nicht entgangen, dass die »Natürlichkeit« und das »heitere Naturell« des Bühnentalents aus Baden bei Wien die Aufmerksamkeit (und die Eifersucht) ihres oft einsilbigen und unflexiblen Ehemannes auf sich hatte lenken können. Ganz plötzlich schlief dieser während der Vorstellungen auch nicht mehr ein.

Um die beiden unauffällig und unter Ausschluss der diversen Hofcliquen zusammenzubringen, hatte die Kaiserin eine Begegnung inszeniert, die einer Theaterexpertin würdig war, ein Meisterstück des Takts. Vermutlich war sie schon länger auf der Suche nach einer geeigneten Persönlichkeit gewesen, doch ging es ja nicht nur um eine Frau, die dem/zum Kaiser passte. Sisi musste vor allem nach Maßgabe der Sachzwänge vorgehen: Eine Aristokratin, zweifellos mit mehreren, wenn schon nicht vielen Funktionären der Regierung verwandt oder verschwägert, kam nicht infrage. Sofort wäre von Kamarilla und Nepotismus die Rede gewesen. Franz Joseph war immer ängstlich darauf bedacht, jeden leisesten Anschein, er sei in seinen Entscheidungen von »inoffiziellen« Personen beeinflusst, zu vermeiden. Daher zitierte Elisabeth während eines ihrer kurzen Aufenthalte in Wien die von ihrem Mann angeschwärmte Schauspielerin zu einer privaten Zusammenkunft in ihre Gemächer. Sie eröffnete der möglicherweise geschockten Kathi, dass sie sie ausersehen hatte, dem Kaiser eine angenehme

Gesellschafterin zu sein. Dem in Hofkreisen beliebten Porträtmaler Heinrich von Angeli erteilte Elisabeth nun den Auftrag, für Franz Joseph ein Bild als persönliches Geschenk zu malen. Es zeigt Katharina Schratt in all ihrer »wienerischen Gemütlichkeit«: Anfang dreißig, fröhlich, blond, mollig, unbeschwert von überflüssiger Tiefe. Kurz alles, was Elisabeth, »eine zu unbequeme Frau für Franz Joseph« (so Sisis Mutter Ludovika), nicht war und schon gar nicht sein wollte. Die Begegnung des Trios in Angelis Atelier ist vielfach fantasievoll ausgeschmückt worden. Man kann davon ausgehen, dass Franz Joseph sehr wohl von der Arbeit des Künstlers am Porträt der Schauspielerin wusste, aber doch überrascht war, dass das Modell auch leibhaftig dort anwesend war. Er hatte sich am 20. Mai 1886 bei Angeli angekündigt:

> Mit Erlaubnis der Kaiserin möchte ich morgen um 1 Uhr in Ihr Atelier kommen, um das Bild der Frau Schratt zu sehen, welches Sie in ihrem Auftrage für mich malen. (…)
> Franz Joseph

54 Heinrich von Angeli: Katharina Schratt, 1886

Und kurz darauf flatterte noch ein zweites Billett in Angelis Atelier: »Die Kaiserin wird in meiner Begleitung morgen um ½ 1 Uhr in Ihr Atelier kommen.«

Elisabeth war also mit von der Partie, um der Situation jede Zweideutigkeit zu nehmen. Später soll Angeli einem Schüler erzählt haben, dass Katharina Schratt beim Anblick des Kaiserpaares starr vor Schreck gewesen sei und nur »auf und davon« wollte. Dass sie sich, eingedenk des persönlichen Auftrags der Kaiserin, zusammengerissen hat, sollte schon bald ihr Schaden nicht sein. Denn Elisabeth hat das Bild bestimmt entzückt, erscheint die »liebe gute Freundin« doch in der Version von Angeli besonders rundlich und schelmisch und somit exakt passend für den Geschmack Franz Josephs. Sisi hatte nun ihre Schuldigkeit getan und der Weg war frei. Den Rest überließ sie der Aktrice und ihrem Mann. Drei Tage nachdem er der Bühnenkünstlerin bei Angeli die Hand geküsst hatte, erhielt diese ein erstes Schreiben des Kaisers. Es blieb das einzige, das er nicht mit seinem vollen Namen unterfertigt hat:

> Meine gnädige Frau,
> Ich bitte Sie, beifolgendes Andenken als Zeichen meines innigsten Dankes dafür anzunehmen, dass Sie sich der Mühe unterzogen haben, zu dem Angelischen Bilde zu sitzen. Nochmals muss ich wiederholen, dass ich mir nicht erlaubt hätte, dieses Opfer von Ihnen zu erbitten (…).
> Ihr ergebener Bewunderer.

Dem Schreiben war ein äußerst wertvoller Smaragdring beigelegt. Viele weitere edelste Schmuckstücke sollten folgen. Es war der Beginn einer 30 Jahre lang andauernden Beziehung zwischen Kaiser und Schauspielerin.

»Freundin der Kaiserin«

Das »Angelische« Gemälde fand rasch seinen Bestimmungsort in Franz Josephs neuem Arbeitszimmer in der Hermesvilla, wo es sich heute (wieder) befindet. Wahrscheinlich fühlte sich Elisabeth bald wie der Zauberlehrling, der die von ihm herbeigerufenen Dämonen nicht mehr loswurde:

> Aber in dem fernsten Zimmer,
> Reich geziert mit Boiserien;
> Liegt jetzt Ob'ron auf den Knien
> Starrend auf ein Bild noch immer,

Winkend aus dem goldnen Rahmen,
Lächeln ihm zwei blaue Sterne
Ach! Er hat sie nur zu gerne!
Flüstert leise ihren Namen.

Gross ist Oberons Entzücken,
Und das Bild ist gut getroffen;
Wohl thut ihn, gesteh'n wir's offen,
Nicht Titania draus beglücken.

So war nun jedem gedient. In einem Zimmer betete ein schüchterner Kaiser das Porträt einer mit allen Wassern gewaschenen Theaterdiva mit zahlreichen Liebhabern an, am anderen Ende des Ganges seine depressive Kaiserin ihr eigenes Bild. Die Wiener wussten ohnehin, dass Katharina Schratt Liebesangelegenheiten mit einer gewissen Großzügigkeit anging. Gerne erzählte man sich folgenden Witz: »Haben S' schon g'hört? Die Schratt ist narrisch worden!« – »Ja, wieso denn?« – »Sie hat dem Franz Joseph g'sagt, er ist der Erste!« Dem »Ischler Wochenblatt«, immer bestens im Bilde über alle kaiserlichen Aktivitäten, passierte diesbezüglich ein arges Malheur. Nach einem Ausflug Franz Josephs auf die Anhöhe der Hohen Schrott hieß es im Bericht der Zeitung: »Seine Majestät bestieg gestern in bester Verfassung die Hohe Schratt.« Elisabeth bediente sich im Sommer 1886 desselben Wortspiels:

Auf schmaler Felsenkante
Des hohen Berges Schneid'
(...)
Wo, meine Beine suchend,
Die Kupfernatter droht,
Da dachte ich mir fluchend:
»Zum Teufel Hohe Schrott!«

Offiziell konnte es Sisi wiederum nicht allen recht machen, pfiff sie doch auch in dieser Sache auf Konventionen und den viel bemühten »guten Ruf« des Hofes. Eine Palastdame hielt fest, dass man »der Kaiserin den freundschaftlichen Verkehr mit der Hofburgschauspielerin Katharina Schratt, die als des Kaisers Freundin gilt, vielfach verüble«. Von Anfang an war es Elisabeth gewesen, die trotz gelegentlicher Missstimmungen ihre schützende Hand über das von ihr angezettelte Verhältnis gehalten hatte. Nach ihrer Ermordung begann es zeitweise richtig schwer zu werden am Hof für Katharina. Sah sie sich doch vor allem als »Freundin der Kaiserin«. Oft besuchte Frau Schratt ganz unverdächtig Ida Ferenczy, die Vorleserin und Vertraute Elisabeths, sodass sich wie zufällig der Kaiser hinzugesellen konnte – und die beiden Damen ihre ungarische Konversation anderswo fortsetzten. Der Kaiser an Katharina Schratt:

> Bei Frau v. Ferenczy wird die Kaiserin Sie abholen, um Sie in unsere Wohnung zu führen. Wie freue ich mich, Ihnen mein Zimmer und das gewisse Fenster zu zeigen, auf das Sie so oft die Gnade hatten, Ihre Blicke von Außen zu richten.

Im Park der Hermesvilla gingen Kaiserin und »Komödiantin« ungeniert miteinander spazieren, auch zu Déjeuners und Diners lud Elisabeth die »Freundin« wiederholt nach Lainz ein. Kammerdiener Ketterl über Elisabeths Wohlwollen: »Die beiden Damen unterhielten sich prächtig miteinander, küssten sich wiederholt.«

Bestimmt war Elisabeth der Freundin oft dankbar für ihre Hilfe und ihre beständige Anwesenheit in familiären Situationen, die die Kaiserin überforderten. Doch konnte sie ihre Boshaftigkeit nicht im Zaum halten und machte sich über die ununterbrochenen und nur selten von Erfolg gekrönten Versuche der Schratt, ihr ähnlich zu sein, lustig:

> Dein dicker Engel kommt ja schon
> Im Sommer mit den Rosen.

Gedulde Dich, mein Oberon!
Und mach nicht solche Chosen!

(…)
Sie macht sich mit Cognac die Haare naß
Und lernt am Ende noch reiten.

Sie schnürt den Bauch sich ins Korsett,
dass alle Fugen krachen,
hält sich gerade wie ein Brett
und äfft noch andere Sachen.
(…)
dünkt sie sich gleich Titanien,
die arme dicke Schratt.

Das hauptsächliche gemeinsame Interesse von Schauspielerin und Kaiserin waren neumodische Diäten und Kuren aller Art – ein Thema, für das sich die dralle Schratt umso mehr begeistern konnte, seit sie Elisabeth kennengelernt hatte. Dem Kaiser gingen beide Frauen damit gewaltig auf die Nerven. Sogar am Höhepunkt politischer Krisen sah sich der Herrscher über 40 Millionen Untertanen gezwungen, an seine Frau zu schreiben: »Die Freundin ist verzweifelt, weil sie in den letzten Monaten sechs Kilo zugenommen hat. Sie hat angefangen radzufahren, um abzunehmen, aber bis jetzt war das einzige Resultat ein Sturz (…).« Elisabeth an Franz Joseph: »Vergesse nicht, mir zu berichten, ob das radeln die Freundin wirklich entfettet.« Erzherzogin Gisela, die ältere Tochter von Kaiser und Kaiserin, wollte vom Vater wissen, was denn Katharina Schratt beim Radfahren trage … Jedenfalls noch keine Hose, wie manch fortschrittliche Radlerin, die nicht so sehr unter öffentlicher Beobachtung stand wie Freundin und Erzherzogin. Schließlich seufzte Franz Joseph nur noch: »Das Bicyclefahren ist eine wahre Epidemie!« Frauenrechtlerin Rosa Mayreder sollte bald feststellen: »Das Rad hat mehr für die Emanzipation getan als alle Frauenbewegungen zusammen.«

Aus dem Kurort Karlsbad heiterte die Freundin ihren überanstrengten kaiserlichen Gefährten folgendermaßen auf: »Ich leide anscheinend unter ›galoppierender Fettsucht‹.« Selbstverständlich wurde dieses Bonmot Sisi hinterbracht, die ab sofort von »galoppierender Fettsucht« sprach, sooft sie ein Gramm zugenommen hatte. Wie Elisabeth probierte auch die Schratt alle modernen Reformangebote aus, so auch im Jahr 1895 die »Sonnenäther-Kur«. Franz Joseph berichtete seiner daran höchst interessierten Ehefrau: »Sie hat die erste Nacht bereits unter der Ampel geschlafen – und zwar recht gut.«

Die Liaison Kaiser – Schratt war beinahe offiziell und gehörte zum Wiener Alltag. Schratts Vorgängerin Anna Nahowski, mit der Franz Joseph fast 14 Jahre eine Beziehung und eventuell auch Kinder hatte (Helene, die später den Komponisten Alban Berg heiratete, soll Tochter des Kaisers gewesen sein), hörte es »beim Greißler, Fleischhauer, in jedem Gesellschaftswagen.« Sie

55 Die »arme, dicke Schratt«, um 1870

klagte: »Die Schauspieler vom Burgtheater erzählen es ungeniert.« Es war immer klar gewesen, worauf sich die Besuche bei Anna beschränkten: »Wissen Sie was, wenn Sie mich lieb haben, erwarten Sie mich im Bett«, hatte der Kaiser von der 16-Jährigen gefordert, und zwar zwischen vier und sechs Uhr früh. Nachdem Elisabeth ihm die Schratt vermittelt hatte, beendete Franz Joseph nach einigen lahmen Ausreden wie: »Frau Schratt ist eine sehr anständige Frau und (…) es ist nichts wie Freundschaft« die Beziehung zu Anna Nahowski Ende Dezember 1888. Eine großzügige Abfindung versüßte der Ex-Geliebten den Abschiedsschmerz: 200 000 Gulden,

»*Freundin der Kaiserin*« | **169**

eine Villa, ein Sommerhaus in der Steiermark. Ganz ohne Gegenleistung gab es das nicht, Anna musste ein Revers unterschreiben: »Ferner schwöre ich, dass ich über die Begegnung mit Seiner Majestät jederzeit schweigen werde.« Außerdem bewies der Kaiser wenig Gespür, was seine alten und neuen Geliebten anging, da sich Annas und Katharinas Villen ganz in der Nähe von Schönbrunn befanden und gelegentliche peinliche Begegnungen unvermeidbar waren. Um die »wütende und eifersüchtige« Ex (Friedrich Weissensteiner) zu beruhigen, benutzte Franz Joseph bald nur noch jenen Eingang, der von der »Villa Nahowski« in der Maxingstraße aus nicht eingesehen werden konnte.

Die Frage, ob und wie weit Elisabeth über die Angelegenheit Anna Nahowski Kenntnisse hatte, muss unbeantwortet bleiben. Es ist trotz fehlender Informationen schwer vorstellbar, dass sie gar nichts mitbekommen hat, vor allem über einen derart langen Zeitraum. Interessiert hätte es sie vermutlich ohnehin kaum:

> Was Ob'ron treibt, das kümmert nicht Titanien,
> Ihr Grundsatz ist: Einander nicht genieren.

»It-Girls« zu Kaisers Zeiten

»Von Ihren finanziellen Talenten bin ich nicht ganz überzeugt«, schrieb Franz Joseph an Katharina Schratt und kam spendabel für ihre teuren Toiletten und grenzenlosen Spielschulden auf. Die krankhaft Spielsüchtige verbrachte alljährlich mehrere Wochen in Monte Carlo und verspielte dort wahre Unmengen aus dem kaiserlichen Etat. Zweifellos lebte die Schauspielerin über ihre Verhältnisse, doch war es an jedem Theater gang und gäbe, dass Frauengagen weit unter denen der Männer lagen. Noch dazu gab es ein Überangebot an weiblichen Darstellern, da viele Mädchen vom Land und aus der städtischen Unterschicht diesen glamourösen Beruf anstrebten, um rasch zu Geld zu kommen. Dieses Ansinnen erwies sich in fast allen Fällen als fataler Irrtum. Allein die Kostüme nahmen einen Großteil des Lohnes in Anspruch. Teure Bühnenkleider mussten von den Schauspielerinnen selbst angeschafft werden und wurden nicht vom jeweiligen Theater bereitgestellt. Je auffälliger und modischer die Bühnengarderobe war, desto bekannter wurde deren Trägerin: Schon für ein einfaches Lustspiel benötigte eine junge Schauspielerin drei bis vier Kostüme, »alles nach neuestem Schnitt, aus guten Stoffen mit reichen Besätzen, Spitze & Garnierung«. Die Bühnen waren die Catwalks des 19. Jahrhunderts und die Schauspielerinnen hatten die Funktion heutiger Models. In den Logen saßen die reichen Society-Damen und beobachteten mit dem Opernglas detailgenau die modischen Extravaganzen der Schauspielerinnen, die als Modeikonen ihrer Zeit wahrgenommen wurden. Theaterkleider und -accessoires wurden in den Zeitungen präzise beschrieben. Bei der Schratt bezog sich dies vor allem auf exaltierte Hüte, sie soll sogar einmal – nach Pariser Vorbild – einen lebenden Papagei in einem Käfig auf dem Hut getragen haben. Theaterdirektoren empfahlen jungen Schauspielerinnen, ihre Garderobe nicht von der Gage zu bezahlen, sondern sich einen vermögenden Liebhaber zu nehmen. Eine ältere Schauspielerin stand vor dem Nichts, wenn sie es auf dem Theaterzettel nie nach oben geschafft hatte, wenn sie aufgrund häufiger Ortswechsel, was in diesem Beruf üblich war, keinen reichen Gönner gefunden hatte oder halten hatte können bzw. wenn sie über keine Ersparnisse verfügte und in keinen privaten Pensionsfonds eingezahlt hatte.

Die Schratt bekam vom Kaiser eine jährliche Apanage von 30 000 Gulden, damit konnte sie sich etwas mehr leisten als »die Kosten Ihrer Toiletten« (Franz Joseph). Zusätzlich besaß sie bald eine der wertvollsten Schmucksammlungen der gesamten Monarchie – fast ausschließlich Geschenke des verliebten Kaisers, zahllose Möbel und die »Villa Felicitas«, eine Art üppiges Chalet in Ischl nahe der Kaiservilla. Der Monarch überschlug sich geradezu: »Daß ich Sie anbete, wissen Sie gewiss oder fühlen es wenigstens, und dieses

56 Katharina Schratt in ihrer Hietzinger Villa, um 1900

Gefühl ist auch bei mir in steter Zunahme, seit ich so glücklich bin, Sie zu kennen.« Fast jeden Tag besuchte er seine Freundin in der Hietzinger »Schratt-Villa« (Gloriettegasse 9, 1130 Wien). Doch sie selbst hätte das prunkvolle Haus am liebsten weggegeben.

Katharina schrieb: »Du! Du! Lieb, fürchterlich lieb hab ich Dich!« Freilich galt diese Ansage nicht Franz Joseph, sondern ihrem Berufskollegen Viktor Kutschera, dem die Wiener Damenwelt ohnehin schon zu Füßen lag und mit dem die Schratt gemeinsam auf der Bühne stand. Er als Franz I. Stephan von Lothringen und sie, die Geliebte des Kaisers, als Maria Theresia. Es folgte einer der großen Wiener Theaterskandale. Karl Kraus bezeichnete die Aufführung des Dramas von Franz von Schönthan, »Die Kaiserin«, in seiner »Fackel« als »Gipfel der Geschmacklosigkeit«, deren einzige Aufgabe es sei, »die leeren Kassen eines Geschäftstheaters zu füllen«. Schratt hingegen war bereit, für Viktor Kutschera »alles, was mir gehört, Geld, Schmuck (…) alles Deiner Frau zu schenken – sie soll nach Hietzing ziehen, soll auch Alles mitnehmen, was ihr gehört (Dich aber nicht) und ich komm zu Dir, das wäre das Richtige und Beste«.

Dem eifersüchtigen Franz Joseph dürfte diese große Liebe seiner »gnädigen Frau« entgangen sein, da er sich zu sehr auf ihre anderen »Nebenbeziehungen« konzentrierte, wie auf jene mit dem illustren, fast zwei Meter großen Grafen Hans Wilczek, der die historistische Burg Kreuzenstein nahe Wien errichten ließ und als großer Förderer der Forschung und der Künst(l)e(r) bekannt war. Wilczek unterstützte die Österreichisch-Ungarische Nordpol-Expedition von Julius Payer und Karl Weyprecht und war Mitinitiator des riesigen »Makart-Festzugs« zur Silberhochzeit des Kaiserpaares. »Katherl, wie gut warst du in der Nacht für mich – wie noch nie – ich fühle deine Hand – sie hat ja meinen ganzen Leib berührt, ich fühle deine Küsse, so warm, so heiß ...« ließ der Graf die Schauspielerin wissen. Diese dürften ähnliche Sorgen geplagt haben wie Tony Curtis im Filmklamauk-Klassiker »Boeing-Boeing« (1965): Als Auslandskorrespondent in Paris ist Curtis mit drei Stewardessen gleichzeitig verlobt und versucht, sein Leben nach den Flugplänen der Freundinnen zu gestalten ... Kathi Schratt war verheiratet, erfolgreich im Beruf und hatte zahlreiche Gefährten, Bewunderer und Verehrer, darunter viel beschäftigte Männer wie einen Kaiser und einen König. Der bulgarische König Ferdinand I., von Franz Joseph nur verächtlich »der Bulgare« genannt, war ein ausgesprochener Theaternarr. Er ließ keine Gelegenheit aus, nach Wien zu reisen, um dort seine geliebte Kathi zu treffen. Vor ihrer Ehe war die Schratt angeblich mit Alexander Girardi verlobt gewesen, der sie jedoch betrog, und so hatte sie sich trotzig für den Diplomaten Nikolaus von Kiss entschieden.

Es gab so vieles, was der alte Kaiser Franz Joseph missbilligte. Bühnenküsse, von denen er befürchtete, sie seien mehr als nur gespielt; oder Minister und Hofräte, die Fans der Schratt waren und ihr den Hof machten: »Daß Sie (den preußischen Gesandten Philipp, Anm.) Graf Eulenburg dreimal gesehen haben, ist nach meinem Geschmacke zu oft.« Unzufrieden beäugte der Kaiser auch Schauspielkolleginnen, die er eines zweifelhaften Lebenswandels verdächtigte und die gemeinsam mit der Freundin im selben Stück auftraten, das noch dazu vom Spötter Johann Nestroy stammte, der zu Lebzeiten wegen seiner politischen Satiren mehr als ein Mal aus dem Hoftheater verbannt worden war:

Als Katharina gemeinsam mit Ilka von Palmay im »Lumpazivagabundus« zu sehen war, maulte Franz Joseph: »Es will mir nicht in den Kopf hinein, dass Sie den Knieriem spielen und mit der Palmay.« Der ungarischen Soubrette Palmay wurde eine »lockere Moral« nachgesagt, sie spielte Hosenrollen, es gab nicht wenige – für damalige Begriffe – »aufreizende« Fotos von ihr; kurz gesagt, wie viele Schauspielerinnen und Sängerinnen war sie sehr umschwärmt und heiratete – auch ganz typisch – einen Aristokraten, Eugen Kinsky. Die nächste Verwandtschaft des Kaisers, zum Beispiel der »schöne Erzherzog« Otto, Bruder des in Sarajewo erschossenen Thronfolgers Franz Ferdinand und Vater des letzten und seligen Kaisers Karl, hatte Beziehungen zu mindestens drei Theaterdamen. Er erfreute sich besonderer Popularität, galt als fröhlicher, toller (Sauf-)Kumpan, dem die Herzen des Volkes entgegenschlugen. Von moralischen Skrupeln war er weitgehend frei. Zahlreiche »Streiche« sind von ihm überliefert. Eines Nachts soll er nur mit Handschuhen, Offizierskappe und umgeschnalltem Degen »bekleidet« auf der Treppe des Restaurants im Hotel »Sacher« gestanden sein, stockbetrunken und laut lallend, er habe nachsehen wollen, »ob unten Kameraden seien«. Die Gräfin Ilka Kinsky schilderte Ottos Avancen in ihren Memoiren: »Er tat das zumeist in der Weise, dass er sich mit beiden Ellenbogen auf die Logenbrüstung stützte, das Opernglas zwischen beide Hände nahm und mir darunter weg mit dem kleinen Finger Kusshände zuwarf.«

Mit der Tänzerin Marie Schleinzer hatte Otto, genannt übrigens »Bolla«, sogar zwei Kinder. Später holte er die 22-jährige Louise Robinson vom Carl-Theater und machte sie zu seiner Haushälterin auf Schloss Schönau. Auch Louise wurde Mutter von zwei erzherzoglichen Kindern.

Arbeitete man als Frau »bei dieser oder jener Bühne«, stand man nur wenig über einer Prostituierten, was nicht zuletzt mit einem gewissen Grad an selbstbestimmtem Leben zusammenhing. Unverheiratete Schauspielerinnen verdienten ihr eigenes Geld und waren keinem Mann unterstellt. Ein solches Dasein war – nach bürgerlichen Maßstäben – für Frauen nicht akzeptabel. Viele Schauspielerinnen, Sängerinnen oder Tänzerinnen gaben nach der Hochzeit ihren Beruf auf, meist auf Wunsch der Ehemänner.

Während der Großteil der Frauen in den unzähligen Etablissements in Wien als »leichte Beute« galt, rissen sich die wohlhabenden Männer aus Adel und Großbürgertum darum, besonders attraktive, erfolgreiche Künstlerinnen als Freundinnen zu versorgen oder praktisch von der Bühne wegzuheiraten. Der Maler Hans Makart war da keine Ausnahme, er eiferte den Aristokraten und »Nouveaux Riches« nach und heiratete in zweiter Ehe die Hofopernballerina Bertha Linda, so ihr Künstlername. Geboren worden war sie am Schottenfeld als Bertha Babitsch. Schon kurz nachdem die recht geheim gehaltene Hochzeit bekannt geworden war, warf man ihr sogenannte Schönheitstänze vor, die sie von Berlin bis Kairo gezeigt hätte. Mit diesem Begriff wurden Nackttanzdarbietungen euphemistisch umschrieben. Da die Beschimpfungen à la »leichtgeschürzte Theaterprinzessin« kein Ende nahmen, verließ Bertha Makart wenige Wochen nach dem Tod ihres Mannes sein Atelier in der Gusshausstraße, heiratete noch zweimal und starb 1928 im 79. Lebensjahr.

Die große Tragödiendiva Charlotte Wolter kam nicht nur aus Köln, sondern auch aus kleinsten Verhältnissen. Nach ihrem Aufstieg in Wien vernichtete sie alle Erinnerungen an ihre Herkunft und schaffte spielend das ersehnte Adelsprädikat. Sie heiratete einen sehr vermögenden schottischen Adeligen und wurde, wie es sich für eine Frau ihres Ranges gehörte, eine Gräfin O'Sullivan de Grass. Als »Feodora« trug sie Bühnenkleider im Wert von 12 000 Gulden. Kaiserin Elisabeth entpuppte sich als »Wolterianierin« – so nannten sich die Anhänger der speziellen Wolter'schen Schauspielkunst. In Kremsier hatte sie die Aufgabe übernommen, Zar und Zarin mit der Wolter bekannt zu machen: »Das ist Charlotte Wolter. Gräfinnen gibt es genug. Wolter nur eine.«

In diesem Umfeld nimmt es doch ein wenig Wunder, dass Kronprinz Rudolf die Liaison seines Vaters mit Katharina Schratt »merkwürdig« gefunden haben soll. Schon seltsam. Es war in der ganzen Reichshaupt- und Residenzstadt und vermutlich in der gesamten Monarchie bekannt, dass die erste Geliebte des noch sehr jungen Rudolf eine Frau vom Theater gewesen war, Johanna Buska, die wie viele Schauspielkolleginnen vom Malerstar Makart verewigt worden war. Solche Frauen nannte man, ihren Aufgaben entsprechend, »Einlernerinnen«. Buska heiratete noch während ihrer Beziehung mit Rudolf und aller Wahrscheinlichkeit nach auf allerhöchsten Befehl einen ungarischen Aristokraten und bekam gleich nach der Hochzeit einen Sohn. Die Mutter war 22, der »Vater«, der wohl nur der Bräutigam war, 70.

Während Cousin Otto den Balletteusen nachstellte und die wahre Kaiserin von Österreich von der Bühne kam, besuchte Rudolf bis zu seinem Tod die fesche Grazerin Mizzi Caspar. Man bezeichnete sie gern als »Soubrette«, was schon einiges über den gesellschaftlichen Status der tatsächlichen Soubretten aussagt. Auf überlieferten Fotos von Caspar steht manchmal die »Berufsbezeichnung« »Cocote«. Sie selbst nannte sich Hausbesitzerin, was stimmte. In Wien ging man davon aus, dass sie eine »Edelhure« war.

In der zweiten Hälfte des 19. Jahrhunderts gehörten Prostituierte zum fixen Bestandteil aller Zentren größerer Städte. Sexarbeit, venerische Krankheiten, Zeitungsseiten voller Inserate für allwissende »Wunderdoktoren« und ominöse angebliche Heilmittel zur Selbstmedikation von Tripper bis Syphilis, all dies breitete sich mit rasanter Geschwindigkeit gerade auch in Wien aus. Weder vorher noch nachher war der Anblick käuflicher Frauen in der Stadt so »normal«, so alltäglich und so selbstverständlich wie zur Ringstraßenzeit. Die Präsenz der Prostituierten als integrales Element des öffentlichen Lebens ging auf das logische Resultat von Angebot und Nachfrage zurück. Bürgerliche Ehefrauen wurden von Männern oft als »Haushaltsnonnen« (Bram Dijkstra) wahrgenommen, ähnlich zart-empfindlichen »Besitztümern«, die einer besonderen Behandlung bedurften. Da sie als Frauen keinerlei Bedürfnisse äußern durften, die als »unschicklich« galten, mutierten sie nicht selten zu sexuell frustrierten seelenlosen Geschöpfen und flüchteten sich in Krankheiten aller Art. Bis sehr weit ins 19. Jahrhundert hinein war das psychische Leben von Frauen eine unbekannte Größe, vollständig tabuisiert oder als nicht existent verleugnet. Der Zwang, sich unterzuordnen und soziale Verhaltensmuster der Passivität zu befolgen, galt für Frauen aus sämtlichen Gesellschaftsschichten. Proletarierinnen waren infolge der wirtschaftlichen Ausbeutung, der niedrigen Löhne, der zahlreichen Kinder etc. vielfach gezwungen, sich zu prostituieren. Sie galten als »immer verfügbare anspruchslose Ware«, die die Straßen und Plätze der Metropolen in scheinbar endloser Zahl bevölkerte. Es versteht sich von selbst, dass ein Aufstieg in die Klasse einer Mizzi Caspar nur den allerwenigsten gelingen konnte.

Zur Hausbesitzerin wurde diese dank ihres besten Kunden, des Kronprinzen, der ihr ein dreistöckiges Gebäude in der Wiener Heumühlgasse schenkte, nebst reichlich Schmuck und Bargeld. Mizzi war jene Frau, mit der sich Rudolf beim Husarentempel in der Nähe von Mödling erschießen wollte. Sie lehnte jedoch ab und kam brav ihrer Staatsbürgerinnenpflicht nach, indem sie mit ihren Informationen zum Polizeipräsidenten Franz von Krauß lief, dem diese Pläne vermutlich nur recht waren. Jedenfalls unternahm er nichts, sondern wartete seelenruhig darauf, dass der »Darwinist, Judenfreund, Antiklerikale und Verräter« seine Ankündigung in die Tat umsetzte. Die letzte Nacht vor Mayerling verbrachte Rudolf bei Mizzi, die danach völlig zurückgezogen lebte, keine wie immer gearteten Schriftstücke hinterließ und bereits 1907 an Syphilis starb – ein letztes Andenken an den toten Kronprinzen.

Schönheitsköniginnen

Eine Erzieherin von Marie Valerie sagte nach einem Besuch auf dem Landsitz der Großeltern ihres Schützlings: »Die Prinzessinnen von Possenhofen sind alle wie die Frauen aus der demimonde!« Und Marie Festetics, Hofdame Elisabeths, sekundierte: »Alle Schwestern wollen Sisi ähnlich sein: Gestalt – Schleier – Frisur – Toilette – Gewohnheit – man weiß nie, ›Welche von welcher‹!« Schon mit der Wahl der Schratt hatte Elisabeth eindeutig klar gemacht: Sie hatte keine Berührungsängste mit den »Frauen aus der demi-monde«, zu der nicht nur die »Grandes Horizontales« à la Cora Pearl oder La Païva zählten, sondern eben auch große weibliche Namen des Theaters. Im rumänischen Sinaia überraschte die Kaiserin ihre Gastgeberin Carmen Sylva gleich beim ersten Diner: »Ich habe nicht meine Friseurin mitgebracht, sondern die von meinen Schwestern.« Als Carmen Sylva sie fragend ansah, »fuhr sie in demselben Tone fort: ›Von den Königinnen und Prinzessinnen von der Bühne!‹« Die Königin von Rumänien »hätte gern hell aufgelacht vor Freude, dass sie ihre Stellung von der Seite ansah und auf das Äußere derselben so wenig gab«. Die beiden Frauen hatten einiges gemeinsam. In ihr Tagebuch schrieb Carmen Sylva: »Die republikanische Staatsform ist die einzig rationelle; ich begreife immer die törichten Völker nicht, dass sie uns noch dulden.«

Längst hatten bürgerliche Formen die aristokratische Hochkultur infiltriert. Die Stars kamen von der Bühne und aus den Schlafzimmern. Viele Spiegel – wie in der Oper, den Anprobesalons der Couturiers oder im Theater, aber nicht zuletzt auch im noblen Bordell –, Modejournale und Titelkupfer von billigen Taschenbüchern beeinflussten Massengeschmack und Schönheitsideal. Queen Victoria ließ sich mit halbgeöffnetem Mund und sehnsüchtig-verhangenem Blick darstellen, und zwar vom europäischen »Königinnenmaler Nr. 1«, Franz Xaver Winterhalter. Dieser malte auch Frankreichs Modepuppe Eugénie sowie drei Porträts der Konkurrentin Elisabeth von Österreich. Sisi setzte darin die neuen Vorstellungen plakativ um. In ihrem weißen Bühnenkleid mit Sternenapplikationen erstrahlt sie wie ein Star, eine romantische Vision in hellem Licht. Man könnte über dieses Bild dasselbe sagen wie über eines von Eugénie: dass es keine Monarchin darstelle, sondern eine Schauspielerin, »eine Kaiserin der Kurorte, vielleicht von Baden-Baden. Wenn man so will: eine Marie Antoinette vom Bal Mabille.« Elisabeth trägt keine Krone, auch andere Insignien ihrer Stellung als Kaiserin von Österreich sind nirgends zu sehen. Die Sterne weisen eher symbolisch auf Elisabeths Lieblingsfigur hin: Titania, eine Königin der Feen, eine Königin der Nacht. Der giftige Oleander ziert die Säule im Hintergrund. Ein Schatten – oder die Nacht selber? – verdunkelt den oberen Bildrand. Ein zweiter Schatten fällt auf die märchenhafte Robe der Ballkönigin, und noch ein weiterer droht vom linken unteren Bildrand. Derartige Effekte waren dem zeitgenössischen Theater entliehen. Makart sollte die dramatischen Ausleuchtungen etwa 20 Jahre später zur Perfektion bringen. Die dargestellte Person scheint »in höhere Sphären« entrückt. Ein Korrektiv erhielt das Bildnis lediglich durch sein Gegenstück, ein traditionelles männliches Uniformporträt von Franz Joseph. Erst der zugehörige Ehemann ließ wissen, dass es sich bei der dargestellten »Fantasiefigur« in Weiß um eine Kaiserin handelte. Der Kunsthistoriker Rudolf Eitelberger kritisierte die um sich greifende Mode, »Bühnenkunst und Portraitkunst« zu vermischen, als »Unarten des Komödiantenwesens«.

Nicht umsonst finden sich in den »Schönheitengalerien« seit dem 18. Jahrhundert neben den Aristokratinnen auch Schauspielerinnen und Sängerinnen. Sisi selbst übernahm diese »Idee einer klassenüberschreitenden demokratischen Schönheitskonzeption« (Gabriela Christen) in ihrer Fotosammlung mit Abbildungen schöner Frauen verschiedenster Herkunft: Es befanden sich nicht wenige Damen darunter, über die man am Wiener Hof bestenfalls die Nase gerümpft hätte, Kurtisanen, Tänzerinnen, Models (damals »Probierfräulein« genannt). Das Theater war der einzige Ort, an dem sich Frauen in ihrer Schönheit präsentieren konnten – Elisabeth kehrte ihre Herrscherinnenrolle um und inszenierte sich im Porträt von Winterhalter als Schönheitskönigin. Sogar ihre Robe hatte sie einer Kurtisane entlehnt: Mehrere Jahre zuvor trug die Ita-

57 Virginia Oldoini, Contessa di Castiglione, in Worth als »Königin der Nacht«, 1858

lienerin Virginia Oldoini als »Königin der Nacht« ein schwarzes Sternenkleid, vom selben Modemacher. Als Contessa di Castiglione war sie berühmt, damals als Mätresse Napoleons III., heute vor allem als Fotomodell in der Frühgeschichte der Fotografie und als Mitarbeiterin des Fotografen Pierre-Louis Pierson. Große Aufmerksamkeit erregten Fotostudien ihrer Füße und Beine.

Elisabeth nahm im invertierten Kleid der Kokotte ihr Verschwinden schon vorweg. Das Bühnenlicht war schnell gelöscht, der Schatten auf dem weißen Kleid kündet bereits von der flüchtigen Sichtbarkeit der unwirklichen Märchenfigur vor dem Einbrechen der Dunkelheit. Bald wird der Vorhang in Gestalt eines Schleiers fallen. Nach dem spektakulären Auftritt, den Winterhalter und Worth, der Designer des berühmten Kleides, der auch für die Outfits von Eugénie, Virginia Oldoini und aller zahlungskräftigen Zeitgenossinnen zwischen Thron, Bett und Bühne verantwortlich zeichnete, ihr verschafft hatten, entzog sich die Kaiserin den gierigen Blicken der »Gaffer«. Später wird sie schreiben:

> Es tritt die Galle mir fast aus,
> Wenn sie mich so fixieren;
> Ich kröch' gern in ein Schneckenhaus
> Und könnt' vor Wut krepieren.

Gewahr' ich gar ein Opernglas
Tückisch auf mich gerichtet,
Am liebsten sähe ich gleich das,
Samt der Person vernichtet.

Am Dramatiker William Shakespeare schätzte die Kaiserin unter anderem sein Statement, dass »unser ganzes Leben nur ein Theaterspiel« sei. »Wir spielen uns immer selbst. Das Spiel auf der Bühne ist ein Theaterspiel unseres Theaterspiels. (...) Je ferner wir uns selbst werden, desto tiefer sehen wir in uns.« Entschied sie sich deswegen für Katharina Schratt als würdige Nachfolgerin? Eine Schauspielerin als Kaiserin? So blieb doch eigentlich alles beim Alten ...

Es war Katharina Schratt, die im Beisein Elisabeths allen Mut zusammennahm und Franz Joseph vom Tod seines Sohnes in Kenntnis setzte. Danach verschwand die Kaiserin mit ihrer ungarischen Hofdame Ida Ferenczy. Sie überließ das Trümmerfeld der »Freundin«. Ein Mitglied der ungarischen Kondolenzdeputation beschrieb später die Haltung der nach außen hin starken Kaiserin, die sich nicht in der Lage sah, gemeinsam mit ihrem Mann zu trauern, sondern diese schwierige Pflicht der von ihr eingesetzten Geliebten übertragen hatte: »Wir erschauerten vor der Grabesruhe der Königin und dem Ausdruck ihres Auges. Es ist nicht möglich, im Unglück adliger zu sein (...).«

Nach 1898 schien es, als ob Kaiser Franz Joseph, nachdem er

58 Elisabeth mit Schleier, 1862

Schönheitsköniginnen

Sohn und Ehefrau verloren hatte, nun auch seines letzten Sozialkontaktes verlustig gehen sollte. Die Patronanz Elisabeths, unter der die Freundschaft mit der Schauspielerin gedeihen hatte können, war dahin. Katharina Schratts Position bei Hof wurde unhaltbar. Marie Valerie, die »die Person« ohnehin nie akzeptiert und nur der Mutter zuliebe gute Miene zum bösen Spiel gemacht hatte, zog sich zurück. Sie war keineswegs bereit, nun Sisis Stelle einzunehmen und Katharina Schratt zu »chaperonieren«. Noch im September 1898 vertraute sie ihrem Tagebuch an:»Mit Angst denke ich oft an Mamas mir gegenüber oft ausgesprochenen Wunsch, wenn sie sterbe, solle Papa die Schratt heiraten (…) aber mitzuhelfen, finde ich nicht meine Pflicht.«

Schon früher hatte Valerie beklagt, dass die Schratt zwischen ihren Eltern stünde und wie falsch doch Elisabeth gehandelt habe, als sie die Beziehung der »beiden« so gefördert und unterstützt hatte. Katharina Schratt spürte den eisigen Wind, der ihr neuerdings entgegenwehte, und wollte ihre Freundschaft mit dem Kaiser beenden. Sie wähnte sich in einer peinlichen Situation, durchaus verständlich für eine Frau in ihrer Lage Ende des 19. Jahrhunderts. Von vielen wurde der zu erwartende tiefe Fall der Schauspielerin mit Häme herbeigesehnt. Sorgen um das Ansehen des Kaisers, Befürchtungen, die Schratt würde ihre bevorzugte Position ausnutzen, simple Eifersucht und Ähnliches führten zu einer Stimmungsmache gegen die »Freundin«. Sie, die in den fashionablen Kurorten schon als »Kaiserin Nummer 2« gegolten hatte, da sie alle Mätzchen Elisabeths getreulich imitierte, wurde auch in diesem Fall eine würdige Nachfolgerin. Sie ging lange auf Reisen und ließ Franz Joseph allein zurück.

Rudolf von Liechtenstein, seit 1896 als Obersthofmeister Erster Mann am Hof, versuchte nun zu retten, was zu retten war. Nach eigener Aussage war er »gern in der Nähe des Kaisers, nicht aus Patriotismus, sondern aus menschlicher Zuneigung«. Und auch der »gnädigen Frau« gegenüber verhielt er sich vorurteilsfrei, im Gegensatz zu vielen anderen Entscheidungsträgern in Franz

59 Telegramm von Katharina Schratt an Franz Joseph, nicht datiert

Josephs nächster Umgebung. Der Prinz ergriff also die Initiative und versuchte, die Differenzen zwischen Kaiser und Schratt zu bereinigen. Er fragte die Kammerdiener über den persönlichen Zustand des Witwers aus und schrieb der Schratt sogar Briefe vertraulichen Inhalts: »Seine Majestät ist desparat (…). Mir ist so bange vor dem Winter bei dem öden Leben noch die einzige Zerstreuung verlieren.« Auch die widerstrebende Valerie wollte er aktivieren, um »Papa die in Sachen Schratt stets wiederkehrenden Aufregungen zu ersparen«. Ständig wechselte er zwischen den dreien hin und her, verhandelte mit der Tochter des Kaisers, beschwor die Freundin des Kaisers, diesen doch bitte wieder zu kontaktieren, und informierte zwischendurch den Kaiser selbst über Zwischenerfolge. Es sollte ein bisschen dauern, doch endlich lud Kathi wieder zu Kaffee, Kipferl und Kuchen. Um Klatsch hintanzuhalten, verkehrte der Prinz als hoher Vertreter der Aristokratie offen und für alle Hofsnobs ersichtlich als gern gesehener Gast in der Hietzinger Schratt-Villa. Auch offiziell stellte er sich, wenn es sich denn als notwendig erweisen sollte, zum Beispiel wenn die

Schratt wieder eine längere Reise androhte, stets hinter das Pärchen und nannte jene, die schlecht darüber dachten, »oberflächliche, schablonenhafte Denker. Jeder, wie er kann.« Bertha Zuckerkandl, die Tochter des Zeitungsinhabers Moritz Szeps, mit dem Rudolf zusammengearbeitet hatte, war eine bekannte Chronistin ihrer Zeit und führte einen Salon in Döbling, den die Wiener Crème de la Crème von Gustav Klimt bis Max Reinhardt gerne bevölkerte. Hier lernten sich Alma Schindler und Gustav Mahler kennen. Über Katharina Schratt schrieb die Journalistin Zuckerkandl:

> Der Hof, die Bürokratie, die Aristokratie und selbst fremde Monarchen, die den Kaiser besuchten, umschwärmten dessen Freundin. Aber sie ließ sich nicht den Kopf verdrehen. Es machte ihr keinen besonderen Eindruck, sozusagen eine offizielle Persönlichkeit zu sein. Sie blieb, wie sie gewesen war, freimütig, urwüchsig, eigensinnig, Freunden gegenüber gütig und hilfreich; gegen Menschen, die sie nicht mochte, ungerecht; freigebig bis zur Verschwendung ... oft launenhaft und unberechenbar. Sie war das Urbild des Weiblichen.

Georg Markus ließ 1982 mit der Neuigkeit aufhorchen, Franz Joseph und Katharina Schratt hätten nach dem Tod ihres Mannes heimlich geheiratet. Sie wären 79 und 56 Jahre alt gewesen. Gut möglich, dass der Kaiser – ähnlich wie beim Bau der »Irrenanstalt« – auch diesem Wunsch Elisabeths später nachgekommen ist. Ein bürgerliches Ehepaar, das sich ebenfalls nur kirchlich und geheim trauen ließ, will im Jahr 1934 den betreffenden Eintrag im Trauungsbuch gesehen haben. Das Paar habe Kindern und Freunden davon berichtet, das Buch jedoch gilt als verschollen. Am Totenbett Franz Josephs soll Katharina Schratt zwei Rosen niedergelegt haben. Obwohl ihr der Zutritt zum Sterbezimmer verweigert worden war, erlaubte Thronfolger Karl die Verabschiedung. Und: Die Schauspielerin wurde vom neuen Kaiser seiner Frau Zita vorgestellt – nicht umgekehrt. Einer »Normalsterblichen« gegenüber wäre diese Geste fast unmöglich gewesen. Sie spricht für eine Ehe Franz Josephs mit Katharina Schratt. Bleibt die Frage, ob die »gnädige Frau« ihre neue Rolle als »Kaiserin ohne Krone« angenommen hätte ...

Wie dem Kaiser war auch der Schauspielerin ein langes Leben beschieden. Beide wurden 86 Jahre alt. Katharina Schratt starb 1940, ihre letzte Reise war kurz: Unweit ihrer Villa in der Gloriettegasse liegt sie am Hietzinger Friedhof, ein monumentaler Grabstein erinnert an ihr Wirken in Wien. Das Grab ist auch letzte Ruhestätte ihres ersten Mannes Nikolaus und ihres Sohnes Anton.

60 Grabmal für Katharina Schratt auf dem Hietzinger Friedhof

Die große Zeit der Schauspielerinnen hatte nun begonnen. 1946 wurde aus der zweitklassigen Provinzaktrice Eva Duarte »Evita«. Jahrelang war sie die einflussreichste Person Argentiniens. Zehn Jahre später nahm Grace Kelly ihren neuen Namen an: Princesse Grace de Monaco.

X »Marmor bin ich«: Trauer, Schwermut und Schönheit

61 Antonio Chiattone: Elisabeth-Denkmal in Territet. Der Bildhauer Chiattone und die Kaiserin kannten sich seit 1892. Er galt als führender Gestalter eindrucksvoller Grabplastiken.

Schon zu ihren Lebzeiten weilte Kaiserin Elisabeth hauptsächlich in Form von Denkmälern unter »ihren Völkern«. Ihr Herz, so sagte sie, sei aus Stein. Zu Marmor geworden umgab sie, innerlich wie äußerlich, eine rätselhafte Dunkelheit. Mit der Sicherheit eines Bühnenbildners, der die Requisiten der Melancholie zusammenzustellen hat, wurde die unsichtbare Monarchin in Stein gemeißelt oder in Bronze gegossen: Einsamkeit, Abschied, Tod und Verfall, in Schönheit vereint. So sah das Publikum der Gründerzeit seine gedankenschwere, aber unbestimmte Sehnsucht im Kunstwerk am besten aufgehoben. Kaum eine Person eignete sich für derartige Projektionen besser als Elisabeth, Kunst- und Kultfigur der »Décadence«.

Belle de Noir

Ihren endgültig letzten öffentlichen Auftritt gab die österreichische Kaiserin und ungarische Königin 1896 in Budapest. Anlässlich der

Millenniumsfeiern fand ein großer Empfang in der Budapester Burg statt – zum Gedenken an das tausendjährige Bestehen Ungarns. Franz Joseph kam im Frühjahr nach Cap Martin bei Menton, um die urlaubende Erzsébet zu überreden, ihn zu den Festivitäten nach Budapest zu begleiten. Obwohl sie fürchtete, »bei dem Fest ein trauriges Schauspiel zu bieten«, sagte sie ihr Erscheinen zu. Ihre Königinnenwürde verglich sie bei dieser Gelegenheit mit einem alten Kleid: »Wenn ich unter den Leuten mich bewege, so gebrauche ich nur jenen Teil von mir, der mir mit ihnen gemeinsam ist, es ist wie ein altes Kleid, das man von Zeit zu Zeit aus dem Schrank herausnimmt und auf einen Tag anzieht.«

Sie zog dieses offiziöse Kleid nur mit äußerstem Widerstreben an. Obwohl die Ungarn sie nie vergessen hatten: Der »Vater des Ausgleichs« Franz Deák bezeichnete die Bayrin als »erhabenste Ungarin der Nation«. Als man ihm für seine Verdienste alle nur erdenklichen Ehrengaben und Titel verleihen wollte, nahm er nur ein Paar von Elisabeth – angeblich höchstselbst – bestickte Pantoffeln an. In der Erinnerung der Ungarn stark verankert war auch jene Episode aus dem Jahr 1876, als Elisabeth am Sarg des verstorbenen Politikers in Tränen ausgebrochen war.

62 Adolphe Masson nach Michael Zichy: Elisabeth trauert um Ferenc von Deák, 1876. Den Auftritt der Königin beim Staatsbegräbnis des bis heute populären liberalen Politikers vergaßen die Ungarn nie.

So fuhr die Királyné also 1896 im offenen Wagen durch die Straßen Budapests zur Burg, Zehntausende waren auf den Beinen und jubelten ihr mit den vertrauten »Eljen!«-Rufen zu. Kálmán Mikszáth, ungarischer Journalist, Politiker der Liberalen Partei und sonst ein ironischer Spötter, beobachtete die Königin:

Belle de Noir

Dort sitzt sie im Thronsaal (…) in ihrem schwarzen, mit Spitzen durchwirkten ungarischen Gewand. Alles, alles an ihr ist düster. Von dem dunklen Haar wallt ein schwarzer Schleier herab. Haarnadeln schwarz, Perlen schwarz, alles schwarz, nur das Antlitz marmorweiß und unsagbar traurig … Ihre langen Augenwimpern sind gesenkt, von ihren lebhaften lieben Augen ist nichts zu sehen; sie sitzt dort still, fast gefühllos, als ob sie niemanden sehen, nichts hören würde. Eine Mater dolorosa … Sie ist es noch, doch der Kummer hat seine Spuren in dieses Antlitz eingegraben … Keine einzige Bewegung, kein einziger Blick verrät Interesse. Einer marmorbleichen Statue gleicht sie.

Der Präsident des Reichstags, Dezsö Szilághyi, erwähnte in seiner Ansprache den »gottgesegneten Einfluss des Schutzengels der Nation«, doch Elisabeth rührte sich nicht. Erst das minutenlange »Eljen, Erzsébet!« der Abgeordneten weckte die Königin aus ihrer Apathie. Sie deutete eine Verneigung an und Tränen traten in ihre Augen. Jeder konnte ihre Ergriffenheit nun sehen: »Das ganze dauerte nur eine Minute«, erzählte später ein Teilnehmer. Die ungarischen Zeitungen waren wieder in ihrem Element: »Elisabeth ist Ungarns gute Vorsehung. Solange sie lebt, wird sie unser guter Engel sein.«

29 Jahre war es her, dass sie in der Stephanskirche zur Königin von Ungarn proklamiert worden war. Nun wirkte sie vor allem deplatziert, wie Fürst Philipp zu Eulenburg, der deutsche Botschafter in der Donaumonarchie, schilderte:

> Über allen Eindrücken des Zaubers dieser Messe, die sich wohl kaum jemals zu solchem Bilde der Schönheit und des Glanzes wiederholen wird, bleibt jedoch der tragische Eindruck einer unter tiefem schwarzen Schleier verborgenen hohen Frau bestehen – der Kaiserin Elisabeth. Umgeben von dem bunten strahlenden Glanz des versammelten »Erzhauses« in der erhöhten Loge, saß diese verschleierte, vollkommen schwarze Gestalt. Pro-

fan ausgedrückt: wie ein Tintenfleck auf einem sehr schönen bunten Gemälde.

Diese Äußerung konnte sich der ungarische Historiker, Schriftsteller und Politiker Tamás Katona im Jahr 1991 nur so erklären: »Eulenburg – ein Homosexueller, der deshalb von der blühenden weiblichen Schönheit nicht viel und von einer welkenden Schönheit im Trauergewand gar nichts gehalten hat.«

Das nach ungarischer Art in Anlehnung an ein Kleid der Gräfin Báthory geschnittene schwarze Damastkleid erschütterte die anwesenden Festgäste. Denn die Accessoires, das schwarze Hemd, die Schürze und der Schleier hätten der Nationaltracht zufolge sogar bei Trauer weiß sein müssen. Doch nicht einmal für ihre Magyaren wollte Elisabeth ihre Gewohnheiten ändern. Auch das Millennium absolvierte sie ganz und gar in Schwarz. Nach dem Ende der Feierlichkeiten soll sie gesagt haben: »Mir ist, als wäre ich selber tausend Jahre alt.«

Klassische Strenge gehörte als wichtige Dimension zu Elisabeths Selbstbildern. Wie bei Herters Monument des »Sterbenden Achilles« hatte sie die gleiche Aura von Stolz, Schönheit und Trauer bei sich selbst wahrgenommen. Sie fand sich wohl auch in Heinrich Heines Schilderung der Göttin Diana wieder:

63 Fernand Khnopff, Der Schleier, um 1890. – Es heißt, der belgische Symbolist habe vor allem zwei Frauen gemalt: seine Schwester Marguerite und Kaiserin Elisabeth.

Sie stand im Kahn so blaß so schlank
Und unbeweglich dabei,
Als wär sie ein welsches Marmorbild,
Dianens Konterfei.

Belle de Noir

Die Erscheinung Elisabeths entsprach den Vorstellungen vom Schattenreich, von Vergänglichkeit und Verhängnis. Damit war es möglich, diese »Dame in Schwarz« mit Arthur Schopenhauers so moderner, pessimistischer Weltsicht ebenso in Verbindung zu bringen wie mit der Endzeitstimmung vor der Jahrhundertwende. Heine schrieb:

> Es hatte mein Haupt die schwarze Frau
> Zärtlich ans Herz geschlossen;
> Ach! Meine Haare wurden grau,
> Wo ihre Thränen geflossen.

Ganz ähnlich blickte Elisabeth im August (!) 1887 auf sich selbst:

> Sie wandelt still und ernst daher
> Im langen schwarzen Kleide;
> Mit Kränzen sind die Arm' ihr schwer
> Behangen alle beide.

Schon im Hochsommer beschäftigte sie sich in Gedanken offenbar mit »Allerseelen«, denn so heißt dieses Gedicht. Die Kränze sind wohl für den Friedhof bestimmt, für ein Begräbnis. Nach Rudolfs Tod war das Leben der Kaiserin Elisabeth nicht von der Trauer um den Sohn bestimmt, sondern sie nahm diesen Unglücksfall zum Anlass, sich nur noch mit sich selbst zu befassen und mit dem Leid, das Rudolf ihr durch seine Tat zugefügt hatte. Sie verschenkte ihre farbige Garderobe und ihren Schmuck an die Töchter, die Enkelin Erszi und an einige langgediente Hofdamen. Ihrer Schwägerin Marie José überreichte sie eine Brosche mit den Worten: »Ein Andenken an die Zeit, wo ich gelebt habe.« Ein großer Ausverkauf ihres bisherigen Lebens wurde inszeniert.

Vor die Tür ging sie grundsätzlich nur noch in Schwarz. Zumindest innerhalb der Grenzen der Monarchie. In Nordafrika oder auf Korfu, wo sie sich nicht den Blicken der Hofgesellschaft ausgesetzt fühlte, konnte es durchaus vorkommen, dass sie gelegentlich farbige Kleider trug. Doch auch im »Urlaub« sollten Fächer, Schleier und Schirme sie vor der Umwelt schützen. Konstantin Christomanos verstand, dass es nicht darum ging, die vergehende Schönheit zu verbergen:

> Ich blickte zu jenem schwarzen Fächer und dem allbekannten weißen Schirm auf, die fast zu Bestandteilen ihrer körperlichen Existenz geworden. In ihrer Hand sind sie nicht das, was sie anderen Frauen bedeuten, sondern Embleme, Waffen und Schilde im Dienste ihres wahren Wesens ... nur das äußerliche Leben der Menschen als solches will sie damit abwehren.

Elisabeth in ihren eigenen Worten: »Wenn mich jemals die Zeit berührt, werde ich mich verschleiern, und die Leute werden von mir sprechen als von der Frau, die einst war.«

Als die Menschen Trauer trugen

Nie war der Schleier so sehr Versteck gewesen wie im 19. Jahrhundert, das innerlich so romantisch-schwermütig war, nach außen hin aber so form- und standesbewusst. Bereits vor 1850 erzählten die Schwestern Brontë von »falschen Witwen«, die ihre unglücklichen Ehen hinter sich ließen und, verborgen hinter schützenden schwarzen Trauerschleiern, in einer fremden Gegend, wo sie niemand kannte, ein neues Leben begannen. Die Schriftstellerinnen konnten auf zahlreiche reale Fälle zurückgreifen.

Bei Elisabeth diente der Schleier als »Schwermutsverhüllung« (Natascha N. Hoefer). Christomanos über die privaten Kleidungsvorschriften seiner Arbeitgeberin: »Ihr inneres Schweigen will sie unentweiht hüten; die verschlossenen Gärten der Trauer, die sie in sich verbirgt, will sie nicht verlassen.«

So wie Maria Theresia oder Queen Victoria – unter anderem – auch als berühmte Witwen ihren Platz in der Geschichte einnehmen, so fehlt Elisabeth nicht, wenn exemplarisch von »großen Trauernden« die Rede ist. Gerade in ihrer fragil wirkenden Gestalt fanden sich Gefühlsideale ihrer Zeit wie melancholische Schwermut und stille Schönheit vollkommen vereint. Es war keine Seltenheit, dass Frauen die schwarze Tracht bis ans Ende ihrer Tage nicht mehr ablegten. Trotz der großen Popularität des immer eleganten, nie unpassenden »Schwarzseidenen« trugen die meisten Frauen ihre Trauerkleidung dem toten Ehemann zuliebe und nicht, um die eigene »verdunkelte Faszinationsmacht« noch zu steigern. Elisabeth als Kennerin der zeitgenössischen Literatur wusste, dass die Schwarz tragende, schlanke, verschleierte Frau/Witwe als Femme fatale wahrgenommen wurde, deren Umarmung für den Liebhaber tödlich enden konnte. In den »Fleurs du Mal« huldigt Charles Baudelaire der auffallenden Schönheit einer namenlosen Trauernden, die er zufällig auf der Straße erblickte. Die »schmale Gestalt« wirkte in ihrem Trauerhabit erotisch und verführerisch, majestätisch und verrucht zugleich.

Obwohl Schwarz als Trauerfarbe im 21. Jahrhundert mehr oder weniger ausgedient hat, wird eine in dieser Farbe uniformierte Gruppe von Außenstehenden auch heute unmittelbar mit Trauer und Tod in Verbindung gebracht. Am Tag der Beisetzung ist Schwarz noch üblich, danach tragen aber meistens sogar die nächsten Angehörigen des Verstorbenen wieder ihre Alltagskleidung.

Die Tradition der Trauerfarbe Schwarz kann in Europa bis in die Antike zurückverfolgt werden. Schon vor 2000 Jahren hüllten sich trauernde Verwandte bei Verabschiedungen oder Gedenkfeiern in diese Farbe, die als Gegensatz zu den sonst üblichen, meist hellen Naturtönen gewählt wurde. Doch blieb die dunkle Farbe nicht für die Trauer allein reserviert. Spätestens seit der Gründung des Benediktinerordens 529 n. Chr. begann sie sich als Farbe der Mönche durchzusetzen. Im 15. Jahrhundert erhielt Schwarz als Modefarbe der spanischen Hofkleidung auch Einzug in die weltliche Kleiderkultur. Die teuren und prunkvollen, sehr bunten liturgischen Gewänder des katholischen Klerus riefen schließlich die Protestanten auf den Plan: Martin Luther legte einen schwarzen Talar an, um die Verschwendungssucht der Katholiken anzuprangern. Die Protestanten glaubten nicht daran, dass die Herrlichkeit Gottes auf Erden in Form von gülden bestickten Kaseln oder von edelsteinstrotzenden Reliquiaren begreifbar gemacht werden kann. In der Folge der Reformation war die Kleidung der Priester und Gelehrten schwarz. Sogar an der Trachtenkleidung ist Luthers Einfluss nicht spurlos vorübergegangen. Bis ins 20. Jahrhundert hinein konnte man Evangelische und Katholische anhand ihrer Trachten unterscheiden. Die der Protestanten waren einfach und hauptsächlich in Schwarz-Weiß gehalten, die der Katholiken waren aufwändig und farbenfroh.

Seit der Renaissance ist die Farbe Schwarz vier Funktionen zugeordnet: Sie wird verwendet als Trauer-, Ordens-, Hof- und Protestkleidung. Kleiderordnungen verboten Trauerroben und schwarze Schleier für alle Menschen, die nicht zum Kreis der Aristokraten gehörten oder Mitglieder einer kirchlichen Gemeinschaft waren. Bis 1789, also bis zur Französischen Revolution, war Schwarz Standesabzeichen des Dritten Standes. Erst im 19. Jahrhundert erkor der stolze Bürger Schwarz zu seiner Lieblingsfarbe. Die Berufskleidung des modernen Mannes entstand: dunkler Anzug, weißes Hemd. Vor wenigen Jahrzehnten zeigten sich die Existenzialisten am liebsten in Schwarz und bis heute lieben unterschiedliche Jugendszenen Schwarz als Protestfarbe.

Der dunkle Ton kann also sowohl Zugehörigkeit zu einer Gruppe ausdrücken (Orden), als auch die Individualität des Trägers betonen, um sich von anderen Gruppen abzugrenzen (Szene-Mitglieder). Einen abgeschiedenen und ernsten Eindruck hinterlässt die Farbe allemal, egal zu welcher Gelegenheit man sie trägt. Im Mittelpunkt steht der gewollte Kontrast zum bunten Alltag.

Eine Trauermode, wie sie die Menschen des 19. Jahrhunderts perfektionierten, konnte sich erst mit dem Aufstieg des Bürgertums entwickeln. Otto Friedländer, der Chronist des »Alten Wien«, berichtete über Sitten und Bräuche der Kaiserstadt: »Da erkennt man gleich, wer wirklich fein ist. Wenn einer oft jahrelang keine Trauer trägt, dann hat er gewiss eine Familie, die nicht zum Herzeigen ist.«

Wer also nie Trauer trug, konnte es sich entweder nicht leisten oder trauerte nicht mit dem Hof mit. Die aristokratischen österreichischen Familien kamen aus dem Trauern gar nicht heraus. Denn neben den Trauerfällen in ihren eigenen, oft sehr weit verzweigten Familien trugen sie auch alle Hoftrauern verpflichtend mit. Und derer gab es an die dreißig in der zweiten Hälfte des 19. Jahrhunderts. Die Trauervorschriften am Wiener Hof waren mehrere Jahrhunderte alt und – beeinflusst vom spanischen Hofzeremoniell – ausgesprochen streng. Als Elisabeth 1898 ermordet wurde, wurde folgende »Hoftrauer-Ansage« verlautbart:

> Die höchsten Frauen (…) erscheinen in den ersten zwei Monaten (nach Eintritt des Todesfalls, Anm.) in schwarzem Wollstoffe, mit schwarzem Kopfputze oder in Hüten von schwarzem Crepe, mit schwarzem Schmucke, schwarzen Handschuhen und schwarzem Fächer; in den folgenden zwei Monaten (…) in schwarzer Seide (…), in den letzten zwei Monaten (…) in schwarzer Seide, mit Kopfputz und Garnituren von weißen Spitzen und mit echtem Schmucke, oder in grauem, eventuell weißem Kleide, mit schwarzen Spitzen und mit schwarzem Schmucke oder mit Perlen.

Für die Hofdamen war außerdem der Schleier obligatorisch, Gesichts- und Nackenschleier hatten dieselbe Länge und reichten bis zum Boden. Trauertoiletten durften auf keinen Fall glänzen. Bevorzugte Stoffe waren daher der glanzlose Krepp und Tuch, wobei der englische Krepp am teuersten war und den besten Ruf genoss. Bis heute spricht man vom englischen Trauerkrepp und die »englische Krepptrauer« wurde geradezu sprichwörtlich. Lackschuhe waren verpönt, ebenso Brillantschmuck. Goldohrringe galten ebenfalls als äußerst unpassend. Stattdessen gab es in großer

Auswahl Ketten mit dornengeschmückten Kreuzanhängern, ägyptisierende Masken als Ring- oder Ohrschmuck, Urnen als Broschen, geflügelte Totenschädel als Ringe. Elfenbeinerne Engelsköpfe sollten an tote Kinder erinnern. Eine eigene Kategorie war der Memento-Schmuck aus Haaren. Abgeschnittenes (Toten-)Haar wurde in Medaillons oder Ringen getragen oder kunstvoll zu Halsketten und Armbändern verwebt.

Das aufkeimende kapitalistische System nahm sich des überwältigenden Bedarfs an Trauergarderobe gerne an. Das »Geschäft mit dem Tod« begann im 19. Jahrhundert. Trauerkleider waren die ersten konfektionsmäßig hergestellten Kleidungsstücke. Sie wurden in eigenen Warenhäusern samt allem notwendigen Zubehör angeboten. In der Wiener Innenstadt gab es beispielsweise schon seit 1827 das mehrstöckige Kaufhaus »Zur Irisblüte«, das auf Trauerwaren aller Art spezialisiert war. Es gab Trauer-Haarbürsten, Trauer-Handspiegel, schwarze Unterröcke, schwarze Pelzcapes … Auf einer Schachtel stand zum Beispiel: »Mme. Sidonie Drouet – Feinste Witwenausstattungen, Hüte, Schleier.« Ein Trauerkleid benötigte man meist unvorhergesehen und schnell. Es entstanden daher auch Leihanstalten für Trauergewänder, die im Bereich der Kostümleihanstalten als Pionierbetriebe gegründet wurden.

Besonders die bereits erwähnten Krepphüte und -schleier waren sehr geschäftsfördernd für die Trauerkonfektion: Man trug sie ausschließlich nach Todesfällen, dafür mussten sie aber speziell angeschafft werden. Ein Journalist der satirischen Zeitschrift »Hans Jörgel« kritisierte die Vorliebe mancher Wienerinnen für die Farbe Schwarz:

(…) wenn eine Dame wie die schwarze Barke in Richard Wagners ›Fliegendem Holländer‹ mit einem bis zum Boden reichenden Schleierwimpel, der Jeden wie der Lasso den Mexikaner bedroht, über die Ringstraße oder sonst frequentirte Hauptstraßen lavirt, am Arme einen Riesenkranz wie für eine Premiere berechnet, trägt und mit heiteren Gebärden recht aufdringlich erscheint, um nur gesehen zu werden, so nenne ich das eine Profanirung der Trauer. Es gibt sogar weibliche Fexen, die nur Trauerkleider tragen, weil sie ihnen gar so gut zu Gesichte stehen.

Die Kaiserin war also bestimmt nicht die einzige, die ihre Garderobe nach dem Motto »Der Tod steht ihr gut« auswählte. Um 1900 war die legendäre »schöne Leich'« bereits eine wohlfeile Ware. Und sogar die führende Modezeitschrift jener Epoche, die »Wiener Mode«, fühlte sich bemüßigt, den Auswüchsen der vielleicht allerersten Welle des »Goth Chic« wacker entgegenzutreten:

Dann zeigte man uns auch Unterröck (sic!) für die Halbtrauer! Fehlte wahrhaftig nur noch, dass ein unternehmender Friseur Haarfärbemittel für die Trauerzeit anböte, oder ein Restaurateur seinen Gästen, die Trauer tragen, ausschließlich schwarzgefärbte Speisen vorsetzte, von der ›Spartanersuppe‹ angefangen bis zum schwarzen Kaffee.

»Leichenflieder«

Etwa ein Jahr benötige die innere Trauerarbeit, sagte Sigmund Freud. Dementsprechend gibt es in der deutschen Sprache den Begriff des »Trauerjahrs« und auch weltweit dauert in den meisten Kulturen die »schickliche« Zeit der Trauer ein Jahr. Aus gutem Grund, denn diesen Zeitraum benötigt im Allgemeinen der Körper des Toten zur Verwesung.

Als die Trauer im Namen der Profitmaximierung kommerzialisiert wurde, suchten die Kaufhäuser die Trauerzeiten zu verlängern. Es gab nun eigene Broschüren, die detailliert darüber informierten, wer um wen wie lange zu trauern hatte: »Zweieinhalb Jahre für einen Gatten, achtzehn Monate für ein Kind, sechs Monate für einen Bruder oder eine Schwester und sechs Wochen für einen Cousin ersten Grades.« Besonders ausführlich wurde darauf hingewiesen, was man dabei tragen und, vor allem, was man dafür kaufen musste. Sämtliche Kleidungsstücke und Accessoires wurden für alle vorschriftsmäßigen Trauerphasen angeboten. Den ersten Monaten der tiefen Trauer folgten üblicherweise sechs Monate der Halbtrauer. Es war dann bereits erlaubt, die noch immer vorwiegend schwarze Garderobe mit Kleidungsstücken in Weiß und Grau aufzulockern. Und bald sollte eine neue Farbe dazukommen: Lila.

Dieser vollkommen neue Farbton hieß damals »Mauve« – denn Französisch war die Sprache der Modeindustrie. Im Volksmund

64 Modebild »Trauer und Halbtrauer«, August 1875

führte er die treffende Bezeichnung »Leichenflieder«. Probanden assoziieren mit dieser Farbe folgende Begriffe: »Zwielichtig, intim, verboten, dekadent, morbid.« Halbtrauer und Melancholie. Zwielicht und Adoleszenz. Oscar Wilde und Aubrey Beardsley ... Die Farbe der Gelegenheit. Die Farbe der Enttäuschung. In den Worten von Nabokov, die Zeit selbst.

Mauve war *die* Farbe des 19. Jahrhunderts und Kaiserin Elisabeths Lieblingsfarbe. In Gödöllö, dem Schloss in der Nähe von Budapest, das ihr die Ungarn 1867 nach dem sogenannten Ausgleich zum Geschenk gemacht haben, sind alle Räume in dieser Farbe dekoriert. Tapeten, Vorhänge, Wandbespannungen, Polstermöbel: eine einzige Symphonie in der leicht ermüdenden, melancholischen Farbe der Halbtrauer. Gödöllö war Elisabeths »Anti-Schönbrunn«. Hier führte sie die unkonventionelle Hofhaltung ihres Geschmacks, lud »Zigeuner« ein und preschte mit bevorzugten englischen Reitfreunden im Herrensitz durch die umliegenden Wälder.

Die Gedichte, die Elisabeth hinterließ, sind mit Lebensüberdruss und Todessehnsucht geradezu getränkt. Denn die Kaiserin schrieb mit mauvefarbener Tinte auf schwarz umrandetes Trauerbriefpapier. Christomanos sah ihr oft beim Schreiben zu: »Dann macht sie große Tintenflecke mit violetter Tinte, mit der sie einzig und allein aus einem goldenen Tintenfaß schreibt.« Sogar beim Essen »sündigte« sie in Mauve: Wenn schon Süßes – was nicht selten vorkam – dann Veilchensorbet. Blaulila Blumen, erstarrt in schneeweißen Eiskristallen. Das geht so: »Eine Handvoll Veilchenblüten wird im Mörser zerstoßen. Dazu werden etwas warmes Wasser und 125 Gramm Zucker gegeben. Nach einer Stunde kommt die Masse ins Gefrierfach, um dann serviert zu werden.«

Töne wie sattes Violett, elegantes Purpur oder sanftes Flieder sind für uns selbstverständlich. Bis zur Mitte des 19. Jahrhunderts allerdings waren solche Farben selten und extrem teuer. Sie mussten aus natürlichen Quellen gewonnen werden, was sich nur gekrönte Häupter, Kirche und Adel leisten konnten.

London 1856, an einem Frühlingsabend. Ein junger Mann sucht ein billiges Heilmittel gegen eine tödliche Krankheit: Der 18-jährige Chemiestudent William Henry Perkin versuchte, eine chemische Alternative für Chinin zu finden. Die Malaria wurde durch die Indien-Heimkehrer auch in England zu einem ernsthaften Problem, Chinin war knapp und kostbar. Es stammte aus der Rinde des südamerikanischen Cinchona-Baumes. Von seinem Lehrer August Wilhelm von Hofmann hatte Perkin erfahren, dass die Rückstände der Gaslampen Ähnlichkeiten mit Chinin aufwiesen. Die Studenten sollten Teer mit Wasser- und Sauerstoff anreichern und dabei machte Perkin die entscheidende Entdeckung: Als er Alkohol darüberträufelte, um die Phiole zu reinigen, leuchtete im Reagenzglas eine strahlend hellviolette Lösung. Das Chinin-Projekt war zwar fürs Erste gescheitert, doch hatte der junge Chemiestudent die erste künstlich erzeugte Farbe vor sich. Aus Steinkoh-

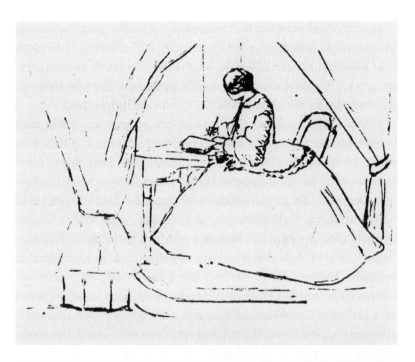

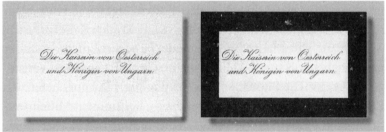

65 Selbstporträt Elisabeths am Schreibtisch. Darunter zwei ihrer Visitenkarten, vor bzw. nach dem Selbstmord des Kronprinzen Rudolf 1889.

lenteer war ein Farbstoff entstanden – als Nebenprodukt bei der Suche nach einem Arzneimittel.

Vorläufig nannte Perkin seine Kreation »Anilin-Purpur«. Da der wissenschaftliche Name nur bedingt verkaufsfördernd war, bekam die Farbe einen neuen Namen, der teuer, dekadent und fremdartig klang: »Mauve« (Malve).

Die Färbeindustrie begrüßte enthusiastisch die Eigenschaften des Mauveins: Lichtbeständigkeit, Intensität, Färbekraft. Ein einziges Kilo Mauvein konnte 200 Kilo Baumwolle färben. Von einer derartigen Ergiebigkeit waren alle natürlichen Farbstoffe weit entfernt. Aber würde der Textilmarkt die völlig neue Farbe akzeptieren? Perkin ging in eigener Sache »Klinken putzen«, er wurde zum Handlungsreisenden. Letztendlich verdankte er seinen Aufstieg zu einem vermögenden Mann zwei einflussreichen Damen mit Vorbildcharakter. Kaiserin Eugénie von Frankreich gehörte zu den Ersten, die Gewänder in der neuen Farbe orderten. Das Lila ließe ihre Augen strahlen, verkündete sie. Und als die junge Witwe Queen Victoria 1862 in einem mit Mauvein gefärbten Kleid zur Royal Exhibition erschien, war der Durchbruch geschafft. Die Klatschpresse hatte ihr Thema: »Kleid und Schleppe Ihrer Majestät waren aus mauve-farbenem Samt«, informierte die »Illustrated London News« und präzisierte: »Mauve ist eine exquisite Spielart des Lila.« Die »Perkin-Purple«-Hysterie griff nun rasch um sich. Das Satiremagazin »Punch« spottete, in London seien die »Mauve-Masern« ausgebrochen, deren erstes Symptom der »Borten- und Bänderausschlag« sei. Zu den Trendsetterinnen gesellte sich bald auch Kaiserin Sisi.

Jahrelang galt Mauve als erste neue Farbe auf Erden. Doch ihr ursprünglicher Name, »Anilin-Purpur«, erinnert an längst vergangenen Luxus. Die Phönizier (griech.: phoinis = Purpur) benutzten Purpur zum Färben von Geweben. Bestimmte Mittelmeer-Schnecken sondern große Mengen einer blassgelben Flüssigkeit ab, welche bei Sonnenlicht in Dunkelviolett übergeht. Bei den Griechen und Römern galt Purpur als Zeichen weltlicher und religiöser Macht, stand aber auch für persönlichen Reichtum. Legendär sind die purpurnen Segel von Kleopatras Schiffen. In San Vitale (Ravenna) tragen Kaiser Justinian und Kaiserin Theodora violette Purpurmäntel. Erst die osmanische Eroberung von Konstantinopel beendete 1453 die Purpurfärberei im Byzantinischen Reich.

Seit dem 15. Jahrhundert wurden Kardinalsgewänder mit den scharlachfarbenen Sekreten weiblicher Schildläuse gefärbt. Bereits im 12. Jahrhundert trugen Geistliche Purpur in Zeiten von Buße und Reue: am Karfreitag sowie am Tag der Unschuldigen Kinder und am Sonntag Laetare in der Mitte der Fastenzeit. Hier war das Violett beinahe Rosa, das österliche Weiß strahlte schon durch. Nach dem Konzil von Trient 1570 gewann Violett stark an Bedeutung als Buß- und Trauerfarbe. Am Palmsonntag war diese Farbe Pflicht, ebenso in der Fastenzeit, im Advent, am Karfreitag und bei Totenmessen. Kardinäle erhalten bei ihrer Weihe einen Amethystring. »Bischofslila« und »Kardinalspurpur« sind weiterhin gängige Begriffe.

Auch im weltlichen Bereich galten dunkle Violetttöne als Zeichen von Demut und Trauer. Am vornehmsten war die von englischen und französischen Königen getragene violette Trauerkleidung. Im Jahr 1660 notierte der Londoner Chronist Samuel Pepys, er sei im Garten von Whitehall gewesen, »wo ich den König sah, der in Violett gekleidet um seinen Bruder trauerte«. Während der Begräbnisfeierlichkeiten für George VI. (1952) wurde in Wäschegeschäften des Londoner West End violette Trauerunterwäsche ausgestellt. Lila gilt bis heute als Trauerfarbe der englischen Königsfamilie, wie bei der Beerdigung der Queen Mum zu sehen war. Sogar der Nachrichtensprecher der BBC trug eine lila Krawatte, als er ihren Tod bekannt gab.

Der Jugendstil liebte die sündigen Magentatöne, die gemeinsam mit Schwarz so unverkennbar für die dominierenden Themen der Epoche standen: Liebe, Tod und Teufel.

Als Elisabeth schwarz gewandet in ihrem Hofwaggon auf und ab ging und »Die Waffen nieder!« las, eine der wichtigsten Neuerscheinungen des Jahres 1889, stellte sie möglicherweise fasziniert eine tiefe Übereinstimmung mit ihren eigenen Gedanken fest. Hat sie vielleicht Randbemerkungen im Buch notiert, mit ihrer mauvefarbenen Tinte?

Fest steht, dass sich die Friedensnobelpreisträgerin Bertha von Suttner folgendermaßen an die Kaiserin erinnert hat: »Vom Grau des Alltags hebst du dich ab für alle Zeiten – eine Gestalt in leuchtendem Schwarz –, Elisabeth von Österreich!«

XI Attentäter Ihrer Majestät

Schweizer, Ihr Gebirg ist herrlich!
Ihre Uhren gehen gut;
Doch für uns ist höchstgefährlich
Ihre Königsmörderbrut.

»Prophetisch« hatte Mark Twain diese Zeilen genannt, die Elisabeth 1887 im Rahmen eines langen Gedichts verfasst hat, in dem sie einen »Hofball« Revue passieren ließ. Die Strophe war eine Anspielung auf das Schweizer Asylrecht, doch Twain erschien sie wie »eine Vorahnung des Schicksals«.

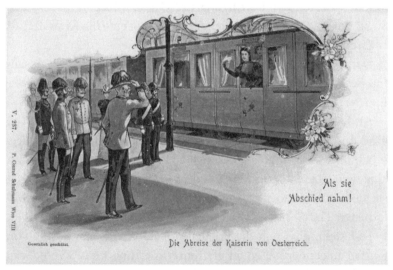

66 Zwei Postkarten zur Erinnerung an Elisabeths letzte Reise: »Als sie Abschied nahm.« Die Kaiserin winkt dem Kaiser aus ihrem Hofsalonwagen zu.

Treffpunkt: Genf

Nach wie vor lebte Franz Joseph in ständiger Angst und Besorgnis um seine Sisi. Im Winter 1894 schrieb er: »Hoffentlich entgehst Du allen Gefahren durch Räuberbanden, Anarchisten und Dynamit.« Er wusste oft nicht, wo sich die Kaiserin gerade aufhielt, da diese ihre Routen nach Lust und Laune änderte und niemanden davon in Kenntnis setzte. So schickte der alte Mann in der Hofburg seine Briefe an alle möglichen Häfen und später wurde nachgefragt, ob die Briefe abgeholt worden seien. Wenn nicht, wurden sie zurückgesandt. Er schrieb ihr beinahe jeden Tag und Elisabeth musste mit stapelweise kaiserlichen Briefen rechnen, wenn sie eine der fraglichen Hafenstädte schließlich doch anzulaufen geruhte ...

In den 1890er-Jahren hatte sie begonnen, wiederholt die Schweiz aufzusuchen. Folgende Ziele standen auf dem kaiserlichen Reiseplan:

67 »Als sie wiederkam!« Diese Karte zeigt bereits das »fromme« Gedenkporträt und den Leichenzug in Wien.

1892: Zürich, Kaltbad Rigi, Luzern
1893: Genf, Territet
1895: Genf, Territet
1897: Territet
1898: Territet – Bad Kissingen – Bad Brückenau – München – Bad Nauheim – Homburg – Frankfurt – Territet – Caux – Genf.

Die Gegend um den Genfer See war ihr besonders ans Herz gewachsen: »Mein liebster Aufenthalt, weil ich da ganz verloren gehe unter den Kosmopoliten.«
Ihrer Tochter waren die »Kosmopoliten« nicht geheuer. Laut Marie Valerie war die Schweiz »das als Aufenthalt der Nihilisten und Sozialisten verrufene Land«. Vor allem der Kämmerer General von Berzeviczky zögerte nicht, seinen Bedenken Ausdruck zu verleihen. Er riet der Kaiserin zu männlicher Begleitung, da Genf als »Anarchistennest« galt. Elisabeth schlug die Warnungen meist in den Wind: »Wir werden niemanden brauchen. Überdies sind wir alle nicht mehr als ein Mohnblumenblatt (…). Ich wiederhole, daß ich keine Angst habe.« Noch am Tag vor ihrer Ermordung hatte sie in ihrem Schlepptau Agenten bemerkt und vom Chef der Kantonspolizei, dessen Pflicht es war, den hohen Gast zu schützen, in unmissverständlich harschem Ton verlangt, die Sicherheitsleute sofort abzuziehen. Der Beamte war eingeschüchtert und folgte dem Befehl Elisabeths. »Den besorgten Berzeviczky« hatte sie ihren Angestellten gerne genannt, wenn er wieder gegen Aufenthalte in Genf argumentierte.

Als »der modernen Freiheit Hort!« pries die Kaiserin Amerika. Dort begrüßte die ersehnte Freiheit in Gestalt einer Frau die Neuankömmlinge: »Lady Liberty«, ein Geschenk des französischen Volkes an die Vereinigten Staaten, war 1886 eingeweiht worden. Elisabeths Wunsch, mit dem Schiff den Atlantik zu überqueren und die USA kennenzulernen, stieß auf wenig Gegenliebe. Der Kaiser war nicht bereit, die große Überfahrt zu finanzieren. Sisi musste die abschlägige Antwort akzeptieren: »Zu weit, zu teuer, zu gefährlich«. Ein Gedicht erhielt den Namen »Liberty«:

> Ja, ein Schiff will ich mir bauen!
> Schönres sollt ihr nimmer schauen
> Auf dem hohen, weiten Meer;
> »Freiheit« wird vom Maste wehen
> »Freiheit« wird am Buge stehen,
> Freiheitstrunken fährt's einher.
>
> »Freiheit«! Wort aus goldnen Lettern,
> Flattert stolz in allen Wettern
> Von des Mastes schlankem Baum
> (…)

Vielleicht als Ersatz ging es daher immer häufiger in die gebirgige Republik der Eidgenossen. Der Kaiserin von Österreich stand die Tatsache, dass die Monarchie als Staatsform überholt war, klar vor Augen. Sie sagte ihrer Tochter Marie Valerie den Zerfall des k.k. Reiches nach Franz Josephs Tod voraus und überlegte deutlich vernehmbar eine Auswanderung. Hatte doch auch ihr Sohn Rudolf, der so gern Präsident einer Republik Österreich geworden wäre, kurz vor seinem Lebensende davon gesprochen, dass es bald sehr »ungemütlich werden« könnte. Auch ihm war die Emigration als sinnvollste Alternative erschienen. Elisabeth hatte alle Vorkehrungen bereits getroffen. Ihre finanziellen Mittel, bestehend aus Aktien, Pfandbriefen sowie mehreren Sparbüchern, die sie bei verschiedenen Bankhäusern, teilweise unter Pseudonym, angelegt hatte, waren längst in der Schweiz (Bankhaus Rothschild) in Sicherheit gebracht. Sie wird ein riesiges Vermögen hinterlassen: Zum Beispiel waren jene zwei Millionen Gulden, die ihr Franz Joseph 1875 aus Kaiser Ferdinands Erbe zur persönlichen Verfügung übergeben hatte, geschickt und gewinnbringend angelegt. Ein klarer Blick für die Realität, auch in materiellen Dingen, ließ ihr die Republik für die Zukunft weit sicherer erscheinen als die Monarchie.

Ihr »geistiges Testament«, durch das sie sich eine Art Unsterblichkeit erhoffte, vertraute sie ebenfalls dem benachbarten »Anarchistenparadies« an. Da sie an ihrer quälenden inneren Einsamkeit so litt und in ihrem Leben kaum Freunde hatte, suchte sie diese »jenseits des Grabes« (Arthur Schnitzler). Ihre Gedichte waren Elisabeths wichtigster Schatz: drei verschließbare schwarze Lederbände mit handgeschriebenen Zeilen und 59 gedruckte Bände (»Nordsee Lieder« und »Winterlieder«). Sie befanden sich in einer Kassette mit Seemöwensiegel. Im Manuskript gibt es auch dieses Gedicht:

Eine Möve bin ich von keinem Land,
Meine Heimat nenne ich keinen Strand,
Mich bindet nicht Ort und nicht Stelle;
Ich fliege von Welle zu Welle.

»Bei jeder Reise fliegen die Möwen hinter meinem Schiffe«, zitierte sie ihr griechischer Vorleser. »Und jedes Mal gibt es eine dunkle, fast schwarze darunter. Einige Male hat mich meine schwarze Möwe während einer ganzen Woche begleitet, von einem Kontinent zum anderen. Ich glaube, sie ist mein Schicksal.«

Der Kassette mit den Schriften lagen mehrere Bestimmungen bei. Vor allem durfte sie erst »in 60 Jahren vom Jahre 1890 an« eröffnet werden. Damit stellte Elisabeth sicher, dass alle Personen, die in den Gedichten erwähnt werden, beispielsweise Schwiegertochter Stephanie, das »Trampeltier«, der Zar von Russland, der »Pavian«, und seine Frau, die »Äffin«, längst nicht mehr unter den Lebenden weilten. Sie verzichtete diesmal auf ihre Lust an der Provokation, denn solche Bemerkungen aus der Hand der Kaiserin von Österreich hätten einen Skandal heraufbeschworen. Weiters gab sie eigenhändig jene Adresse an, die sie als Bestimmungsort für ihre Werke ausersehen hatte: »Dem Herrn Presidenten der Schweitzer Eidgenossenschaft Bern« sollte die Kassette überstellt werden. Und:»Der Ertrag soll ausschließlich verwendet werden für hilflose Kinder von politisch Verurteilten der österreichisch-ungarischen Monarchie nach 60 Jahren.«

An die Nachwelt richtete sie die mittlerweile sehr bekannten Worte, die nochmals ihrem Faible für den modischen Spiritismus Ausdruck verliehen und zeigten, dass auch die Fortschritte in den Naturwissenschaften nicht spurlos an Elisabeth vorübergegangen waren. 1877 waren die Monde des Mars und die scheinbaren »Marskanäle« entdeckt worden – vor allem Letztere hielt man für von intelligenten Wesen errichtete Bauten. Um 1890 waren viele Astronomen und Wissenschafter anderer Fachgebiete ebenso von der Existenz der »Marsianer« überzeugt. Schließlich ließen Elisabeths Zeilen keine Zweifel an ihren politischen Ansichten aufkommen – jenen gewisser Anarchisten waren sie ironischerweise nicht unähnlich:

Liebe Zukunfts-Seele!
Dir übergebe ich diese Schriften. Der Meister hat sie mir dictirt, und auch er hat ihren Zweck bestimmt, nämlich (...) sollen sie veröffentlicht werden zum besten politisch Verurteilter und deren hilfebedürftigen Angehörigen. Denn in 60 Jahren so wenig wie heute werden Glück und Friede, das heisst Freiheit auf unserem kleinen Sterne heimisch sein. Vieleicht auf einem Andern? Heute vermag ich Dir diess nicht zu sagen, vieleicht wenn Du diese Zeilen liest – –
Mit herzlichem Gruss, denn ich fühle Du bist mir gut,
Titania (...).

68 Elisabeths Brief an die Nachwelt, erste Seite. Insgesamt zwei Briefbögen mit schwarzem Rand, Handschrift mit lila Tinte, 1890

Flucht in die Schweiz

Für die persönliche Sicherheit der sprunghaft agierenden und stets auf ihren freien Willen pochenden Monarchin zu sorgen, gestaltete sich auf den vielen Reisen als extrem schwierig. Als sie 1891 drei Wochen lang im berühmten »Shepheard's Hotel« in Kairo logierte, bekam ihr das trockene Klima ganz ausgezeichnet. Trotz sengender Hitze unternahm sie jeden Tag anstrengende Gewaltmärsche, denen die Sicherheitsbeamten nicht gewachsen waren. Der österreichische Gesandte schrieb nach Wien: »Die pedestrische Leistungsfähigkeit Ihrer Majestät ist eine so bewunderungswürdige, daß die Geheimpolizei es für unerträglich erklärte, der allerhöchsten Frau anders als zu Wagen zu folgen.«

Sichtbaren Polizeischutz lehnte sie kategorisch ab. Wegen der »immer größer werdenden Anarchistengefahr« ordnete Franz

69 Links: Elisabeth trug einen echten arabischen Burnus, nicht die europäische Variante »Bedouine«. – Rechts: Ein Ausstattungsstück aus der Hermesvilla, der »Araber«. Er erinnerte die Fernwehgeplagte auch in Lainz an die Magie Kairos und Alexandrias.

Joseph Überwachung durch mehr oder weniger »geheim agierende« Agenten an. Ein Katz-und-Maus-Spiel begann:

> Kolossale Arbeit hatten wir mit der Kaiserin Elisabeth. Niemand durfte sie ansehen. (...) Dazu kamen noch ihre plötzlichen Spaziergänge, einmal um drei Uhr früh, dann wieder vormittags ging sie in den Wald. Man musste immer auf Posten sein. Dabei hatte ich den strengsten Befehl erhalten, dass jeder Schritt der Kaiserin so zu bewachen sei, dass sie nichts bemerke ... Fünf Stunden mussten wir ihr nachpirschen. Immer in etwa 200 Meter Entfernung, Bäume oder Felsen als Versteck benutzend.

Im 19. Jahrhundert erwarb sich die Schweiz den Ruf eines klassischen Asyllandes. Nach 1848 kamen beispielsweise allein 10 000 bis 12 000 deutsche Liberale in den jungen Bundesstaat. Republikaner aus Frankreich, Italien und Ungarn flohen gar in unbekannter Anzahl. Der Staatsstreich Napoleons III. (1851) führte dazu, dass französische Republikaner erneut Schutz suchten, vor allem im französischsprachigen Teil der Schweiz. Ab den 1860er- und 1870er-Jahren wurden vermehrt sozialistisch eingestellte Flüchtlinge im Land aufgenommen, vor allem Mitglieder der blutig niedergeschlagenen Pariser »Commune« (1871) und deutsche Sozialdemokraten, die nach dem Erlass der »Sozialistengesetze« (1878) in der Heimat nicht mehr sicher waren. Österreich, Russland und das Deutsche Reich übten in der Folge großen Druck auf die Schweiz und ihren offenen Umgang mit der Flüchtlingsfrage aus. Schließlich gab das kleine Land deutlich zu verstehen, dass es auf seinem Staatsgebiet keine Agententätigkeit (mehr) dulden werde: Der deutsche Polizeiinspektor Wohlgemuth, der auf emigrierte sozialdemokratische »Elemente« angesetzt war, wurde 1889 verhaftet und ausgewiesen (»Wohlgemuth-Affäre«).

Im letzten Viertel des 19. Jahrhunderts galt die Schweiz als Drehscheibe osteuropäischer und später auch italienischer Revolutionäre und Anarchisten. Zu den berühmtesten gehörte Michail

Bakunin, der »moderne Danton«, wie es auf einem zeitgenössischen Flugblatt hieß, oder der »Satan der Revolte«, wie man ihn posthum nennen sollte. Er entstammte einer alten russischen Adelsfamilie und war eigentlich Artillerieoffizier und Mathematiklehrer. Richard Wagner lernte ihn Ende der 1840er-Jahre kennen und beschrieb ihn anschaulich in seinen Lebenserinnerungen:

> Es war ihm wohl, wenn er sich, auf dem harten Kanapee seines Gastfreundes ausgestreckt, mit recht viel verschiedenartigen Menschen über die Probleme der Revolution diskursiv vernehmen lassen konnte. (...) Während er predigte, unterließ er es nicht, da er bemerkte, dass ich an den Augen litt, trotz meiner Abwehr den grellen Schein des Lichts auf mich durch seine vorgehaltene breite Hand eine volle Stunde lang abzuhalten.

Bakunin nutzte die Schweiz als Agitationsplattform und wurde ständig überwacht, starb jedoch 1876 lebensmüde und resigniert an Harnvergiftung in einem Berner Krankenhaus. Er war unbehelligt geblieben und verließ das gastfreundliche Land nicht mehr. Noch immer ruht er auf dem Bremgartenfriedhof in der Hauptstadt der Schweiz.

Anders erging es dem zwielichtigen politischen Nihilisten und Mitverfasser des »Katechismus des Revolutionärs«, Sergei Netschajew. Dieser hatte in der Schweiz mit Bakunin (vorerst) enge Freundschaft geschlossen, kehrte jedoch nach Russland zurück, um den Kampf gegen den Zarismus vor Ort weiterzuführen. Als es in seiner recht überschaubaren Gruppe »Volkswillen« zu Meinungsverschiedenheiten kam, da ein Mitstreiter die Mythomanie und die Spiegelfechtereien Netschajews erkannt hatte, erschoss dieser seinen Widersacher, einen Studenten namens Iwanow. Die Leiche wurde in einen Teich geworfen. Dostojewski schilderte diese Vorkommnisse in seinem Roman »Die Dämonen«. Netschajew tauchte bald wieder in Locarno und in Genf auf. Sein russisches »Abenteuer« versuchte er vor den Genossen geheim zu halten. Russland jedoch forderte seine Auslieferung. Die schweizerische Polizei wurde aktiv und forschte ihn nach Verrat durch einen anderen Exilanten aus. Da der Mord an Iwanow keineswegs politisch motiviert war, wurde er festgenommen, als »gemeiner Verbrecher« nach Russland überstellt und dort zu 20 Jahren Zuchthaus sowie lebenslanger Deportation verurteilt. In der Peter-und-Pauls-Festung in St. Petersburg trug er zwar Ketten an Händen und Füßen, dennoch gelang es ihm, Fluchtpläne zu schmieden. Er konnte sogar Gefängniswärter und Soldaten für seine Sache gewinnen. Das Vorhaben misslang, Netschajew wurde zur Strafe auf ein Drittel der ohnehin kargen Gefängniskost gesetzt und verhungerte schließlich, von Skorbut geschwächt, in seinen Ketten.

Ausgewiesen – aber nicht ausgeliefert – wurde 1891 der »exemplarische« italienische Anarchist Errico Malatesta. Während etwa Bakunin trotz seiner Gefängnisaufenthalte und seines Einsatzes für die arbeitenden Klassen im Grunde immer Aristokrat geblieben war, gab der Bauernsohn aus Kampanien sein Medizinstudium auf, um – dem anarchistischen Ideal folgend – von seiner Hände Arbeit zu leben. Er erlernte den Elektrikerberuf und kam 1872 bei Bakunin in Zürich unter. Ein höchst abenteuerliches Leben sollte ihn durch fast alle Kontinente führen. Seine Tätigkeit erstreckte sich bis nach Lateinamerika, wo wie in Italien anarchistische Syndikate entstanden. Nicht zuletzt dank des Bakunin-Schülers Malatesta war es möglich gewesen, dass der Anarchosyndikalismus in Italien eine Massenbewegung wurde. Am Ende starb der international bedeutende Revolutionär 1932 in Rom, von der faschistischen Regierung unter Hausarrest gestellt, fast 80 Jahre alt.

Während einige wenige Terroristen gegen Ende des 19. und zu Beginn des 20. Jahrhunderts mit Bomben und Attentaten die alte Ordnung zu stürzen versuchten, verschrieben sich die humanitären Theoretiker des Anarchismus libertären Zukunftsplanungen und hofften auf die größte Freiheit und das größtmögliche Glück aller. Der lange vergessene politische Vagantenpoet Hugo Sonnenschein (»Bruder Sonka«), der von Erich Mühsam und Thomas Mann gewürdigt wurde und mit Karl Kraus in einen heftigen literarischen Streit verwickelt war, der sogar vor Gericht ausgetragen wurde, verstand sich als radikaler Sozialutopist und Anhänger Trotzkis. Obwohl dies Leo Trotzki gar nicht gefallen hätte, schrieb er:

> Pater noster, der du bist,
> Allgerecht und Anarchist.

Aber auch:

> Ich kaufe mir ein Brotstilett
> Das schneidt und schmiert behende
> Und hab ich weder Brot noch Fett
> Weiß ich, wozu ich's verwende.

Lenin, ebenfalls lange im Schweizer Exil, dachte an die gewalttätigen Einzelgänger, als er den Anarchismus als »Produkt der Verzweiflung« bezeichnete. Die soziale Frage darf bei der Beurteilung der verschiedenen Ausbrüche hoffnungsloser Wut nicht außer Acht gelassen werden. Luigi Lucheni sollte in seinem Prozess sagen, dass er sich »für sein Leben« habe »rächen« wollen.

Verschiedene Attentate auf gekrönte Häupter wurden von der Schweiz aus geplant. Der verhasste Zar Alexander II. war Zielperson dreier Mordanschläge, er starb beim vierten, als in St. Petersburg eine Sprengbombe zu seinen Füßen explodierte. 1892 verübte der litauische Anarchist Alexander Berkman in Pittsburgh einen erfolglosen Anschlag auf den amerikanischen Industriellen Henry Clay Frick, in dessen Fabrik bei einem Streik mehrere Arbeiter getötet worden waren. Berkmans »ABC des Anarchismus« wird bis heute verlegt. Im Baskenland wurde der spanische Premierminister Cánovas del Castillo 1897 von einem italienischen Anarchisten ermordet.

Schon im Juli 1881 war dem russischen Revolutionär Fürst Petr Kropotkin in seinem Asylland Schweiz der Ausweisungsbefehl zugestellt worden. Er hatte am Londoner Anarchistenkongress teilgenommen, auf dem den Arbeitern empfohlen worden war, sich mit Chemie, gemeint war mit der Herstellung von Bomben, vertraut zu machen. Im gleichen Jahr hatte Kropotkin auch der alten Forderung »Taten statt Worte« wieder Nachdruck verliehen: »Manche Tat macht in einigen Tagen mehr Propaganda als Tausende von Broschüren.« Diese als »Propaganda der Tat« auch in den 1960er- und 1970er-Jahren vor allem durch die RAF oder die Brigate Rosse wiederauflebende Idee geht auf die 1870er-Jahre und den französischen Anarchisten Paul Brousse zurück. In der zeitweise einflussreichen anarchistischen Zeitschrift »Le Révolté«, die alle 14 Tage in Genf erschien, wurde auf Gewalt als Mittel zum Zweck hingewiesen: »Wir haben die Pest im Haus, wir müssen ihre Ursache zerstören und wenn es mit Feuer und Eisen geschehen muß, wir dürfen nicht zögern. Es handelt sich um das Heil der Menschheit.«

Der Agitator Johann Most erklärte: »Wir predigen nicht nur Taten an und für sich, sondern auch als Propaganda.« Andere verstanden unter »Propaganda der Tat« nicht nur einzelne Bombenanschläge oder Ähnliches, sondern auch gemeinschaftliche Aufstände, die die – zumindest in den Köpfen einiger Aktivisten – kurz bevorstehende Weltrevolution auslösen sollten. Diebstähle, insbesondere Enteignungen (»anarchistisch« für Banküberfälle), gezielt ausgelöste Unruhen oder Generalstreiks gehörten ebenfalls zum Konzept. Die direkte Aktion sollte als Gegengewicht zur staatlichen Repression mit ihrem Polizei- und Militärapparat fungieren. Später kam auf der zu bekämpfenden Seite noch der industrielle Komplex hinzu.

Die von den Urhebern erwünschten Veröffentlichungen über Gewalttaten und der starke außenpolitische Druck führten jedoch im Endeffekt lediglich dazu, dass nach der Ermordung der Kaiserin Elisabeth 1898 zahlreiche italienische Anarchisten ihr Asylland verlassen mussten. Die schweizerischen Behörden gingen nun verschärft gegen anarchistische und antimilitaristische

Propaganda aller Art und gegen deren Vertreter vor – nicht zuletzt auch deswegen, weil diesmal eine Frau ums Leben gekommen war. Noch dazu eine, die zwar durch Heirat Kaiserin geworden war, aber keine wie immer gearteten politischen Funktionen ausgeübt hatte und außerdem als Privatperson und inoffiziell in der Schweiz zu Gast gewesen war. Anarchisten und revolutionäre Sozialisten waren nun nicht mehr willkommen. Jenen, die schon im Land waren, legte man eine »Weiterreise« sehr nahe. Die Strafen für politische »Umtriebe« wurden strenger. Außerdem begann die schweizerische Bundesanwaltschaft nach Luchenis »Propaganda der Tat« mit den Polizeibehörden der anderen europäischen Länder zusammenzuarbeiten und Informationen über die Aktivitäten der Linken (»unerwünschte Ausländer«) auszutauschen.

Der Erlöser

Um 14 Uhr 20 war es gewiss. »Tot«, gab der herbeigerufene Arzt Dr. Etienne Golay den anwesenden entsetzten Damen und Herren aus Elisabeths kleinem Tross und bald der gesamten Weltöffentlichkeit bekannt. Die Kaiserin erlag einer Herzbeuteltamponade, das heißt, es war nach der Stichverletzung bei jedem Herzschlag so lange Blut in den Herzbeutel eingedrungen, bis das Herz seine Tätigkeit einstellte. Sie bemerkte eine zunehmende Schwäche und verlor schließlich das Bewusstsein.

In ihren Anflügen von Fatalismus hatte sie immer danach gestrebt, sich Detektiven und Leibwächtern zu entziehen. Niemand sollte der »Vorsehung« in den Arm fallen können:

> Oft macht das Schicksal seine Augen zu, aber früher oder später öffnet es sie wieder und schaut uns an. Die Schritte, welche man vermeiden müsste, um dem Schicksal zu entgehen, sind immer solche, die man unvermeidlich macht.

70 Totenschein Elisabeths

Elisabeth rechnete vielleicht mit dem nahe bevorstehenden Ende – hatte sie doch am Tag zuvor nach einem Besuch bei Baronin Julie Rothschild in Pregny mit ihrer Begleiterin Irma Sztáray zum wiederholten Mal über den Tod diskutiert. Die Hofdame erinnerte sich später, dass Elisabeth Folgendes gesagt habe: »Ich fürchte ihn, obwohl ich ihn oft ersehne, doch dieser Übergang, diese Ungewißheit macht mich zittern, und besonders der furchtbare Kampf, den man bestehen muß, ehe man dahin gelangt.« Zu Christomanos hatte sie einst gesagt, als sie zum Nachthimmel hinaufblickte: »Die Sterne sind auch lauter schimmernde und ferne Leichen.« Wie es sich für ein »Sonntagskind« gehört, vollendete sich der Lebenskreis Elisabeths an einem Samstag. Damals verstand es der Himmel noch, die bevorstehende Ankunft eines neuen Sterns zu feiern. Der Astronom auf dem alten »Geister- und Hexenberg« Brocken (Blocksberg) hielt in der Nacht vom 9. auf den 10. September 1898 folgendes Schauspiel minutiös fest:

Der Erlöser | 215

Man bemerkte einen weiß-grünlichen Schimmer (…). Die Helligkeit des flachen Lichtbogens nahm während der nächsten halben Stunde langsam zu, gleichzeitig hob er sich langsam über den Horizont (…). Die bedeutendste Lichtentfaltung begann aber erst, als von fast allen Teilen der Lichtbogen Strahlen aufschossen, die (…) eine prachtvolle satte dunkelpurpurne Farbe annahmen. Einzelne Strahlen gingen bis über den Polarstern hinaus. Etwa zehn Minuten hielt sich diese lebhafte, in ihrer Struktur langsam, aber stetig wechselnde Lichterscheinung auf ihrem Höhepunkt, dann verblaßte das reizvolle Bild.

Am 11. September um 14 Uhr, also ziemlich genau 24 Stunden nach dem Ableben, fand die nach dem Schweizer Gesetz vorgeschriebene partielle Obduktion der Leiche statt. Es hatte etwas gedauert, bis die Erlaubnis dazu aus Wien eingetroffen war. Irma Sztáray war Augenzeugin:

Man schnitt den Brustkorb auf, um die Richtung der Wunde festzustellen: Die vierte Rippe war durchbrochen, Lunge und Herz durchbohrt. Ich sah das Herz in der Hand des Arztes (…). Und das mußte ich überleben! »Ich möchte dieser Welt entschwinden wie der Vogel, der auffliegt und im Äther verschwindet, oder wie der aufsteigende Rauch, der hier vor unseren Augen blaut und im nächsten Augenblicke nicht mehr ist.« Diese Worte hatte sie einst zu mir gesagt und sie kamen mir jetzt ins Gedächtnis. (…) Während es damals in jenen Worten, die sie einen Tag vor ihrem Tode bei der Baronin Rothschild sprach, wie ein wundersames Vorgefühl lag, gleich einer Prophezeiung: »Je voudrais que mon âme s'envolasse vers le ciel par une toute petite ouverture du cœur.« (…)
Schmerzen hatte sie keine und ohne den Tod zu ahnen, betrat sie die Schwelle der Ewigkeit.
Ich sah auch die Einbalsamierung bis zum Ende an.

Die Feile des »Erlösers« war 4 Zentimeter oberhalb der linken Brustspitze in den Körper eingedrungen, etwa 8 Zentimeter tief war der tödliche Stich. Auch im Alter verfügte die Ermordete weiterhin über eine stattliche Körpergröße: 172 cm, so steht es im Totenbeschauprotokoll.

Julie Rothschild übersandte einen Strauß weißer Orchideen, die auf das Herz Elisabeths in ihrem Transportsarg gelegt wurden. Zwei Tage zuvor war ihr aufgefallen, dass ihr Gast immer wieder zu diesen Blumen zurückgekehrt war, um sie zu bewundern. Sie wurden in Wien dem Witwer übergeben. Dieser fragte die erschöpfte Hofdame Sztáray, ob sie – den damaligen Totenbräuchen entsprechend – der Kaiserin auf dem Sterbebett eine Haarlocke abgeschnitten hätte. Sie verneinte: »Ich brachte das nicht über mich, weil ich wußte, wie sehr sie auf ihr Haar hielt.« Franz Joseph zeigte Verständnis. Stattdessen waren die persönlichsten Gegenstände der Kaiserin zusammen mit ihrer Leiche im Zug von Genf nach Wien gekommen. Die zu ihren Lebzeiten aufgrund ihres flotten Schritts »Lokomotive« genannte ewige Touristin absolvierte selbstverständlich auch die letzte Reise mit der Eisenbahn, im »Hofsalonleichenwagen«. Die Journaille spekulierte unverschämt, ob die Tote Schwarz trägt oder doch Weiß? Mit ihr im Sarg befanden sich der Ehering, den sie nie am Finger, sondern an einer Kette unter dem Kleid getragen hatte, der Lederfächer, ihre Uhr, auf der in griechischen Buchstaben der Name »ACHILLEUS« eingraviert war, ein Armband mit Totenkopf, einer Fatima-Hand und zwei Medaillons, eines mit Totenhaaren von Rudolf und eines mit dem eingerollten Psalm 90: »Du lässt die Sterblichen wiederkehren zum Staub.«

Joseph Roth beschrieb im »Radetzkymarsch« jene Jahre, die nun anbrechen sollten:

Der Kaiser war ein alter Mann. Er war der älteste Kaiser der Welt. Rings um ihn wandelte der Tod im Kreis, im Kreis und mähte und mähte. Schon war das ganze Feld leer, und nur der Kaiser, wie ein vergessener silberner Halm, stand noch da und wartete.

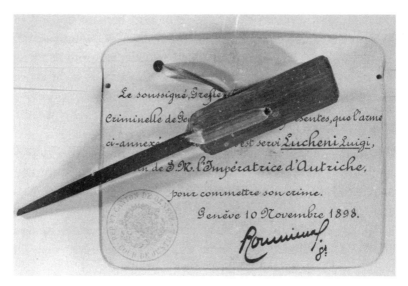

71 Luigi Luchenis Feile

Luigi Lucheni war von einem Passanten und einem Polizisten festgenommen worden, bevor Elisabeth im Hotel Beau Rivage ihrer Verletzung erlag. Er lachte und sang. Vorerst glaubte man, er habe der Frau einen Faustschlag versetzt. Noch wussten nicht alle Beteiligten, um wen es sich bei der Attackierten handelte und dass es einen Mordanschlag gegeben hatte. Die zugespitzte Self-Made-Feile hatte er auf der Flucht weggeworfen, sie wurde erst nach einiger Zeit von einem Fräulein Steinegger in deren Hauseingang aufgefunden – nachdem alle Unklarheiten längst beseitigt waren. Einen Dolch zu kaufen war ihm zu teuer gewesen, erfuhr man im Prozess von Lucheni. Auf dem Kommissariat bereute der Attentäter, dass er sein Opfer nicht getötet hatte – noch immer fehlten Informationen über die Tragweite des Geschehens. Schließlich wurde telefonisch mitgeteilt, dass die Kaiserin von Österreich gestorben sei. Lucheni war hocherfreut. »Es lebe der Anarchismus! All die Großen müssen daran glauben. Ein Lucheni tötet eine Kaiserin, niemals eine Wäscherin«, ließ er verlauten. Im Gefängnis wünschte er sich, nach den Gesetzen des

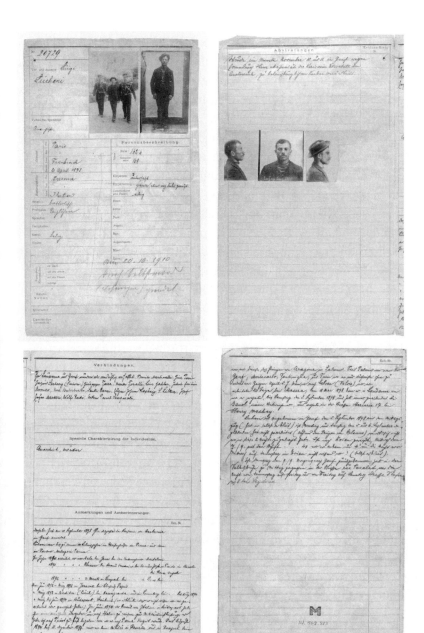

72 Vierseitiger Erhebungsbogen der österreichischen Polizei betreffend Luigi Lucheni

Kantons Luzern abgeurteilt zu werden. Dort gab es – im Gegensatz zu Genf – noch die Todesstrafe. Er wandte sich sogar an den Bundespräsidenten mit dieser Bitte: »Ich würde die Stufen der geliebten Guillotine mit Freuden hinaufeilen. Niemand bräuchte mir dabei zu helfen.«

Abgesehen von diesen Unzulänglichkeiten beschäftigte Lucheni ein weiteres, wesentlich schwerer wiegendes Problem. Die Augen der Weltöffentlichkeit, die Zeitungen mit ihren Extra-Ausgaben, ihren täglichen Berichten und ausgesprochen kreativen Illustrationen – sie alle hatten nur ein Thema: die Kaiserin. Der Mythos entstand. Elisabeth war tot, »Sissi« wurde geboren. Der Mord an der »schönsten Frau Europas« stand im Mittelpunkt, doch ging es nur um das Opfer. Niemand interessierte sich für den Attentäter, obwohl Lucheni die Tat in erster Linie begangen hatte, um endlich die ihm seiner Meinung nach zustehende Aufmerksamkeit zu erlangen. Wen seine Waffe traf, war ihm im Prinzip gleichgültig. Da Henri d'Orléans, der französische Thronanwärter, keine Anstalten machte, wie angekündigt in Genf zu erscheinen, nahm Lucheni, der daran gewohnt war, sich mit dem zufriedenzugeben, was ihm der Tag so bietet, Elisabeth ins Visier. Sie war erkannt worden, und obwohl die Journalisten und alle Hotelbediensteten genau wussten, wie sehr sie ihr Inkognito zu wahren wünschte, kündigten die Stadtzeitungen die Anwesenheit der Kaiserin von Österreich an. Auch der Name des von ihr gebuchten Hotels wurde veröffentlicht. Den Herren vom Beau Rivage war dies nur recht – kostenlose effektive Reklame. Sie war dort unter dem Namen »Gräfin von Hohenembs« abgestiegen, mitsamt ihrem mobilen Hof. Hundert Colli Gepäck, etwa 3000 Kilo.

Hätte er am Morgen des 10. September 50 Franken gehabt, so hätte er Elisabeth in Ruhe gelassen, sagte Lucheni während des Prozesses. Er wäre in sein Heimatland Italien aufgebrochen und hätte versucht, König Umberto I. umzubringen.

Sogar die anarchistischen Blätter ließen Lucheni im Stich. Weit und breit ergriff niemand für ihn Partei. Lediglich der Staatsanwalt

73 Der Dampfer »Genève«. Auf ihm wurde Elisabeth zur Anlegestelle zurückgebracht.

Georges Navazza hörte ihm zu, gezwungenermaßen. In Budapest habe Lucheni die Kaiserin gesehen, 1894. Und ihr Bild sei ihm in Erinnerung geblieben. Nicht erinnern konnte er sich allerdings, wie er nach Budapest gekommen war, was er dort wollte und wer ihm die Kaiserin gezeigt hatte. Auch sagte er aus, dass er Elisabeth am Vorabend des Attentats auf ihren Spaziergängen gefolgt sei und herausgefunden habe, dass am nächsten Tag eine Fahrt auf dem Genfer See stattfinden werde. Alle Medien der Welt sollten nun von ihm sprechen, sein Name sollte berühmt werden, meinte Lucheni. Er strotzte vor Selbstbewusstsein, betonte, dass er der Auserwählte sei, der eine Mission zu vollenden habe. Als stolzer »individueller Anarchist« handelte er aus eigenem Antrieb und nicht im Auftrag einer Organisation. Er allein übernahm die Verantwortung für den Mord. Dieses Konzept gefiel fast hundert Jahre danach auch Wolf Biermann nicht. In der »Stasi-Ballade« belehrte er: »Terror, individueller, ist nach Marx ein grober Fehler.« Lucheni bekam es zu spüren.

Der Erlöser

16 000 »Frauen und Mädchen von Wien« unterzeichneten einen Brief, in dem sie Lucheni »Mörder, Bestie, Ungeheuer, reißendes Tier« nannten, dem »beide Arme und Beine abgeschnitten« werden sollten und dessen »Leben in ewiger Finsternis« verlaufen sollte. Interessant, da sich Elisabeth nicht wirklich als Schutzherrin der Wienerinnen gesehen hatte. Auch Mädchenpensionate waren ihre Sache nicht gewesen.

Zwei Monate später, im November 1898, produzierte sich der Attentäter im Gerichtssaal als besonders eitler Mensch, dessen Absicht es war, durch ein Verbrechen international Aufmerksamkeit zu erlangen, da er bisher »bloß ein Tropfen im Meere des Proletariats« war, vermeldete die »Neue Zürcher Zeitung«. Es hieß auch, der einfache Arbeiter Lucheni sei in den von Intellektuellen dominierten Anarchistenzirkeln »Stupido« genannt worden, was für ihn ein Ansporn gewesen sein könnte, es den »Wichtigtuern« zu zeigen und seine mangelnde Anerkennung durch Ehrgeiz und tatsächlich ausgeführte Taten zu erzwingen.

Den zwölf Geschworenen sagte Lucheni:

> Ich bereue nichts! Der große Bakunin hat uns den Weg gezeigt, wie wir die Fesseln abwerfen können, die Fesseln, die eine verkommene Aristokratie und eine kapitalistische Bourgeoisie uns auferlegen. Ich glaube an die Propaganda der Tat. Und mit mir viele Leute. Allein darauf kommt es an.

Staatsanwalt Navazza, der den Charakter Luchenis erkannt hatte, verlangte in seinem Plädoyer: »Er muß die Strafe erhalten, die wir an die Stelle der Todesstrafe gesetzt haben, eine Strafe, die nicht weniger hart ist, nämlich dazu verdammt zu sein, vergessen von der Welt, jeden Tag und jede Stunde (…) leben zu müssen. Wenn er die Schwelle unseres Zuchthauses überschritten hat, so soll er verdammt sein, der Vergessenheit anheimzufallen in alle Ewigkeit.«

Während der Rede des Pflichtverteidigers Pierre Moriaud, in der die schwere Kindheit und die miserable soziale Lage des Attentäters die Hauptrolle spielten, soll Lucheni auf seinem Platz mit den Tränen gekämpft haben. Er sei ein »ordentlich denkender Mann« gewesen und nur wegen der fehlenden Entwicklungsmöglichkeiten der »sittlichen Verlotterung« anheimgefallen.

Nach dem Urteil »lebenslängliches Zuchthaus« im Gefängnis Eveché wurden alle Personen, die anfangs für Mittäter oder zumindest Mitwisser Luchenis gehalten wurden, aus der Schweiz ausgewiesen. Auch jener Italiener, der in gutem Glauben den Griff für die Feile fabriziert hatte, musste Genf verlassen. Der einzige Haftgenosse des Luigi Lucheni war angeblich ein Muttermörder, der untertags einer Arbeit nachgehen durfte. Für den Neuankömmling waren solche Freiheiten zunächst nicht vorgesehen. Dieser bekam Einzelzelle 95, wo er die nächsten sechs Monate zu verbringen hatte. Die Isolationshaft wurde anschließend bis zum 5. Jänner 1900 ausgedehnt. Kontakt zu Häftlingen in anderen Trakten war nicht gestattet. Den Gefängnishof durfte Lucheni erst betreten, wenn die Rundgänge der Mitgefangenen beendet waren. Danach fing Lucheni als Lehrling in einer Werkstatt an, wo er behandelt wurde wie jeder andere. Sprechen durfte er nicht – ebenso wie jeder andere. Die Einzelhaft wurde nicht aufgehoben.

Als unehelicher Sohn einer Italienerin in Paris geboren, hatte er seinen Vater nicht gekannt. Vom Waisenhaus kam er zu Pflegeeltern, die ihn einige Jahre in die Grundschule schickten. Als Beruf gab er stets an, Handlanger gewesen zu sein. Tatsächlich verdingte er sich in unterschiedlichsten Berufen, war Gärtner, Maurergehilfe, Eisenbahn- und Hafenarbeiter, Soldat, Angestellter eines Adeligen, wollte Fremdenlegionär werden, überlegte es sich jedoch wieder anders, wohnte bei den Mönchen auf dem San Bernardino und studierte dort – angeblich – während der Messen in einem Versteck den »Agitatore« und anderes verbotenes anarchistisches Schrifttum. Er war der Meinung, endlich die richtige Antwort auf Ungerechtigkeit und Ausbeutung gefunden zu haben. »Nur wer arbeitet, darf essen!« lautete sein neu adaptiertes Credo.

Wenigstens erhielt er im Gefängnis ein paar Briefe, die ihm Mut zusprachen, zum Beispiel gleich direkt aus Genf:

Lieber Kamerad!
Die Arbeiter bewundern Deine noble Tat. Diese Frau (…) hat niemals gearbeitet! Sie wollte nie arbeiten! (…) Man wird Dich nie vergessen! Einer für alle!

Andere Zuschriften:

Liebster Luigi!
Der freigebige Stich, den Du der Repräsentantin der österreichischen Bourgeoisie versetzt hast, hat mir großen Eindruck gemacht. (…) Andere werden Deinem Beispiel folgen!

An Lucheni!
Kaiser und Könige sind unnütz, lächerlich, grotesk und böse. Sie sind Esel (…). Lucheni, ich küsse Deine Hände (…). Es lebe die Anarchie!

Doch die Briefe wurden weniger. Es dürfte dem Attentäter klar geworden sein, dass er die Freiheit seines ganzen Lebens jenen »fünfzehn Minuten Ruhm« geopfert hatte, als er in der Zeit zwischen Prozessbeginn und Einlieferung ins Gefängnis im ersehnten Rampenlicht stehen durfte. Verzweiflung über seine Einsamkeit, die ganz offensichtliche Folgenlosigkeit seiner Tat und die daraus resultierende Zermürbung zehrten an ihm. Schon im November 1898 begriff er: »Meine Zukunft ist traurig. (…) Ich bin ein lebender Toter.«

Hoffnung auf Begnadigung gab es nicht. Insgesamt war Elisabeths Mörder zwölf Jahre lang eingesperrt. Am 19. Oktober 1910 fand man den gebrochenen Anarchisten tot in seiner Dunkelzelle, in die er drei Tage zuvor wegen einer Bagatelle gebracht worden war, 37 Jahre alt. Kurz zuvor hatte er in einem Raptus alle möglichen Gegenstände zertrümmert, Wärter hatten versucht, ihn mit Schlägen und Tritten zur Räson zu bringen.

Das Medieninteresse war gering, es reichte gerade für ein paar Zeilen in der Lokalpresse und in den Wiener Zeitungen. Offiziell wurde mitgeteilt, er habe sich an der Fensterangel erhängt. Dies passierte zwischen zwei Wachgängen, gegen 18 Uhr. Die Hintergründe sind bis heute ungeklärt. Es besteht die Möglichkeit, dass bei Luchenis Selbstmord »nachgeholfen« wurde. Sowohl der Direktor als auch das Wachpersonal des Gefängnisses erklärten, »glücklich darüber zu sein, Lucheni, diesen unbequemen, rachsüchtigen und hinterhältigen Gefangenen vom Hals zu haben«. Staatsanwalt Navazza reagierte unvoreingenommen: »Ich kann dieses Nachspiel nicht gutheißen.«

Der Ort der Bestattung von Luchenis Leiche ist unbekannt. Sein präparierter Kopf kam am 24. Dezember (dem Geburtstag Elisabeths) 1985 in Formalin nach Wien, ins Pathologisch-Anatomische Bundesmuseum in den »Narrenturm«. Nicht das kleinste Stückchen Hals befand sich mehr an diesem Kopf, weil alles abgeschnitten wurde. Man darf also zu Recht die Frage stellen: Welche Male trug dieser Hals? Der Autopsiebericht ist übrigens verschwunden.

Es war üblich, die Gehirne »Krimineller« oder »Verrückter« zu sezieren, um eventuelle »Abnormitäten« festzustellen. Auch das Gehirn des Kronprinzen Rudolf wurde so behandelt. Im »Narrenturm« war das Lucheni-Präparat nicht öffentlich zugänglich, sondern befand sich im Depot. Dem Kopf ist mittlerweile ein stilles Begräbnis in den Anatomiegräbern am Wiener Zentralfriedhof zuteil geworden.

Ihr lieben Völker im weiten Reich,
So ganz im geheimen bewundre ich euch:
Da nährt ihr mit eurem Schweisse und Blut
Gutmütig diese verkommene Brut!

Bei Gott! Was soll aus dem Gewühl
Aus Habsburgs Sprossen werden?
Aus diesem teuren Ornament,
Das jedes Land belastet
Welches sich Monarchie benennt
(Ob dem das Volk dann fastet).

Lucheni hätte vollinhaltlich mit diesen Zeilen übereingestimmt. Sie stammen von Kaiserin Elisabeth.

Eines ihrer Lieblingspferde hörte auf den Namen »Nihilist«.

Das Musical »Elisabeth« von Michael Kunze und Sylvester Levay mag etliche Schwächen haben, doch es beginnt mit folgender Szene:

»Warum, Lucheni, haben Sie die Kaiserin ermordet?«
»Weil sie es wollte!«, lautet die Antwort.

XII Wunsch-Bild:
Unvergängliche Schönheit?

Der Kunsthistoriker und Gründer des heutigen MAK, Rudolf Eitelberger, hielt 1884 fest: »Der Staat bedarf der Portraitstatuen und Büsten nicht blos des Ruhmes, sondern auch der Selbsterhaltung wegen.« Von Kaiserin Elisabeth gab es zu diesem Zeitpunkt schon lange keine aktuellen »Portraits« mehr. Zur Staatserhaltung hatte sie ohnehin kaum etwas beigetragen, eher zu dessen Demontage.

Sie hatte es verstanden, mit den Medien zu spielen, und gehörte zu den ersten, die alle verfügbaren technischen Möglichkeiten einsetzten, um selbst über ihr öffentliches Bild zu bestimmen. Nichts überließ sie dem Zufall. Jede überlieferte Aufnahme wurde retuschiert – so lange, bis sie mit der Wirkung ihres abgelichteten Selbst einverstanden war. Die Elfe, die kalte Schönheit, die leidende Mutter: Ihre Stilisierungen verfehlten ihre Wirkung nicht. Die Bilder der Kaiserin ließen die profane Person zurück. Sie führ(t)en in die lichten Höhen des »reinen, unentweihten Mythos« (Julie Burchill). Der Schriftsteller Felix Salten in seinem Nachruf: »Jetzt ist uns ihre Existenz fast schon wie etwas Unwirkliches, ihre Gestalt schwebend wie die Gestalten eines Traumes, und auf ihr Schicksal blicken wir kaum noch wie auf ein gelebtes Dasein, sondern wie auf eine Dichtung.«

Die Retuschiertechniken können als Schönheitschirurgie des 19. Jahrhunderts aufgefasst werden. Alles Lebendige wurde aus den perfekt wirkenden Bildern entfernt. Ähnlich wie berühmte Schauspielerinnen beschäftigte sich auch Elisabeth eingehend mit den Möglichkeiten, die das neue Medium Fotografie für sie bereithielt.

Bilder gegen das Vergessen

Die Erfindung der Fotografie von Joseph Nicéphore Nièpce und Louis-Jacques-Mandé Daguerre wurde 1839 in der Pariser Académie des Sciences der Öffentlichkeit übergeben. Die nach ihrem Urheber »Daguerreotypien« genannten Belichtungen, jede ein Unikat, waren aufwändig und kostspielig in der Herstellung. Ungefähr zur gleichen Zeit entwickelte der Engländer William Henry Fox Talbot die ersten fotografischen Abzüge. Doch war es erst die Vorstellung der Visitbilder (»Carte de Visite«), die die Fotografie revolutionierte. 1854 ließ der Pariser Fotograf André Adolphe Eugène Disdéri seine Erfindung patentieren: Der neue Beruf »Fotograf« hatte nur dann Aussicht auf Erfolg, wenn der Auftraggeberkreis erweitert und die Zahl der Porträtaufträge gesteigert werden konnte. Somit war es nötig, sich an den ökonomischen Verhältnissen des mittleren und später des einfachen Bürgertums zu orientieren. Disdéri verkleinerte das Format der Fotografien auf die Größe der überall in Umlauf sich befindenden Visitenkarten. Mit einer einzigen Glasplatte konnten nun zehn Aufnahmen gemacht werden. Die zunehmende Konkurrenz drückte den Preis eines Visitbildes erheblich.

In den 1860er-Jahren ging ein bürgerliches Paar auf jeden Fall anlässlich der Hochzeit zum Fotografen. Noch immer gab es aber viele Menschen, die sich nur ein einziges Bild »im Leben« gönnten und selbst dieses sahen sie nie: Es wurde auf dem Totenbett aufgenommen und diente den Hinterbliebenen als Erinnerung. Seit jeher steht das Porträt für die abwesende Person. Es entspringt der menschlichen Sehnsucht, der Vergänglichkeit des Lebens ein bleibendes Abbild entgegenzusetzen. Der französische Philosoph Roland Barthes sprach davon, dass man in der Fotografie »ganz und gar Bild geworden ist, das heißt der Tod in Person«. Neben den Nacktfotos war die Post-Mortem-Fotografie die wichtigste Einnahmequelle der Fotografen. Nicht umsonst befanden sich die ersten Ateliers gleich neben den Bestattungsunternehmen.

Bis zum Ersten Weltkrieg verbreitete sich das etwas größerformatige Kabinettfoto. Es war teurer, stieg jedoch stetig in seiner Beliebtheit.

Als neues beliebtes Hobby entstand das Sammeln von Fotos. Konterfeis der eigenen Familie und die »Stars« der Zeit schmückten die angebotenen Steckalben, sodass man seine Sammlung gut geordnet anderen Interessenten präsentieren konnte. In jeder Fotokollektion mussten die bekanntesten Schauspielerinnen und Schauspieler sowie die kaiserliche Familie vertreten sein. Dieses Bedürfnis wirkte auch in entgegengesetzter Richtung: Durch die Verbreitung der Bilder wurden die Theatergrößen, aber auch die »schöne Kaiserin«, besonders populär. Um 1860 kostete ein Einzelporträt im Durchschnitt einen halben Gulden, ein Dutzend vier Gulden. Die durchschnittlichen Jahreseinkommen bewegten sich zwischen 1500 und 12 000 Gulden.

Viele Fotos ihres »Leibfotografen« Josef Székely zeigen die Schauspielerin Charlotte Wolter in ihren zahlreichen Paraderollen. Die Diva gestattete dem Fotografen, diese Zeugnisse ihrer Kunst in seinem Schaufenster zu zeigen, und erhielt dafür Gratisabzüge in der von ihr gewünschten Anzahl. Es wäre unmöglich gewesen, Porträts einer »x-beliebigen« Bürgersfrau im Schaufenster eines Fotoateliers zu präsentieren, da diese »Zurschaustellung« nicht weit von der Prostitution entfernt war: »Untersteht man sich, das Bild einer Dame auszuhängen, so hat man zu gewärtigen, daß das Fenster zertrümmert und das Bild zerstört wird.«

Dieses Zitat aus dem »Photographischen Archiv« (1877) erklärt den Sonderstatus von Schauspielerinnen oder anderen Prominenten: Es handelte sich um »öffentliche Personen«, die »ihrem« Fotostudio ihr Bild zu Werbezwecken zur Verfügung stellten und vice versa als »Botschafter« des entsprechenden Fotografen wahrgenommen wurden. Charlotte Wolter gehörte zu jenen Damen, die auch in höherem Alter auf Mädchenrollen nicht verzichten mussten. Viele Aufnahmen zeigen sie daher um etliche Jahre verjüngt. Die Fotoretusche gehörte zum Standardrepertoire eines jeden Port-

74 Charlotte Wolter und Hans Makart während der Entstehung des Gemäldes »Charlotte Wolter als Messalina«, 1874/75

rätfotografen. Schon von den Lithografen hatte Charlotte Wolter verlangt, gewisse »Mängel« zu korrigieren. Im Porträt von Josef Kriehuber (1862), dem damals angesehensten Lithografiekünstler, erscheint die große Tragödiendarstellerin als klassische Schönheit: Die Lippen wurden verkleinert, die höhere Stirn und die veränderte Augenpartie verminderten die Ähnlichkeit mit ihrem tatsächlichen Aussehen erheblich.

»Doriana Gray«

In Oscar Wildes Roman »Das Bildnis des Dorian Gray« verpfändet der Titelheld seine Seele, auf dass statt seiner selbst sein Bildnis altere. Elisabeth drehte den Spieß um: Als Person des realen Lebens musste sie altern, doch ihr Abbild konnte sie kontrollieren und ewig jung erhalten. Bis zu ihrem Lebensende – und weit darüber hinaus – schaffte sie es, sich in das Geheimnis immerwährender Jugend zu hüllen. Ein verlässlicher »partner in crime« war Ludwig

Angerer, der als erster Fotograf den Hoftitel verliehen bekam. Er durfte sich »Hoffotograf« nennen. In den Ateliers fand eine gewisse »Gleichmacherei« statt, denn alle Kandidaten posierten nach den Vorgaben der klassischen Porträtmalerei vor denselben Requisiten: Egal ob Kaufmannsgattin oder höchste Adelige, man nahm vor den Draperien, Balustraden und Säulen Platz oder stützte sich auf Sessellehnen, denn die Belichtungszeit konnte noch einige Minuten in Anspruch nehmen. Bei Angerer gab es luxuriös ausgestattete Räumlichkeiten, damit sich die hochgestellten oder zumindest wohl bestallten Herrschaften wie zu Hause fühlen konnten. Elisabeth wurde ebenfalls im Salon des Fotografen porträtiert. Auf Wunsch und gegen Aufpreis kam der Fotograf mit all seinen Utensilien auch zu seinen Klienten. Urheberrecht gab es keines. Und der Kunde wusste oft nicht, was alles mit seinen Bildern geschah. Der Fotograf musste damit rechnen, dass seine Originale kopiert und von anderen Fotografen weiter vertrieben wurden. Aus einer Vorlage konnten völlig neue Bilder hergestellt werden, was sowohl am Positiv als auch am Negativ durchgeführt wurde. In Wien wurden diese Retuschen durch den Fotografen Emil Rabending perfektioniert. Auch er hatte Elisabeth mehrmals vor der Linse. »Schön« war zur Zeit der Kaiserin nur, was absolut faltenfrei, edel und makellos erschien, und somit ordnete sich das kaiserliche Modell diesem Diktat willig unter.

Es war damals bereits möglich, Personen aus Einzelporträts zu kopieren und mit anderen zusammenzumontieren. Dies erwies sich oft als dringend notwendig, da es praktisch keine Fotos des Kaiserpaares gab. Elisabeth wurde aus einem Einzelbild herausgenommen und an den Arm des Kaisers platziert. Auch erschien sie abgebildet im Kreis ihrer Familie – was in Wirklichkeit nur ein einziges Mal der Fall war (Ludwig Angerer, 1859). Die Öffentlichkeit verlangte jedoch fortwährend nach Darstellungen von Vater, Mutter und Kindern. Es wurde daher versucht, einen Eindruck vom Familienleben des Kaiserhauses zu vermitteln, der den Tatsachen nur wenig entsprach. Immer wieder kam zu diesem Zweck eine

75 Die »allerhöchste Kaiserfamilie« 1859. Vorne: Elisabeth mit Rudolf, Gisela, Sophie, Franz Karl; dahinter: Franz Joseph, Ferdinand Max, Charlotte, Ludwig Viktor, Karl Ludwig

76 Elisabeth während der »großen Krise« kurz vor ihrer Abreise aus Wien, 1860 — 77 Eine »Familienmontage« auf der Grundlage dieser Fotografie

78 Karl Schweninger: Österreichs Herrscherhaus, 1887. – Die 50-jährige Kaiserin stiehlt der 23-jährigen Kronprinzessin die Schau.

bekannte Porträtserie von Elisabeth im weißen Kleid (Ludwig Angerer, 1860) zum Einsatz. Sie wirkte auf diesen Bildern aufgedunsen und krank. Daher wurde kräftig retuschiert: Die Augen strahlender, der Gesichtsausdruck fröhlicher. Sogar als Großmutter wurde Elisabeth noch mithilfe der guten alten Angerer-Fotos inszeniert – zur Zeit der Aufnahmen war sie Mitte zwanzig gewesen. Dies führte dazu, dass auf einem Familientableau von 1890 Schwiegertochter Stephanie (36) wesentlich älter aussah als Elisabeth (53). Nicht einmal mit Lieblingskind Valerie ließ sie sich fotografieren.

Schon als Verlobte war ihr das Modellstehen zutiefst zuwider gewesen, allerdings hatten gerade in diesen Monaten die Porträtisten Hochkonjunktur. Die 15-Jährige stand im Mittelpunkt des Interesses Abertausender Menschen. Alle wollten wissen, wie die Verlobte der »besten Partie Europas« aussah. Der Zukünftige in der Hofburg fand fast alle Bilder »miserabel« – Elisabeths Ablehnung der guten oder weniger guten Künstler war meist deutlich zu erkennen. Lediglich das Gemälde von Friedrich Dürck, heute

79 Elisabeth mit einem irischen Wolfshund, 1865/66

im Schloss Miramar bei Triest, fand Gnade in den Augen des Kaisers.

Der Nachfrage entsprechend konnte es auch vorkommen, dass die Kaiserin auf Nachbearbeitungen von Fotos anders eingekleidet wurde. Zum Beispiel empfing sie immer wieder ungarische Delegationen und trat bei solchen Gelegenheiten in der nationalen Tracht auf. Allerdings gab es vor 1867 keine Abbildungen, die sich ihre ungarischen Fans zur Erinnerung hätten kaufen können. So geschah es, dass ein findiger Fotograf das Foto einer fülligen Magnatendame hernahm und dieser einfach den Kopf der Kaiserin aus der alten Angerer-Serie aufsetzte. Darauf wurde dann noch ein Schleier appliziert.

Berühmt wurden jene Fotos von Emil Rabending, die Elisabeth in winterlicher Kleidung und zum Teil auch mit einem ihrer in England bestellten irischen Wolfshunde zeigen (1865/66). Diese Hunderasse war, vor allem in männlichen Adelskreisen, ein ganz besonderes Statussymbol. Es handelte sich um ein außergewöhnlich eindrucksvolles Exemplar von Hund, dennoch meinte seine Besitzerin: »Ich glaube, einen so großen Hund, wie ich ihn mir wünsche, gibt es gar nicht.«

Um diese Zeit dürften auch die Fotoserien von Elisabeth als Königin von Ungarn aufgenommen worden sein. Denn auf der Rückseite eines Fotokartons, den Rabending für die »ungarischen« Bilder verwendete, findet sich die Adresse jenes Ateliers im »Hotel National« in der Wiener Taborstraße, das der Fotograf nur bis zum Dezember 1866 innehatte. Zum Glück war das berühmte Kleid des Pariser Designers Charles Frederick Worth schon fertig. Die Krönung in Budapest fand erst im Juni 1867 statt. Auch vom Königspaar existiert kein gemeinsames Foto. Alle vorhandenen Darstellungen von Franz Joseph gemeinsam mit Elisabeth in ungarischer Tracht sind Montagen.

Ab den 1870er-Jahren ließ sich die Kaiserin auf keinen Fall mehr freiwillig fotografieren. Auch beim Reiten war der Fächer stets zur Hand. Die Jagdsaison war nicht nur für die adeligen Parforce-Gesellschaften, sondern auch für die Paparazzi eröffnet. Besuchte Sisi die französische Kaiserin-Witwe Eugénie in Cap Martin an der Riviera, lungerten ständig Engländer und Amerikaner mit Kodaks (erfunden 1888, »Kodak Nr. 1«) in der Nähe herum. Ein Schnappschuss von hinten gelang, von vorne mussten die Zeichner nachhelfen. Sie setzten wieder das Gesicht von Angerer ein. Auch in den deutschen Nobel-Kurorten lauerten die Fotografen: Sie erwischten Franz Joseph und Elisabeth beim Spaziergang. Teleobjektive gab es noch keine ... Ein unbekannter Knipser pirschte sich in der Schweiz wohl ziemlich nahe an Kaiserin und Hofdame heran, man kann die Gesichter recht gut erkennen. Offensichtlich war Elisabeth abgelenkt, da sie im

Moment der Aufnahme gerade Schirm und Spazierstock ihrer Begleiterin übergab, um ein Café zu betreten. Es war das letzte Mal, dass sie fotografiert wurde.

Ein Jahr früher, 1897, hatten zwei Kinder die Kaiserin überrascht, die im selben Hotel wie sie in Territet wohnten. Da kein Erwachsener in der Nähe war, ließ Elisabeth den Fächer geschlossen und lächelte den beiden freundlich zu. Die Großmutter der Kinder soll feierlich gesagt haben:»Vergesst nie diesen Tag, an dem ihr die schönste Frau der Welt gesehen habt!« Der Bub erinnerte sich, dass er aus allen Wolken gefallen sei und erwidert habe:»Aber Omama, ihr Gesicht ist ja voller Runzeln!« Worauf ihm die entsetzte Großmama eine geklebt habe.

80 Sterbebild der Kaiserin Elisabeth: Sie war 60, als sie ermordet wurde. Als ewig 30-Jährige blieb sie in Erinnerung.

Um 1868/69 hatte sich Sisi noch einmal bei Ludwig Angerer angesagt, der vermutlich die letzten Atelierbilder von ihr machte. Diese Fotos wurden in den folgenden Jahrzehnten ständig retuschiert, da sie als Vorlagen für Altersdarstellungen herangezogen wurden. Auf einer Lithografie vom September 1898 kniet der Kaiser vor dem Katafalk, auf dem Totenbett ruht in jungfräulichem Weiß ein jugendliches Schneewittchen mit jenem Gesicht, das Angerer viele Jahrzehnte früher abgelichtet hat. Auch das Sterbebild, das nach Elisabeths Ermordung um die Welt ging, basiert auf einem alten Foto des Hoffotografen. Die 60-Jährige blieb für immer 30. Diese unheimliche Alterslosigkeit bescherte der Kaiserin im Fin de Siècle die dämonischen Attribute einer Femme fatale.

Im Fotostudio von Carl Pietzner wurde 1898 wieder fleißig retuschiert. Das Bedürfnis nach Bildern der toten Monarchin zum Zweck der Erinnerung war enorm und Pietzner war ein Meister seines Faches. Besonders oft wurde eine liebevolle Ausführung der alten Aufnahme Angerers verkauft: In den Unterlagekarton mit dem Konterfei Elisabeths wurden in Pietzners Atelier die Reichsinsignien, der Doppeladler und Franz Josephs Wahlspruch »Viribus Unitis« eingeprägt. Elisabeth blickt traurig. Ihre Augen wurden von den Retuscheuren verschattet, sie erhielt ein frommes, hochgeschlossenes schwarzes Kleid und eine neue Kette mit Kreuzanhänger.

81 Gedenkblatt mit dem nunmehr unendlich wiederholten, retuschierten Sterbebild

Die Neugier des Publikums auf das echte, das gealterte Gesicht sollte unterbunden werden. Nicht die Schönheit der Herrscherin stand im Vordergrund, sondern es umgab sie nun der klösterliche Nimbus einer erhabenen, weltentrückten Persönlichkeit. Christliche Ermahnung hieß die Botschaft der Gedenkbildchen und Memento-Broschüren. Posthum erfüllte Elisabeth erstmals ihre Rolle als römisch-katholische Landesmutter. Wehren konnte sie sich nicht mehr. Pietzners Unternehmen lief ausgezeichnet. Zeitweise beschäftigte er über 300 Mitarbeiter.

Ein weiterer Angerer, Ludwigs Bruder Viktor, besaß den größten Kunstverlag der Monarchie. Er vertrieb mit Erfolg die berühmten Bilder der Kaiserin, die der Bruder aufgenommen hatte. Als sich schon bald der Film Elisabeths bemächtigte, starb die Kaiserin weiterhin jung: Im 1920 gedrehten Streifen mit Clara Nelson als Elisabeth liegt wiederum »Schneewittchen« unter dem durchsichtigen Spitzentuch: so weiß wie Schnee, so rot wie Blut und so schwarz wie Ebenholz. Im Gegensatz zum kleinen Buben, der Elisabeth ein Jahr vor ihrer Ermordung ohne Schleier und Fächer sehen durfte und vergeblich versucht hatte, seine Oma von den Tatsachen zu überzeugen, sahen die erwachsenen Augenzeugen, was sie sehen wollten. Einer ihrer letzten Reisebegleiter, Frederic Barker, beschrieb die Tote:

> Weiß wie Marmor ist die vom Tode geglättete Haut, leichte Röte überzieht die Wangen; ein Lächeln umspielt die Lippen, so fein, so anmutig, wie es im Leben gewesen. Ich mußte bei diesem Anblick an die Sappho-Statue denken. Sie sieht aus wie eine Frau von 30 Jahren.

Ungeschlagen Gabriele d'Annunzio – in der Übersetzung von Hugo von Hofmannsthal:

> Man muß verherrlichen die streng geschlossene Schönheit ihres Antlitzes mit den unbeweglichen Zügen unter der schweren Last der herbstlich gefärbten Flechten, ihre Blässe, die leuchtete unter dem Schatten des Blutes, welches das Rund der großen Brauen bläulich färbte, das Schweigen dieses herben Mundes, und ihre Seele, ihre geheimnisvolle Seele, welche in ihrer Mitte jenes Medusenhaupt trug, mit welchem Pallas ihren goldenen Schild bewehrte.

Das Antlitz der Ermordeten – eine »beliebige, leere, endlose Projektionsfläche, auf der sich Wörter und Bilder ungehemmt fortzeugen« (Juliane Vogel) – hielt die Biografin Clara Tschudi im Jahr 1903 folgendermaßen fest:

> Nichts kann den Liebreiz des Ausdrucks, der sich auf den Marmorzügen der toten Kaiserin ausbreitete, beschreiben: ein so

absoluter, stiller Friede, eine solche Ruhe sind nur den Engeln zu eigen. Obwohl während des Moments, der ihrem Tod voranging, eine Art erschütternder Leidensblick über ihr Gesicht geglitten war, glättete sich hinterher die Braue, trennten sich ihre Lippen zu einem himmlischen Lächeln, das die Perlenzähne zeigte, und der einzige Schatten, der sich auf ihrem Antlitz bemerkbar machte, war der, den ihr dichter dunkler Wimpernkranz auf ihre samtenen Wangen warf.

Die Sehnsuchtsbilder der Hagiografen nahmen die erwähnte Resurrektion schon vorweg: Aus der Leiche wird sich bald der Astralleib der Kaiserin erheben und auf einem Zelluloidstreifen davonwandeln. Spuren der Zeit und Vergänglichkeit sind im Film unwichtig, denn nicht zuletzt als Ernst Marischkas »Sissi« triumphiert Elisabeth über Verwesung und Verfall, neuerdings rauschfrei, farbrestauriert und sogar in 3D.

Die Gesichter der Toten

In Wirklichkeit hatten die Einbalsamierungschemikalien Elisabeths Gesicht anschwellen lassen. Die offiziell in Umlauf gebrachte Totenmaske entspricht diesem Bild. Sie zeigt, dem Mythos entsprechend, volle, weiche Züge. Eine ungarische Zeitung berichtete, dass die österreichische Erzherzogin Marie-Therese den polnischen Bildhauer Alfred Mostig beauftragt hatte, eine Totenmaske anzufertigen. Zu diesem Zweck zeichnete Mostig die tote Kaiserin im Hotel Beau Rivage und modellierte dann zwei sehr verschiedene Masken. Eine authentische, die dem Aussehen der 60-Jährigen zweifelsohne recht nahe kam, und eine zweite, die vom Kaiserhaus freigegeben wurde. Diese »so genannte Totenmaske« stellt lediglich ein idealisiertes Gesicht in Anlehnung an die zahlreich vorhandenen Fotoserien des Hofablichters Angerer dar. Sie wurde vielfach kopiert und ist in mehreren Museen und Privat-

82 Echte (links) und geschönte (rechts) Totenmaske der Kaiserin Elisabeth

sammlungen vorhanden. Die »echte« Totenmaske müsste sich in Ungarn befinden, gilt aber als verschollen. Sie ist als Foto überliefert und der breiten Öffentlichkeit weitgehend unbekannt. Das Abnehmen von Totenmasken war im 19. Jahrhundert (und auch schon früher) ein üblicher Vorgang, wenn es sich beim Verstorbenen um eine bekannte Persönlichkeit handelte. Doch auch im engen Familienkreis wurde nach einem Todesfall oft ein befreundeter Bildhauer gerufen, um das »letzte Gesicht« zur Erinnerung für die Angehörigen festzuhalten. Totenmasken wurden wie Bilder an die Wand gehängt, als Objekte der Verehrung oder zum einfachen Andenken. Es gab auch Sammler, die ein regelrechtes »Archiv der Gesichter« anlegten. Die Gesichter der Toten sind meistens nicht als Dokumente des Sterbens im medizinischen Sinn zu verstehen, sondern als Kunstwerke, die nicht zufällig von Bildhauern abgenommen wurden. Zu deren Aufgaben gehörte es auch, die Spuren des Todeskampfes auf den »Abbildern« zu tilgen und das Antlitz in ewiger Ruhe neu erstrahlen zu lassen. Es sind in Museen und anderen wissenschaftlich ausgerichteten Sammlungen zusätzlich Erstabgüsse von Totenmasken überliefert, die verzerrte Züge als Zeugnisse eines schweren Sterbens ungeschönt wiedergeben.

Der ursprüngliche Sinn der Maske hängt mit dem spezifischen Objekt der Totenmaske eng zusammen. Eine Maske macht eine Abwesenheit sichtbar oder eine Anwesenheit unsichtbar. Im alten Rom begleitete ein Maskenzug, der sämtliche Ahnen des Verstorbenen darstellte, den vornehmen Toten zur Abschiedszeremonie. Der Tote, ebenfalls bereits maskiert, wurde aufrecht stehend inszeniert und nahm die Laudationes auf seine hoffentlich ruhmreichen Taten entgegen. Die Masken der Vorfahren – »imagines maiorum« (wörtlich »die Bilder der Großen«, gemeint »der Alten«) – wurden innerhalb der Patrizierfamilien in Schreinen aufbewahrt und kamen beim nächsten Begräbnis wieder zum Einsatz. Wir haben es hier mit der – von den Etruskern übernommenen – Urform des Schauspiels zu tun. Für die Maske des Schauspielers benutzten die Römer das Wort »larva« – es bedeutet auch »Totengeist«. Noch im Salzburg des 18. Jahrhunderts erhielt man kein christliches Begräbnis, wenn man in einer »Perchtenlarve« den Tod gefunden hatte. Das Erleben der Maske als Verkörperung einer jenseitigen Gestalt war noch immer stark verbreitet.

Im Fall der Kaiserin Elisabeth konnte ihr tatsächliches Aussehen in Form einer realistischen Maske den Untertanen nicht zugemutet werden. Der Hof prolongierte den von ihr geschaffenen Mythos der ewig jungen Märchenprinzessin. Sogar nach ihrem Ableben durfte niemand sehen, dass sie alt geworden war. Das milde Gipsgesicht wurde vor das schöne harsche Todesbild geschoben, bis es verschwunden war. Wenn man daran glaubt, lächelt es sogar.

»Dem Tode war Elisabeth von Österreich schon lange zuvorgekommen.« (Maurice Barrès)

Keine Messe wird man singen,	Keine Thränen wird man weinen,
Keinen Kadosch wird man sagen,	Wird nicht seufzen, wird nicht klagen;
Nichts gesagt und nichts gesungen	Fröhlich wird die Sonne scheinen
Wird an meinen Sterbetagen.	Auch an meinen Sterbetagen.
Heinrich Heine, 1850/51	*Elisabeth, 1886*

Ich liebe den, dessen Seele sich verschwendet,
der nicht Dank haben will und nicht zurückgibt:
Denn er schenkt immer und will sich nicht bewahren.
Ich liebe den, der über sich hinaus schaffen will und so zugrunde geht.

Friedrich Nietzsche
Also sprach Zarathustra, 1886

83 Hieronymus Cairati: Todesengel (?)
– Dieses von Elisabeth persönlich erworbene Gemälde hing in ihrem Schlafzimmer in der Hermesvilla: »Nichts soll mich wieder bringen«, schrieb sie.

Literatur

Adomeit, Stefanie: Aspekte einer literarischen Obsession, Das Haar als Fetisch-Motiv des 19. Jahrhunderts, Dissertation an der Universität Freiburg, 2007.
Ariès, Philippe: Geschichte des Todes, München, Wien 1987.
Avril, Nicole: Elisabeth, Portrait einer Kaiserin, Ein biografischer Roman, München 1995.
Bakos, Eva: Wilde Wienerinnen, Leben zwischen Tabu und Freiheit, Wien 1999.
Bankl, Hans: Die kranken Habsburger, Befunde und Befindlichkeiten einer Herrscherdynastie, München 2001.
Beattie, Owen, Geiger, John: Der eisige Schlaf, Das Schicksal der Franklin-Expedition, München 1994.
Beetz, Wilhelm: Die Hermes-Villa in Lainz, Wien, Leipzig 1929.
Berkman, Alexander: ABC des Anarchismus, Berlin ca. 1985.
Bourgoing, Jean de (Hg.): Briefe Kaiser Franz Josephs an Frau Katharina Schratt, Wien, München 1964.
Briegleb, Klaus (Hg.): Heinrich Heine, Sämtliche Gedichte, Berlin 1997.
Bronfen, Elisabeth: Nur über ihre Leiche. Tod, Weiblichkeit und Ästhetik, München 1996.
Cachée, Josef: Die k. u. k. Hofküche und Hoftafel, Wien 1987.
Cachée, Josef, Praschl-Bichler, Gabriele: »... von dem müden Haupte nehm die Krone ich herab«, Kaiserin Elisabeth privat, München, Berlin 1995.
Cappon, Santo: »Ich bereue nichts.«, Die Aufzeichnungen des Sisi-Mörders, Wien 1998.
Clement, Catherine: Sissi, L'impératrice anarchiste, Paris 1992.
Corti, Egon Cäsar Conte: Elisabeth, Die seltsame Frau, Graz 1998.
Dickinger, Christian: Die schwarzen Schafe der Wittelsbacher, Zwischen Thron und Wahnsinn, Wien 2005.
Karl Wilhelm Diefenbach (1851–1913), Lieber sterben als meine Ideale verleugnen!, Ausstellungskatalog, Museum Villa Stuck, München 2009.
Dijkstra, Bram: Idols of Perversity, Fantasies of Feminine Evil in Fin-de-Siècle Culture, New York, Oxford 1986.

Egghardt, Hanne: Habsburgs schräge Erzherzöge, Dem Kaiser blieb auch nichts erspart, Wien 2008.

Egghardt, Hanne: Sisis Kinder, Leben im Schatten einer exzentrischen Mutter, Wien 2011.

Elisabeth von Österreich, Einsamkeit, Macht und Freiheit, Ausstellungskatalog, Hermesvilla, Historisches Museum der Stadt Wien, 1986.

Elisabeth von Österreich, Die Tagebuchblätter von Constantin Christomanos, Frankfurt/M., Leipzig 1993.

Exner, Lisbeth: Elisabeth von Österreich, Reinbek bei Hamburg, 2004.

Fellner, Sabine, Unterreiner, Katrin: Rosenblüte und Schneckenschleim, Schönheitspflege zur Zeit Kaiserin Elisabeths, Publikationsreihe der Museen des Mobiliendepots, Bd. 25, Wien 2006.

Fellner, Sabine, Unterreiner, Katrin: Morphium, Cannabis und Cocain, Medizin und Rezepte des Kaiserhauses, Wien 2008.

Fellner, Sabine, Unterreiner, Katrin: Frühere Verhältnisse, Geheime Liebschaften in der k. u. k. Monarchie, Wien 2010.

Fischer, Lisa: Schattenwürfe in die Zukunft, Kaiserin Elisabeth und die Frauen ihrer Zeit, Wien 1998.

Frenzel, Ivo: Friedrich Nietzsche, Reinbek bei Hamburg, 1966.

Geiger, Annette (Hg.): Der schöne Körper, Mode und Kosmetik in Kunst und Gesellschaft, Köln, Weimar, Wien 2008.

Gothic Nightmares, Fuseli, Blake and the Romantic Imagination, Ausstellungskatalog, Tate Britain, London 2006.

Götterdämmerung, König Ludwig II. von Bayern und seine Zeit, Ausstellungskatalog, Schloss Herrenchiemsee, Darmstadt 2011.

Gottlieb, Robert: Die Göttliche, Sarah Bernhardt, Göttingen 2012.

Großer Auftritt, Mode der Ringstraßenzeit, Ausstellungskatalog, Wien Museum, 2008.

Größing, Sigrid-Maria: Sisi, eine moderne Frau, Wien 2007.

Guérin, Daniel: Anarchismus, Begriff und Praxis, Frankfurt/M. 1967.

Haggard, H. Rider: She, Oxford 2008.

Hamann, Brigitte (Hg.): Kaiserin Elisabeth, Das poetische Tagebuch, Wien 1984.

Hamann, Brigitte, Hassmann, Elisabeth: Elisabeth, Stationen ihres Lebens, Wien, München 1998.

Haslip, Joan: Die Freundin des Kaisers, Franz Joseph von Österreich und die Schauspielerin Katharina Schratt, München 1991.

Hawksley, Lucinda: Lizzie Siddal, The Tragedy of a Pre-Raphaelite Supermodel, London 2008.

Hermesvilla, Lainzer Tiergarten, Historisches Museum der Stadt Wien, 1986.

Hermesvilla, Kaiserin Elisabeths Schloss der Träume, Historisches Museum der Stadt Wien, 2002.
Hickman, Catherine: Courtesans, London 2004.
Hoefer, Natascha N.: Schwermut und Schönheit, Als die Menschen Trauer trugen, Düsseldorf 2010.
Hohmann, Andreas W., Johannes, Dieter: Der Prozeß gegen Luigi Lucheni im Spiegel der Presse, Frankfurt/M. 1999.
Holzschuh, Robert: Die letzte Griechin, Kaiserin Elisabeth auf Korfu, Aschaffenburg/Main 1996.
Jagdzeit, Österreichs Jagdgeschichte – Eine Pirsch, Ausstellungskatalog, Hermesvilla, Historisches Museum der Stadt Wien, 1996.
Kaiserin Elisabeth: »Keine Thränen wird man weinen...«, Ausstellungskatalog, Hermesvilla, Historisches Museum der Stadt Wien, 1998.
Koudounaris, Paul: The Empire of Death, A Cultural History of Ossuaries and Charnel Houses, London 2011.
Kracht, Christian: Imperium, Köln 2011.
Krisch, Laurenz: Kaiserin Elisabeth als Kurgast in Wildbad-Gastein, Bad Gastein 1998.
Larisch-Wallersee, Marie: Meine Vergangenheit, Wahrheit über Kaiser Franz Joseph/Schratt, Kaiserin Elisabeth/Andrassy, Kronprinz Rudolf/Vetsera, Berlin 1913.
Latta, Jeffrey Blair: The Franklin Conspiracy, Toronto 2001.
Die Lebensreform, Entwürfe zur Neugestaltung von Leben und Kunst um 1900, Ausstellungskatalog, 2 Bände, Darmstadt 2001.
Madness & Modernity, Kunst und Wahn in Wien um 1900, Ausstellungskatalog, Wien Museum, 2010.
Maierbrugger, Arno: »Fesseln brechen nicht von selbst«, Die Presse der Anarchisten 1890–1933 anhand ausgewählter Beispiele, Grafenau-Döffingen 1991.
Maierbrugger, Arno: Stanislaw Przybyszewski (1868–1927) – nur ein anarchophiler Satanist?, In: Medien & Zeit Nr. 1/1993, S. 12–19.
Maierbrugger, Arno: Luigi Lucheni 23.4.1873–19.10.1910, Manuskript, 1997.
Maigler, Peter (Hg.): Besuch bei Toten, Ein imaginärer Friedhof, Frankfurt/M. 1985.
Makart, Ein Künstler regiert die Stadt, Ausstellungskatalog, Wien Museum im Künstlerhaus, München, London, New York 2011.
Marie Valerie von Österreich: Das Tagebuch der Lieblingstochter von Kaiserin Elisabeth, München 2007.
Matray, Maria, Krüger, Answald: Das Attentat, Der Tod der Kaiserin Elisabeth und die Tat des Anarchisten Lucheni, München 1998.

Maurer, Lutz: Mein Zauberberg, Kaiserin Elisabeths Bergwanderungen zwischen Ischl und Aussee, Grundlsee 1998.
Gabriel von Max, Malerstar, Darwinist, Spiritist, Ausstellungskatalog, München 2010.
Milton, John: Paradise Lost, New York 2008.
Milton, John: Das verlorene Paradies, Wiesbaden 2010.
Minnois, Georges: Geschichte des Selbstmords, Mannheim 1996.
Mraz, Gerda, Fischer-Westhauser, Ulla: Elisabeth, Wunschbilder oder Die Kunst der Retusche, Wien, München 1998.
Edvard Munch und das Unheimliche, Ausstellungskatalog, Leopold Museum, Wien 2009.
Nietzsche Friedrich: Also sprach Zarathustra, Ein Buch für Alle und Keinen, Stuttgart 1985.
Pichler, Klaus: Fürs Leben gezeichnet, Gefängnistätowierungen und ihre Träger, Wien 2011.
Praschl-Bichler, Gabriele: Kaiserin Elisabeth, Mythos und Wahrheit, Mit Kommentaren von Gerti Senger und Walter Hoffmann, Wien 1996.
Praschl-Bichler, Gabriele: Kaiserin Elisabeths Fitneß- und Diätprogramm, Wien, München 2002.
Praschl-Bichler, Gabriele: Unsere liebe Sisi, Die Wahrheit über Erzherzogin Sophie und Kaiserin Elisabeth, Aus bislang unveröffentlichten Briefen, Wien 2008.
Reisinger, Brigitte: Elisabeth, Kaiserin von Österreich, Ein Frauenleben, St. Pölten, Wien 1998.
Rödhammer, Hans: Elisabeth, Kaiserin von Österreich und Königin von Ungarn 1837-1898, Ausstellungskatalog, Linz 1983.
Rudolf, Ein Leben im Schatten von Mayerling, Ausstellungskatalog, Hermesvilla, Historisches Museum der Stadt Wien, 1989.
Safranski, Rüdiger: Romantik, Eine deutsche Affäre, Frankfurt 2009.
Schau mich an, Wiener Porträts, Ausstellungskatalog, Hermesvilla, Wien Museum, 2006.
Schulte, Regina (Ed.): The Body of the Queen, Gender and Rule in the Courtly World 1500–2000, New York, Oxford 2006.
Schwarze Romantik, Von Goya bis Max Ernst, Ausstellungskatalog, Städel Museum Frankfurt/M., Ostfildern 2012.
Simmons, Dan: Terror, München 2007.
Sinclair, Andrew: Elisabeth, Kaiserin von Österreich, München 1998.
Sisi, Sisismus, Sisismen, Geschichte-Mythos-Gegenwart, Ausstellungskatalog, Wien 1998.
Stadtlaender, Chris: Sisi, Die geheimen Schönheitsrezepte der Kaiserin und des Hofes, München 1996.

Stadtlaender, Chris: Habsburg intim, Wien 1998.

Stuiber, Peter: Adolf Loos, Maßgeschneidert modern, Leben, Werk und Nebenwirkungen, Wien 2010.

Sztáray, Irma: Aus den letzten Jahren der Kaiserin Elisabeth, Wien 1909.

Thiele, Johannes: Elisabeth, Das Buch ihres Lebens, München 1996.

Thiele, Johannes: Elisabeth, Bilder ihres Lebens, Wien 1998.

Der Tod, Zur Geschichte des Umgangs mit Sterben und Trauer, Ausstellungskatalog, Hessisches Landesmuseum Darmstadt, Darmstadt 2002.

Unterreiner, Katrin: Sisi, Kaiserin Elisabeth von Österreich, Ein biografisches Porträt, Freiburg, Basel, Wien 2010.

Vogel, Juliane: Elisabeth von Österreich, Momente aus dem Leben einer Kunstfigur, Wien 1992.

Walther, Susanne: Die Hermesvilla, Neuere Forschungsergebnisse, Teile 1–3, In: Wiener Geschichtsblätter Jg. 40 (1985), S. 110–118, Jg. 41 (1986), S. 125–130, Jg. 42 (1987), S. 26–30.

Webb, James: Die Flucht vor der Vernunft, Politik, Kultur und Okkultismus im 19. Jahrhundert, Wiesbaden 2009.

Weischedel, Wilhelm: Die philosophische Hintertreppe, München 1975.

Weissensteiner, Friedrich: »Ich sehne mich sehr nach dir«, Frauen im Leben Kaiser Franz Josephs, Wien 2012.

Winkelhofer, Martina: Adel verpflichtet, Frauenschicksale in der k. u. k. Monarchie, Wien 2009.

Winkelhofer, Martina: Der Alltag des Kaisers, Franz Joseph und sein Hof, Innsbruck, Wien 2010.

Wise, Sarah: Inconvenient People, Lunacy, liberty and the mad-doctors in Victorian England, London 2012.

Wittkop, Justus F.: Unter der schwarzen Fahne, Gestalten und Aktionen des Anarchismus, Berlin 1996.

Zimmer Bradley, Marion: Die Nebel von Avalon, Frankfurt/M. 1992.

Dank

Direktion Wien Museum
Bernhard Deckenbach
Birgit und Peter Kainz
Carina Kerschbaumsteiner
Johannes Kraus
Frauke Kreutler
Claudia Wagner

Bildnachweis

Belvedere, Wien: Nr. VI im Bildteil

Johannes Kraus: Nrn. 5, 15, 17, 21, 31 (l.), 38, 40, 50, 60

Kunsthaus Zürich: Nr. II im Bildteil

Claudia Wagner: Nr. 35

Wien Museum: Nrn. 1, 2, 3, 4, 6, 7, 8, 9, 10, 11, 12, 13, 14, 16, 18, 19, 20 (Original im Haus-, Hof- und Staatsarchiv, Wien), 22, 23, 24, 25 (Original in der Tate Britain, London), 26, 27, 28, 29, 30, 31 (r.), 32, 33, 34, 36, 37, 39, 41, 42, 43, 44, 45, 46, 47, 48, 49, 51 (Original im Heinrich-Heine-Institut, Düsseldorf), 52, 53, 54, 55, 56, 57, 58, 59, 61, 62, 63, 64, 65, 66, 67, 68 (Original im Schweizerischen Bundesarchiv, Bern), 69, 70 (Original im Haus-, Hof- und Staatsarchiv, Wien), 71 (Original im Institut für Gerichtsmedizin der Universität Wien), 72, 73, 74, 75, 76, 77, 78, 79, 80, 81, 82, 83; im Bildteil Nrn. I (Original in Privatbesitz bzw. im Schloss Miramare, Triest), III (Original im Achilleion auf Korfu), IV, V, VII, VIII, IX, X, XI, XII, XIII, XIV, XV

Personenregister

Albert (Prinzgemahl) 157
Alexander II. 212
Alexander III. 162
Alexandra (von Bayern) 103
Alexandra Fjodorowna 52
Altenberg, Peter (eig. Richard Engländer) 10, 115ff., 120, 132
Andrássy, Gyula 40, 128
Angeli, Heinrich von 164f.
Angerer, Ludwig 231, 233ff., 239
Angerer, Viktor 237
Ariès, Philippe 78
Aspasia 25f.
Augusta 58

Bahr, Hermann 86
Bakunin, Michail 210f., 222
Barker, Frederic 158, 238
Barrès, Maurice 241
Barthes, Roland 228
Báthory, Erzsébet 98f., 189
Baudelaire, Charles 42, 88, 192
Benczúr, Gyula 98
Berger, Julius 48, 143

Berkman, Alexander 212
Bernhardt, Sarah 98
Berzeviczky, Adam von 204
Biermann, Wolf 221
Bircher-Benner, Maximilian Oskar 123
Bismarck, Otto von 107, 128
Bourget, Paul 31
Bronfen, Elisabeth 78
Brontë, Geschwister 191
Brooks, Romaine 68
Brousse, Paul 213
Brown, John 157
Burne-Jones, Edward 65
Buska, Johanna 176
Byron, George Gordon Lord 12ff., 32

Canon, Hans 57
Cánovas del Castillo, Antonio 212
Carl Theodor 159
Carmen Sylva (Elisabeth von Rumänien) 89, 160, 178
Caspar, Mizzi 176f.
Champollion, Jean-François 60

Chanel, Gabrielle (»Coco«) 97, 111
Charlemont, Hugo 48, 54, 143
Charlotte 103, 232
Christomanos, Konstantin 11, 25, 76, 90, 120, 130, 139, 141, 146, 191, 198, 215
Cioran, Emile Michel 17
Columba von Rieti 121
Coppin, Anne 156
Corti, Egon Cäsar Conte 39, 138
Courten, Angelo de 144f.

Daguerre, Louis Jacques-Mandé 228, 238
D'Annunzio, Gabriele 68, 238
Darwin, Charles 57, 113, 137, 177
Deák, Franz 187
De la Faye, Jacques 150
Deverell, Walter 76
Diefenbach, Karl Wilhelm 124f.
Disdéri, André Adolphe Eugène 228
D'Orléans, Henri 220

Doré, Gustave 14
Dörmann, Felix 42
Dostojewski, Fjodor Michailowitsch 210
Du Prel, Carl 155
Duarte, Eva 185
Duell, Charles H. 69
Dürck, Friedrich 233
Durkheim, Émile 82

Eisenmenger, August 54
Eitelberger, Rudolf 179, 227
Engelhardt, August 124f.
Eugénie de Montijo 9
Eulenburg, Philipp zu 105, 173, 188f.

Falkenstein, Adolf 54
Feifalik, Fanny 89f.
Ferdinand I. (Bulgarien) 173
Ferdinand von Alençon 104
Ferdinand Maximilian 232
Ferenczy, Ida 38f., 167, 181
Festetics, Marie 40f., 133, 178
Fischer, Judith 36
Fox, Margaret, Kate und Leah (»Fox-Sisters«) 155f.
Fox Talbot, William Henry 228
Franklin, John 155f.

Franz II./I. (Kaiser) 30
Franz Ferdinand (Thronfolger) 18, 126, 174
Franz Salvator 15, 58
Frémiet, Emmanuel 57
Freud, Sigmund 106, 113, 125, 145, 196
Frick, Henry Clay 212
Friedländer, Otto 193
Fuller, Charles Francis 15
Füssli, Johann Heinrich 145f.

Georg I. (Griechenland) 24
George VI. (England) 201
Girardi, Alexander 173
Gisela 30, 47, 62, 109, 130, 159, 168, 232
Golay, Etienne 214
Gondrecourt, Leopold von 36
Grillparzer, Franz 87, 128
Gueldry, Joseph Ferdinand 119
Gurniak, Alfred, Edler von Schreibendorf 34

Hacksteiner, Rupert 129ff.
Haggard, Henry Rider 33f.
Haiko, Peter 47
Halbwachs, Maurice 82
Hamilton, Emma 145

Hanfstaengl, Edgar 104
Hasenauer, Carl von 46ff., 52, 67
Hasselriis, Louis 109
Heine, Heinrich (Harry) 13, 31, 68, 72, 74, 90, 106ff., 147, 158f., 189f., 242
Heine-Geldern, Gustav 108
Herter, Ernst 23, 52, 108, 189
Hoffmann, Camill 63
Hoffmann, Ernst Theodor Amadeus 81
Hofmann, August Wilhelm von 198
Hofmannsthal, Hugo von 20, 116, 238
Hohenester, Amalie 122f.
Holman Hunt, William 76
Hopfer, Stefan 135
Höppener, Hugo (»Fidus«) 111, 125
Horowitz, Leopold 149
Hübbe-Schleiden, Wilhelm 155
Huber, Rudolf Carl 48, 142

Ilg, Albert 142
Isella, Pietro 48, 142
Iwanow, Iwan 210f.

Johann (Erzherzog) 127
Joseph II. (Kaiser) 45

Joseph August
(Erzherzog) 58
Justinian 200

Kafka, Franz 124
Kane, Elisha Kent 156
Kapodistrias, Ioannis
24
Karl I. (Kaiser) 126,
174, 184
Katharina von Siena
121
Katona, Tamás 189
Kellogg, John Harvey
& Will Keith 123,
125
Kelly, Grace 185
Kerner, Justinus 155
Ketterl, Eugen 47, 135,
167
Kiss von Ittebe,
Anton 161
Kiss von Ittebe,
Nikolaus 173
Klimt, Ernst 55
Klimt, Gustav 55, 184
Kinsky, Eugen 174
Kneipp, Sebastian
123, 127
Kracht, Christian 124
Kraus, Karl 172, 212
Krauß, Franz von 177
Kriehuber, Josef 230
Kropotkin, Petr 212f.
Kunze, Michael 226
Kutschera, Viktor 172

La Païva (Esther
Lachmann) 178
Laminit, Anna 121

Langbehn, Julius 127
Larisch-Wallersee,
Marie 9, 27, 34f., 91,
96, 103, 139
Lematte, Fernand
Jacques François 148
Lenin, Wladimir
Iljitsch 212
Leopold II. 128
Levay, Sylvester 226
Liechtenstein, Rudolf
von 182
Linda, Bertha (eig.
Bertha Babitsch) 175
Lombardo, Rosalia 152
Loos, Adolf 18f.
Lucheni, Luigi
212, 214, 218ff.
Ludovika (Louise) 164
Ludwig, Bernhard 56
Ludwig I. (Bayern) 23,
103
Ludwig II. (Bayern)
15, 52, 75, 79f.,
103ff., 132, 134, 144,
150, 158
Ludwig XIV. 144
Ludwig Viktor 104, 232
Lueger, Karl 93
Luther, Martin 193

Mahler, Gustav 184
Majlath, Sarolta von
128f.
Makart, Hans 46, 48,
54, 98, 142f., 150,
173, 175f., 179, 230
Malatesta, Errico 211
Malory, Thomas 65
Mann, Thomas 158, 211

Maria Theresia 54, 172,
191
Marie José 190
Marie Valerie 15, 35,
47, 58, 62, 130ff.,
134, 148, 158, 177,
182, 204f.
Marischka, Ernst 239
Markus, Georg 184
Martin, Gunther
31, 150
Matsch, Franz von
55, 143
Maupassant, Guy de
153
Max (Bayern) 133
Max, Gabriel von 57
May, Karl 33
Mayreder, Rosa 168
McClintock, Leopold
156
Mège-Mouriès,
Hippolyte 124
Menzel, Adolph 128
Mercáti, Alexander 25
Mesmer, Franz Anton
158
Metternich, Pauline
92f., 95
Me(t)zger, Dr. 139
Michelangelo
Buonarotti 70f.
Middleton, William
George (»Bay«) 27
Mikszáth, Kálmán 187
Millais, John Everett
76f.
Milton, John 12ff., 90,
145
Moll, Albert 155

Moreau, Gustave 31
Moriaud, Pierre 222
Most, Johann 213
Mostig, Alfred 239
Motesiczky, Marie-
   Louise von 106
Mr. Pearl (Mark Pullin)
   86
Mühsam, Erich 211
Munch, Edvard 119
Munkácsy, Mihály 14f.

Nahowski, Anna 169f.
Napoléon III. 93, 124
Navazza, Georges
   221f., 225
Nelson, Clara 237
Nestroy, Johann 45, 173
Netschajew, Sergei
   210f.
Nietzsche, Friedrich
   8, 82, 112ff., 243
Nièpce, Joseph
   Nicéphore 228
Nikolaus II. (Zar) 52

Oldoini, Virginia
   (Contessa di
   Castiglione) 180
Otto (Bayern) 103
Otto (Erzherzog)
   18, 174, 176
Otto (Griechenland)
   23f.

Pacher von Theinburg,
   Friedrich (Fritz) 38f.
Palmay, Ilka 174
Paracelsus (Philippus
   Theophrastus

Aureolus Bombastus
   von Hohenheim)
   126
Paumgarten, Irene 158
Payer, Julius 173
Pearl, Cora (Emma
   Elizabeth Crouch)
   178
Pepys, Samuel 201
Perikles 25f.
Perkin, William Henry
   198ff.
Pierson, Pierre-Louis
   180
Plochl, Anna 127
Poe, Edgar Allen 78, 81
Popp, Adelheid 96
Prießnitz, Vincenz 123
Przybyszewski,
   Stanislaw 113

Rabending, Emil
   231, 235
Reinhardt, Max 184
Rhoussopoulos,
   Rhoussos 25
Rikli, Arnold 124
Robinson, Louise 174
Rossetti, Dante Gabriel
   76
Roth, Joseph 217
Rothschild, Julie 123,
   215ff.
Rubinstein, Ida 68
Rudolf (Kronprinz) 15,
   18, 30, 36, 45, 58, 62,
   75, 80, 97, 103, 126,
   130, 149, 159f., 162,
   176f., 184, 190, 199,
   205, 217, 225, 232

Sachs, Hans 55
Salafia, Alfredo 152
Salten, Felix (eig.
   Siegmund Salzmann)
   92, 227
Schindler, Alma 184
Schleich, Carl Ludwig
   151
Schliemann, Heinrich
   23
Schleinzer, Marie 174
Schlucker, Philipp 45
Schnitzler, Arthur 206
Schönerer, Georg von
   107
Schönthan, Franz von
   172
Schopenhauer, Arthur
   82, 90, 128, 190
Schratt, Katharina
   49, 52, 54ff., 63,
   161ff., 166ff., 176,
   178, 181ff.
Schrenck-Notzing,
   Albert 155, 158
Schubert, Franz 128
Schultze, F. 138
Shakespeare, William
   90, 141, 146f., 181
Shelley, Mary 81
Siddal, Elizabeth 76, 78
Sonnenschein, Hugo
   (»Sonka«) 211
Sophie (Erzherzogin)
   41, 84, 232
Sophie (Bayern)
   58, 103ff., 133
Stephanie (Kron-
   prinzessin) 206, 233
Stirner, Max 82

Personenregister | 253

Stoker, Bram 154
Strauss, Richard 20
Stuck, Franz von 32
Suttner, Bertha von 201
Székely, Josef 229
Szeps, Moritz 184
Sztáray, Irma 11, 215ff.
Szilághyi, Dezsö 188

Tennyson, Alfred Lord 65, 78
Theodora von Byzanz 95, 200
Thermojannis, Nikolaos 25
Tilgner, Viktor 48, 50, 52
Todesco, Anna 106
Tolkien, J. R. R. 65
Trotzki, Leo 212
Tschudi, Clara 150, 238

Tucholsky, Kurt 108
Twain, Mark 202

Umberto I. 220

Verdi, Giuseppe 60
Vetsera, Mary 58, 70
Victoria (England) 97, 126, 156f., 178, 191, 200
Vogel, Juliane 86, 95, 133, 150, 238

Wagner, Otto 105f., 109
Wagner, Richard 93, 195, 210
Walters, Catherine (»Skittles«) 96
Weissensteiner, Friedrich 170

Widerhofer, Hermann 118, 122
Wieland, Christoph Martin 143
Wilczek, Hans 173
Wilde, Oscar 197, 230
Weirich, Ignaz 25
Weyprecht, Karl 173
Wilhelm II. 18, 109
Winterhalter, Franz Xaver 87, 93, 178ff.
Wolter, Charlotte 163, 175, 229f.
Worth, Charles Frederick 99, 180, 235

Zimmer Bradley, Marion 65
Zita (Kaiserin) 184
Zuckerkandl, Bertha 184